流れ星のかなた

葛根廟事件からの生還

大島満吉

ユニコ舎

旧満洲の地図

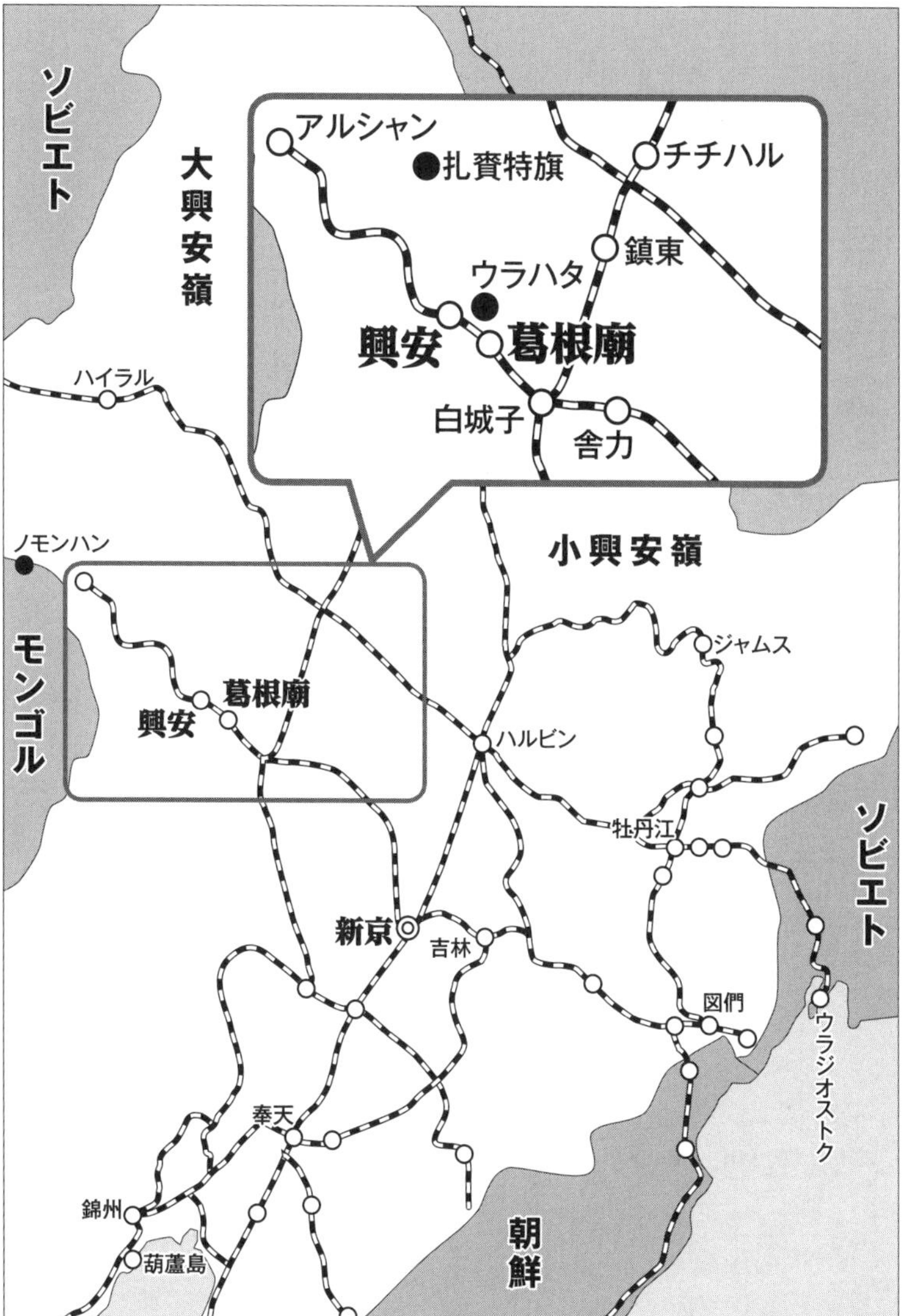

ソビエト
大興安嶺
アルシャン
扎賚特旗
チチハル
鎮東
ウラハタ
興安
葛根廟
白城子
舎力
ハイラル
ノモンハン
小興安嶺
モンゴル
葛根廟
興安
ジャムス
ハルビン
牡丹江
ソビエト
新京
吉林
図們
ウラジオストク
奉天
錦州
葫蘆島
朝鮮

目次

はじめに　4
王爺廟の街「興安街」　6
戦時体制　19
空襲　29
避難開始　42
混迷する情報と方針変更　63
愛犬チビとの別れ　81
地獄絵　99
自決の順番　128
脱出　146
一家離散　184
一軒家の主人　213

騎馬の四人組 232
絶体絶命 240
人はなぜに 251
収容所 270
ソ連の軍用列車 297
新京での出来事 308
内戦が始まった頃の生活 333
祖国日本への引き揚げ 344
祖母の懐 359

あとがき
（一）生まれ故郷に帰ってから 368
（二）葛根廟事件を伝えたいと思った動機 372
（三）ウユンさん 376
（四）私の人生訓 378

はじめに

一九四五（昭和二十）年――。

満洲国興安南省興安街、国民学校四年生の夏休みに事件は起きた。

八月八日にソ連軍が宣戦布告。興安街からの避難行動の最中に葛根廟《かっこんびょう》付近でソ連軍戦車隊の襲撃に遭う。千数百人の避難民のうち一割しか日本に帰りつけなかった大事件である。

この葛根廟事件は一千名規模の民間人犠牲者を出したにもかかわらず世間にはあまり知られていない。生存者があまりに少なかったこと、生き延びたけれども悲惨な話で口にできなかったこと、戦後に帰還したものの情報が少なかったこと、生活苦で事件のことに寄り添えなかったことなどが主な理由であった。

私は中学に入った頃から、この事件をノートに書き始めた。高校に入ってから書き直した。社会人になってからも何回か書き直した。この事件を風化させたくなかったからだ。しかし、世間に発表することはできなかった。この事件で辛い思いをした母の苦しさを思いやると理解してくれる友人以外に見せることはできなかった。

あの戦争からもうすぐ八十年になる。父も母も他界してやがて二十年となる。自分自身も八十八歳を迎えると、やり残したことがないように身辺整理をしたくなった。折角書き残した戦争体験も自分がいなくなれば意味が薄くなる。

平和な時代では想像もできない辛苦と運命、体験者しか伝えることのできない本物の戦争をこの本から汲みとってもらいたくなった。

葛根廟事件について私は新聞、テレビ、ラジオで語り、書籍も発売された。さらに映画製作にも参画、講演も重ねてきたが、この事件を知る日本人は一パーセントもいないのが実情である。

タモリさんは今の時代を〝新しい戦前〟に感じると話していた。

うまいことを言うものだと感心したが、私もそう思う。防衛費の増強、仮想敵国の煽《あお》り、同盟やグループの強化、じわじわと迫りくる生活苦。そして二〇二二（令和四）年二月に始まったロシアとウクライナの戦争。それは休戦や停戦の気配はなく現在も継続している。

秘密保護法、マイナンバーカード、増税、自衛官補強など。反対の声をほとんど聞かない。

本書は、一九八七年（昭和六十二）年に完成させた原本に加筆、再構成したものである。

戦争は私たちの身のまわりにあるすべてを奪ってしまう。故郷、財産、文化財、耕地、ペット、家屋、職場、記念品、写真、家具、橋や鉄道……そして親兄弟。失われたものには再生できないもの、二度と取り戻せないものも数多くあるのだ。

そして敗戦ともなれば戦後の混乱の中で衣食住に窮するのである。どうかこの本から戦争の虚しさを読みとっていただきたい。平和な日本が長く続くよう願ってやまない。

令和六年春

大島満吉

王爺廟の街「興安街」

　ここは人口三万人ぐらいの小さな田舎町である。ここには約三千人の日本人が住んでいた。内蒙古地区ともいわれているが、この地方に住む人々の顔は中国人か、日本人か、あるいは朝鮮人か、蒙古人かちょっと見ただけでは区別がつきにくい多国籍の人々が住んでいる。

　僕はこの春、国民学校の四年生になったばかりだ。

　自分の住んでいる家から、道路を一つ隔てた真向かいに日本人だけが通う国民学校がある。クラスメイトは全部で三十人くらいしかいない。すぐ近所に校長の息子である小山郁男君という秀才が住んでいた家があり、また隣には学校組合長の長男で橋本定雄君が住む家があった。僕のまわりは頭のいい友達ばかりだ。学芸会で僕と二人で踊った野口恵美さんは、新聞屋さんの娘で背の高い丸ポチャの可愛い子だった。江川先生の振付で「♪内緒の話はあのねのね」とレコードに合わせて踊ったりした。

　半年ほど前に、この町に放送局が完成した。僕の家にも神棚の横にラジオが据えつけられ、時々、「ピーピーガーガー……」と雑音を交えながら鳴っていた。

　放送局ができて、僕の学校から何人かが放送に参加することになり、僕のクラスからは「朗読」で誰かが選ばれることになった。

　密かに僕が選ばれたらいいな……と期待していたが、この大役は河上純一君に決まって僕はちょっぴり悔しかった。彼は最近転校してきたばかりなのだが、警察学校長の息子でやっぱり頭が良くクラスの一、二を競う秀才だから仕方がない。いたずら坊主でいつも先生に叱られているのは須藤君だ。ほかに緒方君や筒井君、それに坂井さんなどがいた。

四年生になると、「軍事教練」なるものが始まった。先にゴムの付いた木銃で〝突き〟の訓練を何回も何回もやらされた。

満洲帝国の国歌ができると、レコードも作られ中国語で歌わされたが、それなりに楽しい明るい歌だった。

満洲国国歌

天地内有了新満洲
新満洲便是新天地
頂点立地無苦無憂
造成我国家
唯有親愛並無怨仇
人民三千萬人民三千萬
縦加十倍也得自由
重仁義尚禮譲

使我身修
家己齋国己治
此外何求
近之則與世界同化
遠之則與天地同流

天地の中に新満洲はある
新満洲は即ちこれ新天地なり
天を戴《いただ》き地に立ちて苦なく憂いなし
我が国家は生まれる
ただ親愛のみありて怨仇《えんきゅう》なし
人民三千万人民三千万
この民十倍を加えるもなお自由なり
仁義を重んじ礼譲《れいじょう》を尊ぶ
我が身を修養しよう
家庭はすでに整い国家もすでに治まった
このほか何を求めんや
これに近きは即ち世界と同化して

これに遠きは即ち天地と流れを同じくせん

僕の家にも蓄音機があって、浪花節やら流行歌のレコードが時々かけられていた。そのレコード針も磨り減ってやがて使えなくなる。今の針がなくなってしまったら今度は竹の針を使うようになるのだという。金属は貴重な資源なので無駄にはできないと聞かされた。

学校で教わる歌は「紀元二千六百年」「ラバウル航空隊」「加藤隼戦闘隊」「若鷲の歌」、そして満洲唱歌の「わたしたち」など勇ましく元気のよい歌が多かった。

年に何回か映画が上映されることがあって子供たちはみんな楽しみにしている。「鞍馬天狗」「マレイの虎」「加藤隼戦闘隊」など英傑ものや戦争ものが中心で、子供心にもすごく感激させられた。

僕は一年生に入学してからスケートを覚え、くる日もくる日も夢中になって滑りまくっていた。前夜に校庭のグラウンドに放水しておくと、一夜にしてこちこちのリンクができあがる。初めて滑る子供たちは教室の椅子をリンクに入れて、椅子に掴《つか》まりながら押して滑った。

家の中の窓ガラスにもびっしり氷の絵模様ができる酷寒の満洲では、唯一冬の屋外スポーツとして楽しむことができるのだ。

二年生になると、スケート靴を履くやいなや、すくっと立ち上がって手袋をはめるのももどかしく、片足キックで滑り出して行く。誇らしく得意絶頂のポーズを決めながら……。

正月になると中国人の家では、つるつるの色紙でできた五色の下がりを軒下にさげ、爆竹の音と共に子供たちのはしゃぐ姿が多く見られた。

春一番と共にやってくるのが竜巻で、満洲の竜巻はこれまたすごい。赤っ茶けた大気がだんだんと押し寄せるさまは、まるで茶褐色の〝壁〟が押し寄せてきたかのような迫力がある。何気ない普通の風であったものが、何かの拍子で集中的に渦巻が起きて、あれよあれよという間にどんどん大きくなって動き出していく。突風のような風に巻かれて、渦が一段と大きくなると嵐の勢いで地上をなぎ倒していくのだ。

直径が五メートルから十メートルに及び、高さも二、三百メートルに達する竜巻となって猛烈な風害を巻き起こすから恐ろしい。この竜巻に巻き込まれたらひとたまりもない。自転車や荷車までも巻き上げることとさえあるのだ。

ある日、強烈な竜巻がやってきて、このあたり一帯のものがあっという間に巻き上げられてしまった。逃げ遅れた鶏なども舞い上がって、空高くに吸い込まれていった。渦は人間の走るのと同じくらいの速さで移動していく。満人（満洲に住む中国人）たちは竜巻の後ろから我先にと駆け出して、やがて落ちてくる空からの贈り物を歓声を上げながら受け取っていた。

街には古くから泥棒市場というのがあって、人々は小盗児市場《ショウトル》とも呼んでいた。拾いものや貰《もら》いもの、盗んだものまで何でも自由に売り買いできる公認の市民市場なのだ。大事なものがなくなったときなどは、まず最初にこの小盗児市場を訪ねる必要がある。

あるとき、庭にあったリヤカーがなくなっていた。「おかしいな？　確かにあそこへ置いたはずなのだが……」と父が首を傾げて探している。やがて父は「あっ！　そうだ、もしかしたらさっきあそこにいたあいつの仕業かも？」と気づく。

父が急いで市場へ駆けつけてみると案の定、我が家のリヤカーが堂々と売られているではないか。しかも顔見知りの、先の男が平然と売場にいて素知らぬ顔のままだ。「おい君！　お前がうちのリヤカーを持って行ったのだろう？　返してくれよ」と文句を言いたいところだが、どうせそいつは「知らないよ。変な言いがかりをつけないでちょうだい」とか、「今、別の人から買い取ったばかりだよ」と言うに決まっている。

それどころか、父に気がついたその男は「このリヤカーが必要なの？　ジャングイ（旦那さん）が買うのなら特別に安くしておくよ……。これぐらいでどう？」と手のひらに指を重ねて値段を示している。

「ふざけた野郎だと思いつつも、ここは公に認められている市場なので、忌々《いまいま》しいけど買わないわけにはいかなかったよ」と父は苦笑いしながら僕に話した。自分のものなのに金を出して買い戻すなんて、とんだ笑い話である。

僕の家は建築業をしていて、ここに住むようになってからもうすぐ六年になる。

周囲にはレンガを重ねた土台に、土で上塗りをした平屋建ての家が並んでいた。右隣には苦力《クーリー》と呼ばれる人夫たちが五、六人生活していた。左隣は三カ月ほど前から空き家になってしまったが、そこには長い間、中年の夫婦が住んでいて、大きな軍用犬が飼われていた。名前は「エス」といって、僕が命令してもちゃんと言うことを聞く立派なシェパード犬だった。どこかに引っ越ししてしまってからは、何となく寂しくなったが、最近になって大勢の兵隊さんがその家に入ることになると聞いた。急に賑やかになりそうだ。

僕には五年生になる兄、宏生《ひろお》がいて僕はいつも兄と一緒に遊びに出たが、何といっても魚釣りが最高に面白い。町外れにある帰流河《きりゅうが》の分流まで約三キロの道程を、子供たちだけでよく歩いて出かけた。ある日、兄が四十八匹、僕と橋本君が四十七匹を釣り上げた。これが自慢の記録である。なんでもこのあたりの土着民は魚を釣って食べる習慣がないらしく、河岸の釣り人はいつも日本人だったようだ。

魚の名前はわからないが、十センチから十五センチのものが多く、餌はいつもミミズだった。びっくりしたのは大きな鯰《ナマズ》を釣り上げたときで、釣り針を外したくても大きな口を開けて僕の手に噛みつきそうになる。威勢がよくて、ぴしっ、ぴしっと跳ねて、いつまで経っても死んでくれないのだ。針を奥まで飲み込んだまま、泥まみれになって暴れている。

この一匹のために三十分も悪戦苦闘して、困り果てているところに大人が通りがかった。「おお、随分大きいのを釣ったじゃないか、これは大したもんだね。どれ、おじさんが針を取ってあげようか」と言って外してくれたので助かった。

暖かくなると、釣りに行く機会も多くなったが、いつも沢山釣れたわけではない。どうしたことか一匹も釣れず丸坊主で帰るときもある。

折角バケツを持って、沢山釣るつもりのものが何も釣れないで帰るときはやりきれない気分だ。帰り際に農家の畑に入って、茄子やジャガイモを失敬したこともある。広い畑の一面が馬鈴薯《ばれいしょ》畑のときは、所どころを根こそぎにそっと持ち上げるだけで手頃な芋が一緒についてくる。芋だけ適当にとったら苗をそのまま土に埋め戻して、知らん顔をして帰ってくる。

家に帰ると「こんなに沢山ジャガイモを貰ったよ」と、釣果《ちょうか》がなかったことを誤魔化したりした。

僕が釣りに行かなかったある日、兄が大きな貝を百個近く持ち帰って大騒ぎになったことがある。何と言う貝なのか、どうしてこんな河にこんな大きな貝がいるんだろうか、果たして食べられるものなのか……土地の古株に聞いても誰も知らないという。捨てるにはもったいないし、困ったものだ。何せ拳《こぶし》ほどの大きさのものだけに、上へ下への大騒ぎの挙げ句、とにかく汁に入れて食べて見ようということになった。毒味をするのは気持ちの良いものではない。

誰が一番先に食べるのかといえば、やっぱり持ち帰った兄に試食する義務がありそうだ。「絶対に食べられるはずだよ」と言いながら兄はおっかなびっくりしながらも最初に口にした。食べてみれば意外や意外、珍味な上に独特の風味があってこれは美味しい、「これならいけるよ」と兄は大喜びした。

その夜は何も起こらず無事だったから良かったものの、時々みんなの顔を見ては「お腹は何ともない？」なんて心配しあった。

河までは約三キロぐらいだが、人里を離れると急に人気《ひとけ》のない山あいに入る。山といっても遥か遠くに見える興安嶺の山とは違って、小高い丘があちこちにあるという程度のものでしかない。木も大きなものは滅多にない。木登りができそうな大きな木といえば校庭にある楡《ニレ》の木か、通称〝どろの木〟と呼ばれていた大木くらいで、街路樹のほかにはほとんど見ることはない。

厳寒の満洲では木が育たないのだろうか。このあたり一帯は牧草地帯といえる草原である。だから果実の類いはアンズだけで、ほかのものはまったく見当たらない。

一時間ほど歩くとやっと河に出るのだが、遠くに見える鉄橋のあたりにはいつも日本の兵隊さんが警備に当たっている姿が見える。関東軍の守備隊が日の丸の腕章をつけて、銃を片手に周囲を見守る姿は、見るからに勇ましそうで心強く感じたものだ。

当時の国民学校の唱歌の中に「兵隊さんよありがとう」という曲があり、「♪肩を並べて兄さんと今日も学校へ行けるのは兵隊さんのお陰です……兵隊さんよありがとう、兵隊さんよありがとう」とみんなで歌ったのはこんな場面のことだった。そして、こうやって釣りを楽しめるのは、やっぱり兵隊さんのお陰なのかな……と。

いつも兵隊さんの姿が見えるところなら、何となく安心していられるのだが、人里離れた山間地を歩いていると、必ず中国人に出会ってしまう。見知らぬ大人たちが近づいてくると、僕たち子供だけではとても心細く、予期せぬ何かが起きるのではないかと不安になる。このあたりは蒙古やソ連とは地続きだし、土着民たちが編成する騎馬隊の中には匪賊《ひぞく》とか馬賊とかいわれて恐れられている連中が多いからだ。

日本の軍隊が演習を兼ねて、匪賊討伐などの名目で山狩りを行い、土着民たちを捕らえるときちんと調べもせず頭ごなしに罪人と決めつけたりするので、日本に反感を抱いている人が大勢いると聞かされていた。捕まった人の中には、治安を乱したという理由で日本の憲兵に手ひどい拷問を受け、すぐには回復できないほど身体を傷めつけられた例も数多いという。だから日本人に対して恨みを持つ土着民が必ずいるはずだった。

そんなこともあって、子供たちだけで遠くの河へ出かけるのは、母にはたまらなく心配なことで、なかなか行かせてもらえなかった。


父は建築業を生業《なりわい》にしていたため、この未開の土地にはことのほか魅力を感じていたようだ。世を挙げて大満の地を開拓し、新しい国家建設が始まるのである。若き血潮が燃えたぎっただろう。この満洲こそは自分の生き甲斐だ。日本にいるよりはもっともっと大きな仕事ができる。

そんな大きな夢を抱いて単身で満洲に渡り、すぐに仕事を始めた。満洲の中を渡り歩き、人生設計にふさわしい地としてこの王爺廟《おうやびょう》に落ち着いたのだ。

その間に、妻子を呼び寄せるべく何回か日本に帰り、群馬県新治《にいはる》村で暮らす妻や母親を説得しながら大陸移住の計画を進めてきた。

「満洲はいいところだよ。日本人がどんどん増えているし、建築だってこれから盛んになるばかりだ。百姓が中心の日本だけれど、同じ農業をやるんだったら土地は日本の数倍の広さがあるし、平地も多いし水も豊富だ。畜産をやるのだって牧草地帯だから餌には困らない。これからの日本は満洲の開拓によって大きく飛躍するんだ。日本民族が待ちこがれていた資源の宝庫なんだ。発展一途の国だから成功は間違いないし、絶好のチャンスという訳さ」

そんなことを訴えながら、三度目の渡満のため父は新治村をあとにした。

それからもうすぐ一年にもなろうとする頃、故郷では二人目の男の子が生まれた。知らせを受けた父は「そうだ、子供の名前は満吉にしよう。満洲の夢に幸せを詰め込んだ吉を付ける。豊田佐吉、御木本幸吉、美濃部達吉、坂田三吉……大島満吉。ちょっと名前が大きいかな……まあ、いいや。これならきっと名前の通り幸せな一生を送れるに違いない」

そんな経緯で僕は「満吉」と名付けられた。

僕が二歳になろうとする頃、新潟の港から船と汽車を乗り継いでこの王爺廟へ引っ越した。王爺廟に着いたのは故郷の後閑《ごかん》駅を出てから三十日目のことだった。一つ年上の兄と、両親の四人で北満での新しい生活の始まりであった。

それから数年の間に、日本人の進出によって満洲は著しい発展を遂げ、町も活気に溢れた満洲全盛期時代を迎えた。

日本人は真剣に満語を覚えようとしたし、満人も日本語を覚えようと努力していた。

一つの建設現場では大勢の現地人が働き、落成時には共に手をとって喜び合った。

役所にあたる旗公署《きこうしょ》ができ、その周辺に軍官学校や国民学校ができる。次いで病院、電報局、ホテル、神社、農事試験場が建設された。憲兵隊、特務機関、警察、学校組合などができる中で町は一段と活気を増していく。

やがて王爺廟は興安と改名され、北満の四省を統合した興安総省が誕生し、興安地区を治める省都として、王爺廟街は興安街と改称された。やがて飛行場も完成して、最新鋭の戦闘機が一機配備され、「興安号」と命名された。その日は興安街を挙げての祝賀行事が催され、当時三年生だった兄、宏生も提灯行列に加わり、明け方まで街を練《ね》り歩いた。

敵は幾万ありとても
すべて烏合《うごう》の勢《せい》なるぞ
烏合の勢にあらずとも
味方に正しき道理あり

こんな歌を威勢よく歌いながら街中を闊歩《かっぽ》し、人々の心は勇み、日本の隆盛が一段と響き渡った。

続いて興安街の北部に成吉思汗《チンギスカン》廟という寺院が完成した。内蒙古ともいわれるこの地方では礼拝を捧げる寺院や社が多く、駅名にもなっている王爺廟や次の駅の葛根廟《かっこんびょう》など古くから霊廟として祀られた建物が多く点在して

いる。

春の遠足は完成したばかりの成吉思汗廟まで歩くことだ。一時間ほどで廟に到着する。廟には髪を長く編んで垂らしている人や、巻き上げて頭の上に丸めた坊さんたちが礼拝をしていたが、いずれも蒙古人など現地の崇拝者のように見えた。

廟の周囲には日本軍や満軍の歩哨《ほしょう》の姿があって、何となく物々しさが漂っていた。夏休みが近づく頃、興安街には灯火管制がひかれて、夜間の照明は外に光が漏れないように黒い布が巻かれるようになった。

いつしか戦時体制となり、日本人も米だけのご飯は非国民とされるため、粟《アワ》か高粱《コーリャン》か玉蜀黍《トウモロコシ》など、何かを混ぜるご飯が主食になり、梅干し一つの日の丸弁当がもてはやされるようになった。

夏が過ぎると瞬《また》く間に、街は冬景色に一変してしまう。北満のこの地は北海道の北の果てと同じ緯度なので、気温は零下三十度を下回ることもしばしばある。

そんなときは帰流河の表面も波打ったまま凍ってしまうし、大地の土は硬く閉ざされ、ツルハシを振り落としても、まるで石に当たったように跳ね返ってしまう。

石炭の配給が少なくなり、日本人の家も満人の家と同じように干した木の根っ子を燃料にするようにもなってきた。衣服も統制され、光も規制され、非常食を備えるようになり、どこの家にも防空壕が用意され、日毎に戦時体制が深まっていく。

一九四五（昭和二十）年、大東亜戦争が始まってから四年目の夏、大島家を襲う、想像を超えた空前絶後の出来事が始まる。

戦時体制

もうすぐ夏休みに入る七月の初め、大島家の隣にあった空き家に、大勢の兵隊が引っ越してきて急に賑やかになった。

関東軍の一小隊が、興安の守りを強化する目的で増員になったのだ。今まで遠くから兵隊の姿を見ることはあっても、隣組に部隊がやってくるとは思ってもいなかったので、嬉しさと同時にとても心強く思った。

いつの間にか僕の家の庭にまで、部隊の用具の空き箱などが山積みされている。軍服に身を固めたときの兵隊の行動は、いつもきびきびして見るからに頼もしい限りであった。

星一つの階級の違いで、上下の規律がしっかり保たれ、命令には絶対服従であった。

隣の家は宿舎にあてがわれたため私服の人と軍服の人が入り混じっていて公務中なのか非番なのか、ちょっと見ただけでは区別がつけにくい。いつも上官の洗濯や使い走りをしたり、縫いものや銃の手入れをするなど休みなく働き通している兵隊の姿もあった。

僕の家からは道路一つ隔てた、目と鼻の先に僕の通う国民学校があった。それは朝の始業の鐘が鳴ると同時に走り出せば、始業には間に合うほどの近さであった。

夏休みに入ると、校庭に部隊が招集されて演習が行われていた。伝令に走る姿、歩哨《ほしょう》の交代などの訓練を見たが、兵隊の声はよく響いて聞こえた。

これで興安街は安泰だ。飛行場には戦闘機「興安号」が配備されたし、関東軍の部隊も駐屯する。まさに盤石《ばんじゃく》な防衛網だと子供心にもそう確信していた。

学校が休みになると、勉強や軍事教練から解放されるので、時間を持て余してしまう。日課といえば鶏に餌をやったり、産んだ卵をとってきたりするくらいである。あとはその日その日で遊びが変わる。二股になっている木の枝に、ゴムを付けて作るパチンコで雀を狙い撃ちしたり、可愛い「チビ」という名の愛犬と駆けっこしたり、ボーイとして勤めている陳さんと悪ふざけをしたりして遊んでいる。

陳さんは二年ほど前から僕の家に来たのだが、時々いなくなることがある。

家の人が「ボーイ、ボーイ！」と呼んでも返事がない。家の人は困った顔をしている。そんなときに陳さんを捜すのが僕の役目であった。

僕はチビを連れて、陳さんを捜しに出る。するとチビは、僕の目的がわかっているかのように先頭になって駆け出して行くのだ。そして陳さんのいそうな近くの空き家か、時には誰もいないはずの防空壕に向かって、「わん！　わん！」と吠え立てる。ははーん、今日はここにいるのか、と僕がチビの吠える先に呼びかける。「陳さん、ボーイ、ボーイ！　呼んでいるよ！」

そうすると大概、陳さんはバツの悪そうな顔をして出てくるのだ。そして陳さんの後ろから、見たこともない女の人が必ず現れる。出入り口で陳さんとその人は二言三言交わす。あれ、あの人は何だろう……？

知らない女性が現れたので僕はポカンとして、二人の顔を見比べてしまう。すると女の人が「内緒、内緒よ」と口に人差し指をあてがいながら近づいてくると、僕の頭を撫でたりする。何だか知らないが仲の良い二人みたいだ。

用事がすむと、僕は兵隊さんのいる隣の宿舎に遊びに行った。いつも可愛がってくれる上等兵のAさんが僕を見つけて、にこにこしながら声をかけてくれた。

「マンちゃん、上がってきな……」

座敷には五、六人の兵隊さんが銃の手入れをしている最中で、油臭い布切れを手にしていた。公務中は厳しい顔をしている兵隊さんたちだが、宿舎にいるときには誰もが優しそうで僕たちと遊んでくれることがしばしばあるのだ。

「マンちゃんは大きくなったら何になるんだ？」

大人たちは、時々同じようなことを聞いてくる。

多くの子供たちは、自分の進路を決めているかのように即座に答える。

「僕はね、航空隊に入るんだ」

「僕は予科練に入って空を飛ぶんだ」

子供たちの答えは一様に決まっている。特に今や航空隊が花形なのだ。予科練の歌や、ラバウル航空隊の勇ましい音楽に子供たちの憧れは高まるばかりだったから……。男の子は兵隊になるように、お国のために働くようにと早くから学校で教え込まれているので返事も早い。

「僕ね、僕は戦車隊に入りたいんだ……」

「おお！　そうか、マンちゃんは戦車隊か、偉いな！　戦車は勇ましいぞ、それに陸軍の先頭を走るんだからな……」と喜んでいる。

戦車なんか見たこともないけれど、みんなが飛行機だ、航空隊だと言うから一人くらいは戦車隊もいないと困るだろうと思って、僕の答えは戦車隊と決めている。

今、男の子に人気の漫画は、「のらくろ」の兵隊シリーズや「冒険ダン吉」が圧倒的なのだが、まだまだ面白いものが沢山ある。「タンクタンクロー」の主人公タンクローは鉄球状の胴体から手足を亀のように出したり引っ込めたりできて、時には丸く弾丸のように固くなり、どこにでも飛んでいける豪傑ヒーロー。たとえ火の中水の中と敵陣の中を自由自在に暴れまくり、いたるところで活躍するのだから愉快でたまらない。読みながら

一人でくすくす笑い出したりしてしまう。

そんな漫画に影響されて、子供たちは誰もが兵隊になることを夢見ていた。

鉄砲を磨いていたAさんが「マンちゃん、この鉄砲を持ってみろ、おじさんが教えてやるから。さあ、こっちでこういうふうにしっかり持つんだぞ」と、突然僕に鉄砲を貸してくれた。

僕は初めてだけれど、嬉しくなって早速鉄砲を手にしてみた。

「これはな、三八式歩兵銃といって新しいものなんだぞ。戦車隊は、みんな最初は歩兵から始めるんだ。さあ、ぐっと肘を引いて……しっかり持つんだ」

まわりにいる若い兵隊さんが上等兵の話を笑いながら見ているので、僕はちょっぴり恥ずかしい。持ってみると意外に重たくて扱いづらい。

鉄砲がこんなに重いものとは知らなかった。Aさんは、まずお手本だと言いながら、ガチャッガチャッと音をたてて装填用の引き金を引き、弾を続けて五発入れてみせた。

引き金を引けば弾が撃てることは知っているが、弾の入れ方は知らなかった。まして銃剣の取りつけ方や薬莢《やっきょう》の取り出し方などを、実際に鉄砲を手にしながら教わったのは初めてだ。

兵隊さんは素早く、また軽々と鉄砲を扱って見せる。

だが、僕には引き金は固くて重くて、とうとう引き切れない。

「ねえ、ここの兵隊さんで一番偉い人のクライはどのくらいなの？」と僕はAさんに甘えるように聞いてみた。

「マンちゃんはクライが全部わかるのかい？　ここでは隊長さん、曹長の人が一番偉いんだよ」

「曹長？　ふーん、それじゃ軍曹の上なんだね」

ほかの兵隊さんが僕たちの話を耳にしながら笑ってこっちを見ている。

この宿舎には全部で二十人ぐらいの兵隊さんが出入りしているので、いつも活気に溢れていた。

僕の家に時々洗濯をしにくる兵隊さんは、星一つを付けた新入りの二等兵だ。

「上等兵殿、自分が洗濯をしてまいります。自分にやらせてください」

上官に対しての気配りは徹底している。

「班長殿！　その靴は自分が磨いてまいります！」

いつも声が大きいので、ほかの兵隊さんより目立っていた。

自分のことをやったほかに、上官の分を率先してやるのだから大変だなあと僕は思った。

暑い夏だというのに兵隊さんたちは長袖の服を着て、足にはしっかりゲートルを巻き、重そうな背嚢《はいのう》を背負い、肩には鉄砲を担いで行動している。汗まみれになって暑そうだ。

今も兵隊さんが戻って来た。「山本一等兵、ただ今帰って参りました」と敬礼。

「よーし、ご苦労」

今度は別の兵隊がつかつかと歩み寄って、敬礼をする。

「石井二等兵、ただ今より〇〇地区の歩哨交代に行ってまいります」

どの兵隊さんもきびきびしていて元気があり、それが街全体を活気づかせているみたいだ。

父の職業は建築請負業で、同業の職人たちと付き合いが多く、家を留守にすることがしばしばだった。この日は同年輩の人まで召集令状が届いていると緊張気味に話をしていた。

僕の家族は、
父　肇《はじめ》　三十八歳　建築業　大工
母　久《く》め　三十九歳
兄　宏生《ひろお》　十二歳　国民学校五年生
僕　満吉　十一歳　国民学校四年生
弟　潔　六歳
妹　美津子　三歳

当時の年齢は数え年が基準だったので、満年齢にして数えると一つか二つ差し引いて勘定しなければならない。

六人家族のほかに、ボーイの陳さんと愛犬のチビと十二羽ほどの鶏が同じ屋敷内に生活している。

学校の山原先生や岩崎先生、昵懇《じっこん》にしている小俣ガラス店や池田さんにも召集令状が届いたという。興安街の男の人は急に減り出した。

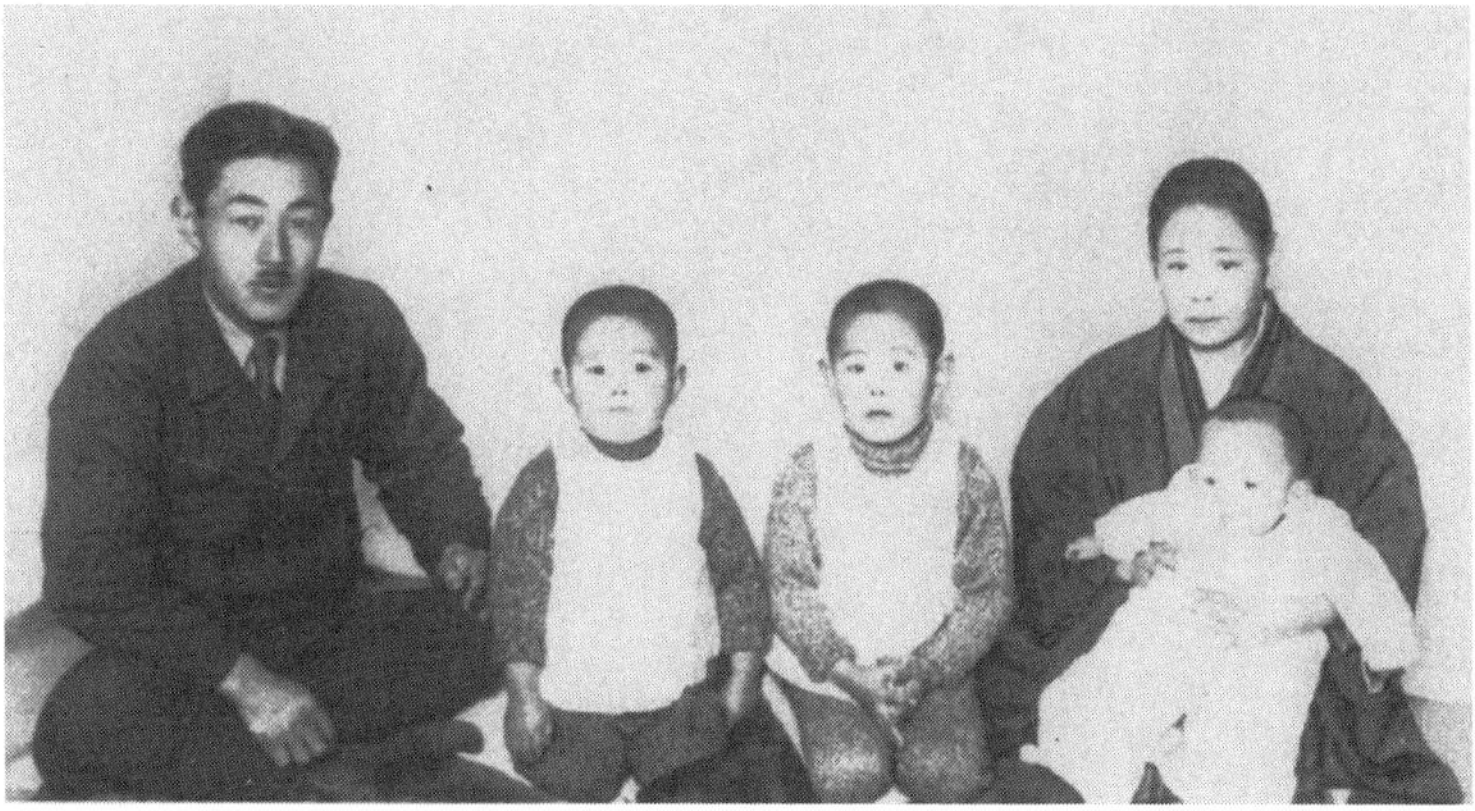

興安街で暮らしていた頃の家族写真。左から父・肇、著者、長男・宏生、母・久めと母に抱かれた三男・潔

四十歳の人まで召集されているというのに、どういう訳か父と同じ三十八歳の仲間は奇妙に残されて、次は間違いなく俺たちだと話に出ているという。

そんな毎日だったので、母はいつも僕たちに言っている。

「お父さんが出征したらお前たちがしっかりしなければならんのよ。遊んでばかりいないで、何でも覚えるようにしなさい」

いつの日か我が家に召集令状がくることを予感して、気にしながらの生活だった。

妹の美津子は三歳といっても満年齢で数えると一歳になったばかりなのだが、大きな病気にかかり、つい一週間前に退院してきたばかりだった。男ばかりの三人兄弟の次に末っ子として生まれたのが女の子だったので、両親は特に可愛がっている。まだ話をすることはできないが、みんなの言うことがわかるらしく、笑顔をふりまく可愛い妹だ。

今日も空高くに飛行機が悠然と飛んでいる。興安街に飛行場ができてから、最近は毎日のように爆音が聞こえ、空の守りも一段と強化されている様子だ。新聞やラジオによると今日も南方戦線で日本軍が奮闘し、大きな戦果を挙げたと報じていた。

僕が三年生のときに、先生から聞いたアッツ島の話には緊張させられた。北方戦線のアッツ島では死力を尽くした戦いの末、ついに全員玉砕してしまったという。

その後の新聞には勇ましい記事が躍っていた。「神風特攻隊が駆逐艦を撃破」「米英撃滅いざ行かん」「若鷲凱旋」「見よ皇軍この勇姿」「戦艦太平洋に出陣」など国民の士気を駆り立てる活字が目を引いた。

戦闘は日に日に激しくなって、物資はだんだん少なくなり、衣服や食糧が配給になるのをはじめ多くのものが統制されて日常の生活も一段と厳しくなっていった。各家庭から金属類を供出することになり、特に鉄や銅、それにジュラルミンは貴重な資源として集められていく。

「こんなベーゴマなんかでも役に立つの?」

「大丈夫よ。小さくたって全部集めれば沢山の量になり、それが軍艦や大砲の材料になるのよ」

僕たちは南方の兵隊さんに頑張ってもらうため、激励の手紙を何度も書いて、その都度慰問袋に入れて差し出した。


夏休みに入ってからの興安街は、軍隊も補強され空に地に万全の備えが成されているかに見えたが、市民を震撼《しんかん》せしめる大事件が勃発した。

八月九日、突如としてソ連が日本に宣戦布告したとの情報が飛び込む。市民は驚いた。世界の連合国を相手に、総力を挙げて戦っているところへ、最も危惧していた北の脅威が現実となって参戦してきたのだ。わが国はソ連との間に日ソ中立条約が締結されており、日本への参戦は国際条約に違反するものと大人たちは怒りを込めて話していた。

しかしながら既に戦端は開かれたのだ。そうなると国境を接しているこの満洲は大変なことになる。興安街全体が大きな緊張に包まれていった。

隣組が強化され、日本人同士の横の連絡が即座に通じる仕組みもできた。学校に隣接する林の中には高射砲が据えつけられたとか、関東軍が続々集結しているとか伝えられた。各家庭に緊急の非常食として乾パンが支給されたり、煎《い》り米を作って茶筒の中に入れて保存するよう指示が出されたりした。

学校の庭には大きな防空壕があって、普段から全校生徒による非常訓練を何回かやらされた。僕たち四年生は防空壕に入ったときには、いつもわいわいがやがや騒いでばかりいて、押しくらまんじゅうを楽しんでいるようにはしゃいでいた。何しろ中は真っ暗で、誰が側にいるのかもわからない。ついつい声を出して騒いでしまうのだ。

そんなときは男の先生が「静かにしろ！」と怒鳴る。一瞬は静かになるのだが、すぐに喋りだしてしまうのだ。防空壕の中では個人が叱られることはないから、最初はひそひそ話なのにすぐ普通の声になり、それが大きな声になってしまう。すると、再び先生が怒鳴り声を上げた。

モンペ姿のお母さんたちも防空頭巾を被って共同の防火訓練をやらされていた。バケツのリレーや砂運びなどである。それは今まで見たことのない光景であった。

今までの戦争は、南方の島々で戦っているように聞かされていたが、最近になって日本の本土にアメリカのB29爆撃機が飛来、空襲による大きな被害が出ているという。ここでも映画で見たような戦争が本当に起きるのだろうか。ソ連の開戦で、この平和な満洲に何が起こるのだろうか。僕たち子供の間でも不安と胸騒ぎを感じるショッキングなニュースが飛び交っていた。

空襲

　昨日と今日と明日の違いでそんなに大きな変化が生じるなんて想像もできないし、考えてみたこともなかった。ましてや僕たちが戦場の真っ只中に置かれていたなんて、誰一人気づくことはなく、いつもの朝を迎えていた。

　八月十一日、朝ご飯を終えた。学校も休みだから、今すぐにやらなくてはいけないこともないので、いつものようにのんびりとしていた。

　眩《まぶ》しい陽光が射し込む窓辺に座り、一人で遊んでいた。積み木と本を組み合わせながら、家の形を作っていたのだ。

　何気なく、南の方角にある三角塔と呼ばれる要塞のほうを時折眺めては退屈そうに手を動かしていた。それはもうすぐ十時になろうとしている頃だった。

　急にビリビリビリ……と空気が揺れ動いて、窓や建具が大きく振動したように感じた。最初は何が起きたのかわからなかった。空気はさらに振動を強める。窓から空を見上げると真上に飛行機が飛んできて、空が急に暗くなった。その飛行機からバラバラと黒い爆弾が投下された。

　爆弾は飛行機の進行方向に沿って斜めに落下しているのがよく見えた。

　僕は思わず声を上げた。「うわ、大変だ！　空襲だ！　爆撃だ！」

　ドカドカドカーンと強烈な音を立てて爆弾が炸裂し、ものすごい火柱が立った。

僕は裸足で土間に飛び下りた。母が絶叫する。「早く！　防空壕に逃げるんだよ！　潔！」

母は弟を呼びながら、妹の美津子を抱きかかえ、夢中で防空壕へ滑り下りた。

ズシン、ズシンと大地が揺れている。ドカーン、ドカーンと爆破音の振動が押し寄せてくる。僕は目をつむって首をすくめた。防空壕の中では誰彼なく抱き合うように息を殺してじっと耐えるだけだ。

爆発音は次から次へと続く。「恐ろしい！　早く通り過ぎてくれ！」と祈る気持ちでいっぱいだ。ドサッ、バサッと何かが崩れ落ちる音がした。防空壕の土砂が崩れ落ちたのだ。

「うっひゃっ！　うひゃー」

誰もが恐怖の声を上げていた。大地震に見舞われた上に、雷に打たれたような感じだ。

爆風で今にも壕が潰されてしまうのではな

いかと恐怖に駆られる。それは心臓が止まってしまうのではないかというほどの恐ろしさで、手にべっとり汗をかいていた。暗闇の壕の中では何も見えないのだが、それ以上の恐怖で目を開けられなかった。息をひそめてじっと耐えるしかない。

音が少しだけ遠ざかった。恐ろしさで体がぶるぶる震え出す。しばらくして父が声を上げた。

「行ってしまったようだな。……どうにか持ちこたえたようだ。もう大丈夫だろう」

防空壕の出入り口に近づいて、外の様子をうかがっていた父が振り返ってこっちを見る。

「潔は？　潔はどこだ？」

「ええっ！」

暗くて気がつかなかったが、壕の中に弟がいないのだ。みんなで抱き合っていたはずなのに潔がいない。

「どこへ行ってしまったのだろう……」

母もようやく気づいたようだ。突然の空襲で動転してしまい、誰が壕に入ったのか確かめる余裕がなかったのだ。僕たちは青ざめたままお互いの顔を見合わせた。飛行機はどうにか去ったようだ。しかし、あの轟音が耳鳴りのように残っていた。

「とにかく外に出て見よう」

父の声で壕の扉を開けた。目が眩《くら》むほど外の光は眩しい。片手で光を遮《さえぎ》るようにして階段を上った。父と母は潔を捜しているがどこにも見当たらない。物陰から出てきたチビも突然の空襲に怯《おび》えた様子で右往左往していた。鶏もコケッコ、コケッコと気忙《きぜわ》しく騒いでいた。

庭でゴザの上に干していた煎《い》り米も、ゴザ全体に泥が混じり黒く汚れてしまっている。

「あーあ！　ガラスがあんなに割れているよ」

僕は一変した家の周囲を見て驚きの声を上げた。

兄の宏生《ひろお》はいち早く冷静さを取り戻した。「あんなに沢山の飛行機が来たのに、みんなは空襲警報のサイレンを聞いたのかい？　今まで訓練のときはサイレンが鳴ったけれど、今日のような本番にサイレンは鳴っていなかったよな。そう思わない？」

確かにサイレンは鳴っていなかったように思う。

朝早くから飛行機が飛んでいたのは気づいていたけれど、いつものように興安号か、あるいは別の日本の飛行機だと思っているから気にもしなかった。それならサイレンが鳴る訳がない。

遥か北側に聳《そび》える興安嶺の山々をすれすれに飛んできて、突然機影を現したソ連軍の侵攻を、守備隊は察知できなかったのだろうと父が話した。それにしても大変なことが起きてしまった。ソ連が参戦して三日目だ。興安街は最初から標的にされていたのだろうか。

母は潔を呼びながら捜しているのだがまだ見つからない。そんなに遠くへ行く訳がないし、家は倒壊していないのだから必ずどこかにいるはずだ。

父は本部と連絡をとるため、急いで電話に向かった。受話器を耳に当てたまま、呼び鈴のハンドルをぐるぐる回している。いつもならすぐに出る交換台がなかなか出ないので父はいらいらしていた。受話器の引っかけ金具をガチャガチャと何回も押しさげて、交換台を呼ぶが誰も出ない。

「どうなっているんだ……こんなに出ないとは……。もしかしたら電話局がやられたのか。それともみんなが一斉に電話をしていて回線が空かないのか。どっちだかわからないが、急ぐときに通じないんでは話にならない……」と父はぶつぶつと呟《つぶや》いていた。

やがて父は「電話が不通になってしまったようだ。非常事態が発生したら自治会本部と連絡することになっている。通じないのでは仕方がない。これから行って情報を確かめてくるしかないな。みんなもう集まっているかも知れない」と言って受話器を下ろした。

「父さん、どこへ行っちゃうの？」と僕は聞いた。

「緊急事態だから、役所へ行ってくるんだよ。役所には在郷軍人会や隣組の組長さんとか自治会の役員さんが集まることになっている。お前たちは早く家のまわりを片付けるんだよ。何かあったらすぐ連絡するからな」

そう言って家を出ようとしたところへ、弟の潔が息せき切って帰ってきた。

「お前はどこに行っていたんだ」と父が聞いた。

「僕ね、学校で遊んでいたの。そしたら急に飛行機が飛んできて、僕、動けなくなってしまったの。そしたら兵隊さんが学校の防空壕に連れてってくれたんだ」

潔は泥で汚れた顔を拭きながら、そのときの様子を一生懸命に話していた。

「学校の防空壕では誰も怪我をしていなかったよ」

父も母もとても心配していたけれど、潔の無事な姿を見て安心したようだ。

「黙ったまま遊びに行っちゃだめよ」

母は潔に注意すると、台所へ向かった。片付けを始めようとするが、家の中は無茶苦茶になってしまっているので、どこから手をつけていいのかわからないでいた。

父が本部へ向かうため、「じゃあ、行ってくるよ」と外に出た途端にサイレンが鳴り出した。

ボオ……ウ……ボオ……ウ…ボオ……ウ

空襲警報である。「また爆撃があるぞ、急いで防空壕に入れ！」と父は声を上げて、家族を確かめながら壕の中に下ろしていく。さっきまでいなかったボーイの陳さんも壕の中に入ってきた。すると隣に住む二人の満人が「入れてください！」と壕の中に飛び込んできた。扉を閉め切らないうちに、不気味な爆音がだんだんと近づいてくる。

「来たな！」とみんな観念して目をつぶり、耳も塞ぐようにして身構えた。最初の爆弾が、ドカーンと音を立てたら続けざまに爆発が起きる。大気を揺るがす爆音と共に、炸裂する爆発音が重なって、耳をつんざくばかりの大音響が壕の中に響いた。

「今度は近いぞ！　危ない！」とみんな思ったはずだ。

ズシンと地をえぐるような音がする。強烈な爆発音と共に、きっと建物は吹っ飛んだはずだ。防空壕の屋根にも何かが落ちてバウンドした。

まわりの土がざらざらっと崩れ落ち始めた。天井にもかすかな穴が空き、光が差し込んでいる。

「もう駄目かな……」とそんな諦《あきら》めが頭をよぎる。

強烈な振動と爆風でガラスの割れる音、直撃を受けた建物の潰される音、爆弾は間断なく炸裂し、この防空壕も今にも潰れそうだ。思わず顔を覆う。心臓が止まりそうだ。凄まじい地響きで壕全体が大きく揺れた。誰もが悲鳴を押し殺していた。

ズドーンという音に首をすくめる。息もできない。また何かの塊が防空壕の屋根に落ちてバウンドした。今度は光が三カ所から入っている。「今度は駄目かな……助からない、やられそうだ」と生唾《なまつば》を飲み込む。

防空壕の中にいる八人が、互いに体を寄せ合っているから、狭い壕の中はむんむんとして暑苦しい。汗ばんだ顔に、天井の土が埃となって落ちてくるから、どの人の顔も汚れて別人のようだ。

しばらくして飛行機の音は少しずつ遠ざかっていった。どうやら助かったみたいだ。

父がようやくみんなに言葉をかけた。「危ないところだったな。もう駄目かと思ったけれど……。ひとまず、ここから出ようか。もう大丈夫だろう」

二人の満人と父が壕の扉を押した。

扉の外で土砂や何かの破片が散乱しているようで、それが邪魔して扉がなかなか開かない。無理してこじ開けようとしたら、上のほうだけは開くが、下のほうがまったく動かない。満人の一人が身体半分を無理やり通して外に出られた。その人に外の土砂を取り除いてもらい、やっとの思いで外に出られるかと思った矢先、またも爆音が近づいてきた。

「駄目だ、またくるぞ！」

再び壕に入って扉を閉めようとするが今度はうまく閉められない。大人たちが慌てて扉を引き込んだ。三度の爆撃だったが、今度は飛行機が少ないらしく、さっきよりは音が小さい。高く飛んでいるらしく、ゴーゴーゴーと爆音だけが流れるように聞こえてくるだけだ。

それでもいつ爆弾が落ちてくるかわからないので誰もが気が気ではない。緊張しながら、音が通りすぎるのをじっと我慢した。今度の飛行機は爆弾を落とさなかった。

爆破音がなければ少しは落ち着いて話もできる。黙っている重苦しさから逃れるように、母が口を開いた。「どこに爆弾が落ちたら、この壕は潰れてしまうのかね」

父は確信があるように、すまし顔で答えた。「母屋にまともに落ちたらおしまいだよ。この天井に命中しても駄目だがね」

今度の飛行機は高く、遠くを飛んでいるようだった。父はその音で飛んでいる飛行機の数を予想できるほど余裕を取り戻していた。まだ上空に敵機が飛行しているのに、扉を開けて外に出て見ると、遥か遠くを悠然と飛び去る三機の機影が目に映った。

「畜生め！　忌々《いまいま》しい」と敵機を睨んだ。襲撃してきたときには低く飛んできたのに、帰るときはあんなに高く飛んでいくのか。この大空はソ連の自由にされてしまっている。飛び去る機影から目を離して自分の家を見ると、残っていた窓ガラスは全部割れて、見るも無残に散らかっていた。

それでも我が家は隣家と共に爆弾の直撃を免《まぬが》れ、家としての原形を留めているから良かったが、少し離れた近くの建物は半壊や全壊しており、土煙がもうもうと上がっている。五十メートルほど先にある大きな学校組合の建物とその周囲は滅茶苦茶に壊されていたのだ。役所の建物も半分だけ残して、大きく崩れ落ちていた。

火の手が上がっていないのが不幸中の幸いであるが、かなりの被害を受けたことは確かだ。すごいことになってしまった。どうするんだろう、あんなになって。映画で見た爆撃はいつも日本軍の飛行機が爆弾を落とすのに、今日は僕たちがソ連の飛行機から爆撃されてしまった。何だか不思議でならない。

もうすぐ十二時になろうとしている頃、隣にいた兵隊さんたちの動きが慌ただしくなっている。大きな号令やかけ声で足早の行動が始まっている。父も急いで対策本部へ向かって行った。隣家の満人も荷物をまとめてどこかに向かう様子である。学校の庭でも兵隊さんが激しく動き回っている。僕たちも何か始めなければならないのだが、あまりの出来事に考えがついていかず、しばし呆然としていた。とにかく散らかっている部屋の中を何とか片付けることが先決だと気づき、部屋に入ってみると、座敷には逃げ惑った鶏が五羽、我がもの顔でちゃっかり上がり込んでいるではないか。何だ、こいつら！　ふざけやがって。

「しっしっ、こら！　ここはお前らの部屋じゃない、ほら出ていけ！」

「コケッコ、ココココ、コケッコ」

羽をバタバタさせながら暴れる鶏は、土間になかなか下りないで部屋の隅から隅へと逃げ回るだけで、こっちの思いどおりになってくれない。しょうがないやつらだ。一匹ずつ捕まえてしまおう。兄と僕とで挟み撃ちにしてどうにか家から追い出した。大騒ぎしたせいで鶏の羽が抜けて、部屋の中は余計に汚れてしまった。

鶏小屋の中にいたとしても今日は卵を産むどころではなかったろう。犬も鶏も人間も突然のことで大混乱だ。あんなに爆弾が落ちたのに誰も怪我人が出なかったのが不思議といえば不思議だった。とにかく、みんな助かったのだから、元気を出すしかない。兄が率先して泥まみれの部屋に上がって掃除に取りかかる。

　干してあった煎り米には泥がいっぱい混じってしまったので、もう食べられる状態ではない。仕方がないから鶏の餌にするしかないだろう。ガラスの破片には困ったものだ。水瓶にもいっぱいゴミが入っているから、汲み替えないと使いものになりそうもない。遠くのほうで、微《かす》かに爆音がしていて何となく不気味さが漂う。またこっちのほうにくるのではないだろうか。空襲警報の解除のサイレンもまだ鳴らない。またいつ襲ってくるのかわからないのだ。遠く高い空には三機の機影が見えている。それはソ連の飛行機か日本の飛行機か、肉眼では確かめられないほど小さかったが、やがて飛び去っていった。

　飛行機が去ったあとも、ゴーゴーゴーゴーと爆音が耳に残っているような錯覚を感じながら、手押しポンプで水を汲み上げた。部屋の中は一度や二度拭いてもちっともきれいにはならず、まだまだ大変だ。

　そんなときに、ボーイの陳さんが、ひきつるような顔をして入ってきた。

「タイタイ（奥さん）、ちょっと話があるんだけれど……」

「なーに、どうしたの？」

「忙しいところで悪いけれど、今日限りで僕に暇を出してほしいんです……。こんなことになってしまって……。僕も困っていたのですが、さっき故郷の村から言伝《ことづて》があって、すぐに帰るようにと。迎えを寄越すというんです」

「随分と急な話なんだね」

「ええ、申し訳ないと思うんですが、ここにいては危険そうですし、仲間のいる故郷に帰りたいんです。いろいろ世話になったけれど、どうか僕の願いを聞いてください」

二年余りいた陳さんに去られるのは寂しいが、引き留める理由も見つからない。

「そうなの……。仕方がないね、よく働いてくれたし……。わかったわ。故郷へ帰ったら陳さんも早くお嫁さんをもらって一生懸命また働きなさい」

兄も残念そうだった。「またいつか会えるかも知れないね」

「そうよ、落ち着いたらきっと会えるよ。タイタイ、本当に申し訳ない。ジャングイ（ご主人）にもよろしく言ってください」

母は財布の中から餞別《せんべつ》を包むと、陳さんに渡した。「陳さんも元気でね。何もしてあげられないけれど、当座の分としてこれを持ってお帰り。立派な紳士になるのよ」と励ましながら送り出した。

陳さんが去ると、僕たちは急に寂しくなった。僕たちが満語を覚えて話ができるようになったのは陳さんのお陰だし、満洲の習慣や風俗を知り、美味しい食べものを知ったのも陳さんが教えてくれたのだ。

お昼ご飯も食べることなく、次から次へと片付けをしているところに、近所のおばさんがひょっこり顔を出した。「大島さん、お宅は大丈夫だったの？」

隣組で被害状況を確かめるために、おばさんは回っているらしく、そそくさと小走りにほかへ向かって行った。隣家にいた兵隊さんたちは全員が身仕度をしていた。学校に集合するらしい。これからが本番の戦闘になっていくのだろう。

上官の一人が、水筒に水を入れるために我が家を訪れた。「奥さん、大丈夫ですよ。関東軍は敗けたことはない、これからどんどん兵も集結してソ連なんか蹴散らしてみせますよ」

それに続いてほかの兵隊さんも挨拶にくる。僕と遊んでくれた上等兵のAさんも来た。「奥さんこのあたりは危ないですよ。早く避難した方がいい。自分たちはこれから白城子《はくじょうし》のほうに向かうのですが、何なら一緒に行きませんか。大島さんの家族なら何とかしますよ」

さっき来た人とは正反対の話を聞かされて何が何だかわからない。

父さんは対策本部に向かうとき、何かあれば連絡すると言ったままだった。隣組でも状況を調査しているところで、これといった結論は出ていないのだろう。予期せぬ大空襲で一時的な混乱に陥ったものの、普段から鍛えに鍛えられている関東軍のことである。これしきのことで驚くことはないし、これからの反撃に大きな期待が寄せられていた。

そうこうしているうちに、隣の宿舎は空っぽになり、学校に終結していた小隊もそのうちいなくなってしまった。

我が家は部屋の中はどうにか格好がつきつつあったが、割れてしまった窓ガラスだけは手の施しようがなくそのままになっている。僕たちではどうにもならないが、父が帰ってくれば、予備のガラスもあるし、建具のことなら大工をやっていた父に任せられるから安心だ。このへんでお昼休みにしたいのだが、母だけはせっせと片付けを続けていて、とても終わりそうにない。

右隣の苦力《クーリー》たちも左隣の兵隊さんもどこかへ向かったし、陳さんも故郷へ帰ってしまったので、いやに寂しくなってしまった。父さんも帰ってこないし、目の前の学校にも兵隊さんたちがいなくなって我が家だけが取り残されたようになってしまった。

庭の片隅には兵隊さんたちが残していった食器ケースや収納用の空き箱、輸送用の木箱とか武器弾薬の空き箱などが山と積まれて残されている。誰もいなくなった我が家の庭は静寂さだけが漂い、僕の胸もぽっかりと穴が空いたようになった。

いつになったら、ご飯にしてくれるのかな……。一生懸命働いたのでお腹も減ったし疲れもした。

「母さん、ご飯にしないの？」

「もうすぐ片付くから我慢しなさい。今日は普通じゃないんだから……」

母も気が立っているようだ。

避難開始

もうすぐ夕方四時になろうとしていた。あらかた片付いて、一息つけるところまでこぎ着けた。それなのに、母は昼間の空襲での混乱が続いているのか、あるいはこれから先のことが不安なのか、一人で気を揉みながら、同じところを何回も繰り返して手をつけるものだから、片付けは一向に終わる気配がない。

もう、いい加減に切り上げてほしいと思っているところへ、近所に住む小俣のおばさんが息せき切って駆けつけてきた。

「大島さん、これから全員で疎開するんだってよ。まだ聞いていないんでしょう。六時に富栄洋行《ふえようこう》の前に集合することになったのよ。急いで荷物をまとめてね」

隣組の連絡係だった小俣のおばさんは忙しそうに、早口で告げている。母は知らせてくれた小俣さんに「お宅は大丈夫だったの？　誰も怪我人は出なかった？」と聞いた。

「ええ、うちは何とか切り抜けたけれど、大変だったわよ。もうちょっとのところであの世行きよ。危なかったわ……」

「恐ろしかったわね。でも無事で本当に良かった。」

「そうなのよ。まかり間違えば死人に口なしよ。怖かったわね」

「本当に……。もうどうなることかと体が動かなくなったわよ。でもみんな無事で良かった。それはそうと、これから支度を始めるにしても今日はもう、空襲はないでしょうね？　どうかしら」

お昼前に兵隊さんが訪れたときから、誰とも話をしなかったせいか、母は小俣さんとの話に夢中だ。「疎開するといっても、荷物はどのぐらい持ち出せるのかしら……。第一どこへ行くの？　何日ぐらい疎開するのかしら？　そしていつ帰って来られるのか……」

「詳しいことは聞いていないのよ。たぶん一週間くらいじゃないかね。あたしはそのつもりでいるけれど。心配ばかりしていても切りがないしね……。それはそうと、大島さん、お隣にいた兵隊さんたちね。興安の駅から列車に乗ってみんな出発したんだってよ！　それでね、そのあとの列車はもうないんだって話よ。どうするんだろうね」

「ええっ！　どういうこと？　そういえば一緒に行かないかと誘ってくれた兵隊さんもいたわ。部隊全体が何か急いでいたでしょう。だからあまり詳しい話もできなかったんだけど、このあたりも危なくなるって話していた兵隊さんもいたわ」

「うちの主人の話では、昨日のうちからトラックなんかを集めて、街を出ていった人も大勢いるんだって。今、街には自動車が残っていないみたいよ」

「まさか…そんなことってあるの？」

「本当よ。空襲の前に憲兵隊の人や軍官学校の人たちは、とっくに街を出ていったたって」

「まあ、本当なの？　そういえば役所に勤めている高橋さんが昨日、荷物を運ぶのを見たけれど、あの人たちも列車で先に避難したのかな……」

「そうなのよ。特務機関の小林さんのところは一昨日のうちに街を出たっていうじゃないの」

「さっきまでいた部隊が出て行ったあと、残っているのは私たちだけってことなの？　冗談じゃないわよ……」

「でも、これが現実よ。戦時下だからね。早くしないと大変なことになるわよ」

「今から疎開するのはいいけれど、自動車もなくって列車も出ないんでしょ。馬車だってあるかどうか……。こんなんで、どうしろって言うのかしら？」

「そんなこと考えたって仕方がないのよ。とにかく急がなければ……。街はとっくに空っぽなのよ。どうなるかなんて、あたしにもわからないわよ。さあ、急いで！」

小俣のおばさんは去り際に、忌々《いまいま》しそうに言った。「高射砲で一機くらい、撃ち落としたんだろうかね、まったく……」

あとで聞いた話では、折角据えつけた高射砲だが敵機の急襲に慄《おのの》き、撃つ人がいなかったとか、壊れていて使えなかったとか、弾がなくてただ置いてあるだけだったとか、そんな噂がまことしやかに囁かれていたということだ。

補強されているとばかり思っていた部隊も去ってしまうと、日頃から備えていた戦時体制とは一体何であったのかと疑問が湧くばかりである。我々の盾となるものは何もなく、虚しく時間だけが通り過ぎていこうとしている。父は本部に行ったまま何も連絡をしてこない。電話も不通になってしまったのだから、連絡のとりようもなかったのだろう。疎開することになったのは仕方ないが、何をどれだけ用意したらいいのか、母は相談相手もなくて困っている。本当にこの街の人たちみんなで疎開するのだろうか。気持ちの整理ができないまま、しばらくためらっていた母だが、意を決して荷造りを始めることにした。もう、ぐずぐずしている訳にはいかない。

「お前たち、これから急いで荷造りするから、みんな手伝っておくれ」

「母さん、いつになったらご飯食べるのよ」と腹ペコの僕は聞いた。

「そんなこと言っている場合じゃあないだろう。陳さんもいないし、父さんもいないんだよ。一食ぐらい抜いたってどうってことないでしょ！」

母は声を荒げて、押し入れの戸を開けると手当たりしだいに衣服を引っ張り出した。

僕たちは仕方なしにリュックや鞄や風呂敷を広げ、言われるままにいろいろなものを詰め込んだ。

母は一人で気を揉みながらも懸命に頭を働かせていた。


六時に集まれとのことだが、あと二時間もない。衣服は簡単に袋詰めできたが、食糧はどうやって持てばいいのだろうか。かねて用意した煎《い》り米の茶筒と乾パンと、わずかな梅干し、砂糖に塩に、それから卵はどうしようか……そう缶詰もどこかにあったはずだ。海苔と佃煮と煮干しもきっと役に立つかも知れない。あとは……そうだ、子供たちのお菓子があればいいのだが……あいにく今日は何もない。

うーん、一つの袋に入れるより、少しずつ分散したほうがいいのではなかろうか……。途中で家族がバラバラになるようなことが起きないとも限らない。移動には何日かかるのか見当もつかないので、何日分の食糧が必要なのかさっぱりわからない。相談できる隣近所はもう誰もいないし、知人のところに相談に行く時間もない。それに朝のような空襲がもう一度来たらどうしようか……。

そうだ、美津子に何か食べさせなければ……。ええと、あと何だろう。そうだ、とりあえず茹《ゆ》で卵を作っておくことにしよう。それに夜食用のおにぎりを作るために今からご飯を炊いて間に合わせなければならない……。そのうちにお父さんも帰ってくるだろうから、手分けして持てるように荷物を準備していかなければ。そうだ、大事なお金は全部持ち出さなければならない。お金はお父さんの事務所にもまだあるはずだ。それに保険の証書に預金の証書……。子供たちの写真はどうしようかしら……。ここにはまた帰ってくるのだから本や写真は置いていっても構わないね。指輪も持ったし、そうそう住所録は持たないといけないわ。マッチにちり紙に箸だね。食器はアルミのほうが便利かも知れない。飯盒も兵隊さんから貰《もら》ったのがあるから、それを持っていこう。さあ、あとは水だね。水は水筒に入れてみんなで持てばいいか……。


「マンちゃん、この水筒に水を入れなさい。これは一人でできるわよね」

「宏生《ひろお》、お前はこの荷物をリヤカーに積んでおくれ」

「潔、お前はこれを着て、この帽子を被るのよ。そしてこのリュックを背負ってごらん」

父が帰ってこないので僕たちは仕方なく荷物を運び出すことにした。

僕が手押しポンプで水を汲み上げていると、何事が始まったのかと怪訝《けげん》そうに愛犬のチビが近寄ってきた。

「やあ、チビ、お前もご飯食べていなかったんだよな。だけど今日はお前にかまっている暇がないんだよ……」

水を入れ終わると、兄の積んでいるリヤカーを押さえて、一緒に荷物を積み上げていった。

「マンちゃん、お前はこれを着て行きなさい」

夏だというのに冬の外套《がいとう》を着ることになった。日中は暑いが、夜中には寒いときもあるし、もうすぐ駆け足で秋がやってくる。予定していた荷物はリヤカーに積み終えたが、母は見落としがないか部屋の中を覗いては、思い出したように荷物を追加していく。茹で卵もできているようだ。ご飯も炊けたので急いでこれからおにぎりを作らなければならない。

「宏生、もういいから竈《かまど》の火を消しておくれ」

「マンちゃん、卵が冷めたら美津子に一つ食べさせてね」

母が握ったおにぎりを、一つずつ食べ終わると、すぐに出発の用意だ。鶏小屋の扉は開けたままにしておく。念のために鶏小屋に入って卵があるかどうか確かめたが、やっぱり今日は一つもなかった。今度帰ってくるのはいつになるかわからないが、家の戸締まりだけはしなければならない。すべての戸に鍵はかけて見たものの、ほとんどのガラスが割れてしまっているので単なる気休めにしかならないが、それでも仕方がない。

家のもの全員がいよいよ出て行くとなると、こんなボロ家でも何となく寂しくなるものだ。今は右隣の家も左隣の家も誰も住んでいないなんて不思議な感じがする。今朝までの賑やかさが嘘のように静まり返っている。兄が先頭に立ってリヤカーを引き、僕と弟が後押しをした。母は美津子をおぶって、両手に手提げを持ってついてくる。

「もう、みんな集まっているのかね」

「僕たちが着いたらもう一つおにぎり食べようよ」

「父さんは先に行って待っていてくれるんだろう」

「六時に集合だっていうけど、少し遅れちゃったみたいだ。大丈夫かな」

「先に行ってしまった兵隊さんたちね。今頃どのあたりに行ったと思う？」

「白城子《はくじょうし》のほうに行ったのなら、もうとっくに着いているよ」

「一緒に行ってもいいなんて言っていたでしょう。誰か一緒に行った人なんかいたのかなあ」

「わからないな。誰も行かなかったと思うよ」

「今日の空襲で満人の人たちはどこへ行ったんだろう。誰もいなくなったみたいだけど……」

「あの爆撃には驚いたろうな。びっくりしてどこかへ逃げちゃったんだよ」

山積みのリヤカーを家族で囲み、僕たちはいろいろな話をしながら集合場所へ向かった。道路の所どころに爆撃で大きな穴が空いていたし、破壊された建物の破片などで道が塞がれていた。僕たちは今さらながら爆破の威力に驚かされた。

「このあたりがひどかったみたいだね」

「佐藤さんの家も壊されているよ」

「その向こうに塀が倒れているところがあるけど、あそこは通れるかな？」

「大丈夫だよ、あそこは。……でも、その先に大きな穴があるみたいだよ」

「すごいね。あそこに落ちたんだね」

爆弾の威力で道路に土が盛り上がったところはリヤカーの車輪が埋まってしまう。「えい、やっ！」と気合を入れて押してみてもなかなか進まず、しまいには息が切れてしまった。目的のところまで半分あたりにある四つ角に差しかかった。そこにも穴が空いていた。

「今度の穴は大きそうだぞ。もしかしたら通れないかも知れないよ」と兄が心配そうに言う。山積みのリヤカーを後ろから押している僕には前が見えないのでわからなかったが、穴のすぐ側まで来て僕は目を丸くした。直径四メートルもある大穴が道路いっぱいにえぐられ、しかも三メートルの深さだ。

「こりゃー大変だ。通れないよ」

穴の土は道路の端と家の土塀の間で積み重なっていた。シャベルを用意してなかったので、道路を平らにするのは簡単にはいきそうもない。引き返して別の道を行くのでは、もっと時間がかかりそうだ。それに別の道なら安全に通れるという保証もない。ここは無理してでも通すしかないという結論になった。少しでも土を平らにするため、木っ端や手で土を穴に落とし入れるしかなさそうだ。リヤカーの通れる道幅だけでも何とかしなければならない。長袖の外套なんか着ていては、暑くて仕方がないからひとまず外套を脱いで半袖になってから作業を始めた。それでも汗が滴《したた》り落ちて暑苦しい。十五分をかけて、ようやく穴の片側を埋めることができた。

「もういいだろう。このくらいで……」

兄が額の汗を拭きながらリヤカーの把手《はしゅ》を掴《つか》み、僕に声をかけた。

「一気に押さないと通れないかも知れないから、一生懸命押してくれよ」

「よーし、行こうか」

「じゃあ、行くぞ！　えいやっ」

弾みをつけて力いっぱい押したものの、車輪が土に埋まり、リヤカーは動かなくなってしまった。しかも荷物が重たいのでリヤカーは穴のほうに傾いている。

僕は思わず声を上げた。「危ない、危ない！」

穴のほうに転倒してしまったら、もうおしまいだ。足場が悪いから、引くも押すもできない。

「どうする？　これでは荷物も下ろせないよ」

見ていた母も気が気ではなかった。「宏生、右側の車輪の下を掘って、リヤカーがひっくり返らないように平らにするのが先決だよ」

僕たちは車輪の下に潜り込んで土を削り取って、どうにか平らにすることだけはできた。

だが、埋まってしまった車輪を動かすことは容易ではない。リヤカーはどうにも動かない。もうこれ以上どうすることもできない。父を呼んでくるしか手はないのか。

母は諦《あきら》めきれないで僕たちに発破《はっぱ》をかける。「時間がないのだから、頑張ってタイヤの下に石や板切れを入れて押し出すしかないよ」

僕たちは再び車輪の下に潜り込んだ。汗を拭う僕たちの顔は泥だらけだった。羽子板で負けて墨を塗られたときのように汚れてしまっている。急いでやらなければ、もうすぐ日が暮れてしまう。

重い石を集めては車輪の下に並べ、少しずつ地面をならしていった。

「よーし、もう一回やってみよう。今度こそ押し出すんだぜ」

兄の号令に合わせるように身構えた。

「行くぞぉ、一、二、三！　よいしょ！」

リヤカーは少しだけ動いたが、また傾いて止まってしまった。

「駄目か……」

子供の力ではどうにもならない。折角、石を入れたのに、車輪は土の中にめり込んでしまっている。これでは危なくて荷物を下ろすこともできない。

「どうする。困ったね。もう投げ出したいくらいだよ」と兄は嘆《なげ》き、僕も泣き出したいくらいだった。ほとほと困り果てていると、そこに馬に乗った二人の兵隊さんがやってきた。一人は将校さんのように胸に勲章を付けて、すごく偉そうな軍人さんだ。腰に軍刀をさげて白い手袋をしている。二人の兵隊さんは、リヤカーが立ち往生しているのを見て、僕たちに声をかけてくれた。

「君たち、大変だね。手を貸して上げよう」

そう言って馬から下りて手伝ってくれたのだ。片方の兵隊さんは足場が悪いため、ずるずるっと穴に滑り落ちそうになりながらも、力いっぱいに押してくれた。お陰でリヤカーは道に戻ることができた。

「うわーすごい！　出た出た、大人の力ってすごいなあ。良かった……良かったね」

汗と土で汚れた顔を笑顔で綻《ほころ》ばせながら僕たちは兵隊さんを見上げた。兵隊さんは長靴を脱いで逆さまにすると中に入った土を出し、軍服についた泥の汚れも手で叩きながら払った。リヤカーの状態を確かめると、再び馬に跨《また》がり、僕たちに言った。

「君たちも頑張るんだ。この先の道はそんなにひどい状態ではないけど気をつけて行きなさい」

とっても優しい兵隊さんだった。僕たちは嬉しくなって「兵隊さん、どうもありがとう」と帽子をとってお辞儀をした。母も「お陰で助かりました。本当にありがとうございました」と頭巾をとってお礼を言った。

「皆さんの道中の無事を祈ります」

兵隊さんは白い手袋のまま、軽く挙手をして立ち去った。僕たちはいつまでも兵隊さんの後ろ姿を見送っていた。

やがて、兄がリヤカーを引き、僕がリヤカーを押して集合場所を目指して歩き始めた。僕は兄に話しかけた。「良かったね。こんなところへ兵隊さんが来てくれるなんて」

「本当だね。一時はどうなるかと思ったよ」

「嫌になっちゃって投げ出したくなったもの……」

「だけどさ、何であの兵隊さんたちは今頃、ここにいたんだい？　もう誰もいないのにさ」

「仲間の兵隊さんと、はぐれてしまったのかな……」

「そんなことはないよ。あの人は将校さんみたいだったぜ」

「これからあの二人はどこへ行くんだろう？　まだ部隊がどこかにいるんならいいけど」

「そうだよね……。僕は爆撃の被害状況を調べに回っているんだと思うよ。きっと……」

「でも、親切な兵隊さんで良かったね。手伝ってくれるなんて思わなかったもの……」

「どこの出身の兵隊さんだったのだろうね？」

「名前も聞かなかったしね。どこから来たのかもわからない。でもさ、やっぱり兵隊さんて格好良くていかすね」


だんだん暗くなってきた。もうすぐ七時になるかも知れない。僕は額の汗を拭きながら一生懸命にリヤカーを押して、ようやく目的地の富栄洋行の前にたどり着いた。やっとのことで到着したのに、まだ来ていない人が大勢いるようだった。

到着している人の中には待ちくたびれて欠伸《あくび》をしたり、荷物を枕に横になる人もいた。今日の空襲で受けたショックのためか、声を失い沈み切っている人もいれば、逆に不安を解消するかのように喋りまくる人もいた。みんな混乱しているのだ。

予定の時間はとっくに過ぎているが、ここへ向かっている人たちのためにもうしばらく待つことになるという。仕方がないので僕たちも休憩する場所を探すことにした。暗くなると昼間の暑さが嘘のように気温が下がり、肌寒くさえ感じてくる。

「お前たち、さっき脱いだ外套を着なさい。汗をかいたままだから冷えると身体に悪いから」と母は心配そうに言う。

僕たちはリヤカーの陰に腰を下ろし、おにぎりを食べながら出発を待つことにした。チビは僕たちから離れず、誰かが動き出すと今度は何をするのかなという表情で僕たちの顔を覗き込む。チビは僕らが動き始めたら、その方向に向かって駆け出す可愛い犬だ。いつもならそんなチビと楽しく遊ぶのだが、今日ばかりはそうもいかない。僕たちが引っ越しのような荷物を持って、物々しい雰囲気の中で、こうして大勢の中にいることにチビは不穏な気配を感じているのだろうか。今日は吠えることもなく、おとなしくしている。兄と僕は、代わる代わる指の先におにぎりの欠片《かけら》をのせてチビに食べさせた。

僕らは何もすることもなく座り込んでいると、だんだん眠くなって欠伸が出てくる。今日は空襲から家の片付け、荷造り、そしてリヤカーでの運搬と慌ただしい一日であった。疲れてくたくたであった。

その間にも次々と人が集まって来て、このあたりは人でごった返してきた。もうすっかり暗くなり、誰がいるのかも見分けがつきにくくなる。暗闇が先行きの不安を煽《あお》る。同級生もどこかにいるはずだが、見つけられなかった。友達の顔を見れば少しは落ち着くのだろうけど、まったく会えないと余計に心細くなっていく。

ここに集まった大勢の人たちを指揮するのは、「在郷軍人」と称する民間人で、いざというときのために組織されている奉公隊の役員たちだ。それと、日本なら県庁に匹敵する旗公署《きこうしょ》内の対策本部の人たちが、隣組の役員を集めて班を編成している。父もその中の一人として、任に当たっているため、僕たちのところには長くはいられない。やっと会えたと思ったら、母と二言三言交わしてまたどこかへ行ってしまった。

ここに集まっているおよそ千二百人が一中隊から七中隊に編成され、さらに中隊の中にある班の顔ぶれが確認されたところでようやく出発することになった。まだ到着しない人がいたため相当に混乱したらしい。

役員たちは集合場所に現れない人たちの行方を確認するため奔走した。すると、この街に残るという人、団体を避けて別行動をしたいという人、連絡が取れなくなった身内を捜している人、現地の満人や蒙古人に匿《かくま》ってもらうことにした人……様々な理由を抱える人たちがいて、説得に時間がかかったということだった。

避難先は扎賚特旗《ジャライトキ》方面と知らされたが、どのくらいの距離かはまったくわからない。僕たちの住んでいる興安街は、日本でいう県庁所在地で鉄道の要所でもあった。ソ連軍が侵攻した場合は、満洲の国都、新京へ向かう鉄道が狙われるだろうから、鉄道沿線を避けて避難することにしたらしい。かねてから万一のため、親日蒙古人が住む扎賚特旗へ避難するほうが安全との策が練られていたようだ。いろいろな人の話から扎賚特旗はここから百キロ以上北の奥地にあるらしいことがわかった。しかし、何日で到着できるのかは誰もまったく見当がつかない。

兄がリヤカーを引いて家族の先頭に立つと「さあ、出発しよう」と声をかけた。僕たちは四中隊に所属したので隊列の中間あたりを歩くことになる。僕はリヤカーを押しながらこれからのことを兄と話した。

「扎賚特旗に行ったら学校はいつから始まると思う?」

「向こうに学校なんかないさ。日本人の街ではないんだから」

「こんなに大勢の人が行って、寝る部屋がなかったらどうするの?」

「外でゴロ寝だよ。そのうちテントを張ってキャンプみたいになっちゃうかな」

話しているのは僕らだけではない。空襲で始まったこの日の話題は尽きることがない。

誰かさんは家に残り、興安街に骨を埋めると言って動かないと、またほかの誰かさんは駐屯していた部隊と一緒に自動車で避難したとか、軍官学校の職員や特務機関の人たちは二日も前に街を出たとか、親しくしていた憲兵隊の人が何も言わず撤退したとか……。

どの人も背中に大きな荷物を背負い、両手にも持ち切れないほどの手荷物を持って歩いている。そのうえ話すことに夢中になり、疲れも増していく人が目立ってきた。僕らは近くを歩いていた人に急に呼び止められた。「大島さん、すみませんけど、この荷物を一つだけ載せてくれませんか。私がリヤカーを押しますから」

見ると大きな荷物でもなかったので載せてあげることにした。少ししてから、今度は別の人から声がかかった。「大島さん、私が引きますから、この荷物を載っけていいかな」

みんな重い荷物を持って歩くから、道中は大変だ。特に子供を連れている人は負担が大きい。リヤカーを止めて、積み替えをしていたら、また声がかかった。

「ついでに、私のこの荷物だけ載せてくれませんか。お願いします」

「すみません、この鞄一つ載せてください。助かります」

「申し訳ないね。私が押しますからこれを積んくださいよ」

次々と声がかかってリヤカーは本当に山積みになってしまった。

しっかりロープをかけ直して、大人たちがリヤカーを動かすことになったので、僕たちはようやくリヤカーから解放される。お陰で身軽になったし、歩くのも楽ちんというものだ。今までふうふういいながら押していたのに、今度はリュック一つに小さな風呂敷包み一個と水筒だけをさげて歩くのだから軽いものだ。それでも大人の歩調にはなかなかついていけない。時々小走りしながらせっせと歩かされた。

二時間も歩くと、人里離れた山道に入り、真っ暗闇の中を歩く隊列は、次第に黙りこくって、ただひたすら歩くだけになってしまった。遠くのほうに、ちらっと灯りが見えたりするが、近くにはほとんど人家がない。突然、崩れかかった古い家が目の前に現れたりすると、ぎょっと驚いて逃げ出したくなる。

何でこんなところに古い家があるのだろう。壊れかかった泥塀の向こうから、枯れ落ちた楡《ニレ》の木が「おいで、おいで」をする影絵のようにふぁっと現れる。

いくら大勢で歩いていても薄気味悪い。どこからか犬の遠吠えも聞こえてくる。嫌だなあと思いながら、兄も僕も、見て見ぬ振りをするしかなかった。

そのうちにぽつりぽつりと雨が降りだした。

「こんなところで雨かよ」と兄がぼやく。

「どうしよう。傘も持っていないし、カッパも用意していないんだよ」

「少しくらいの雨だったら、埃がたたなくて、かえっていいかもな」と兄が笑う。しかし、暗くて足取りも重く、無口になりがちな一行にこの雨は追い打ちをかけるようで、みんなの心をさらに暗くしてしまう。興安街に別れを告げた日本人の涙雨のようだった。休むことなく、ただ黙々と隊列は続いている。

母は三歳になる妹の美津子をおぶって弟の潔を連れ、片手に鞄をさげて歩いていた。母と同じように、幼児を連れたお母さんたちが前後に沢山並んでいたが、どの人も傘を持つことはできず、雨を避ける手段は何もなかった。

降り続く雨で僕の着ている外套も心なしか重くなったような感じがする。チビも先になり後ろになりながら雨の中を濡れて走っていた。

こんな草原では、いくら歩いても雨宿りできそうなところはあるはずもなく、疲れた足を引きずるように、ただ黙って歩くだけだった。だんだんと眠気が襲ってくる。靴の中にも水が入りびちゃびちゃだが、どうすることもできない。帽子から水滴が顔に流れ落ちてきた。

「しっかり歩くのよ、ほらっ」

母は潔の手を引いて、眠そうな弟を揺り動かした。こんな夜中を歩くことはなかったから、子供たちはみんな眠そうにして、ただうつろに歩いている。僕もへとへとになりながら歩いている。すると前のほうから音が聞こえてきた。何の音だろう？　みんな耳を澄まして音を聞き分けている。

それは川の流れる音であった。みんな「川だ、川だ」と声を上げる。やがて橋が見えてきた。大きな橋が煙るように降る雨の中でぼんやりと見える。橋を渡るときに吹き上げる雨混じりの夜風が冷たくも爽やかに頬にあたり、一時的に生気を蘇らせてくれる。

橋を渡ると、「みんな休憩だ！」と指揮をとる在郷軍人が声を上げる。それぞれ藪を掻き分けて、思い思いの場所に腰を下ろした。

小雨が降り続いているので、のんびりと横になることはできない。それでも棒のようになった足を少しでも休ませることができるのは何より嬉しい。人任せにしたリヤカーとはいつの間にか離れてしまったので、着替えや備品を出すこともできず、たまたま持っていた毛布を地面に敷いて手荷物を下ろした。

川岸ではあちこちで火がぽっと点いたり消えたりしていた。休憩を始めた大人たちが煙草を吸っているのである。

母は点滅する火が、「群馬の田舎で見る蛍のようだ」と懐かしそうに話していたが、僕たちはそれどころではない。眠くて眠くてどうしようもなかった。荷物の間に潜り込むようにして僕は横になった。横になると途端に瞼《まぶた》が閉じて、すっと眠りに落ちてしまう。

「マンちゃん、眠っては駄目よ。すぐ出発するんだから。雨の中で眠っては身体に毒だから、ほらっ、起きなさい」

母が僕の身体を揺り動かしている。僕は眠たくてどうしようもない。すっと眠りにつくのは最高に気持ちがいいのに、無理矢理起こされてしまうから、頭が変になってしまいそうだ。いつの間にか蚊が寄ってきて、顔を何カ所も刺され痒《かゆ》くて仕方がない。いつ合流したのかわからなかったが、鉄砲を持った父が弟の潔をおぶっていた。

「さあ、行くぞ。ちゃんとリュックを背負って、荷物を忘れるなよ」

父の声で仕方なく、出発の準備に取りかかった。眠くて眠くて僕も兄もぐったりしているが、ほとんどの人が動き出している。こうなったら歩くしかなかった。

雨は小降りになったようだが、なぜか荷物は下ろしたときと比べて重くなったように感じた。

「ねえ、あとどのくらい歩くの？」と僕は父に聞いた。

「まだまだだよ。あと二時間くらいだとは思うのだけど、出発からして遅れてしまったから、ちゃんとした時間の計算ができないんだよ」

「でも、もう半分くらいは来たのでしょう？」

「そうだね。この橋を過ぎればあとは大したことはない。ただ到着したところでこれだけの人が入れるかどうか、それが心配だ」

「どんなところに泊まるの？」

「農事試験場の事務所がこの先にあるんだよ。このあたりにも日本の開拓団の人たちが入植して、いろいろ研究していたのさ。日本とは気候も違うし、土地の質も違う。その試験場に今晩は泊まる予定なのさ」

「父さんはこのへんにも来たことがあるの？」

「用事がないからそんなには来てはいないよ。木材を運ぶときに何回か通ったことはある。それと興安街に来た人たちを案内したことがあったよ」

「試験場には日本人は何人ぐらいいたの？」

「試験場ができた頃は、何百人もいたんだけれど、今は三十人ぐらいだろう」

「じゃあ、満人の人たちが大勢いるの？」

「そうだよ。地元の人がいなければ、馬や豚や羊の世話とか、周囲との交渉に困るから何人も雇っているよ。このあたりは蒙古人が多くてね。蒙古人は長続きしないという話も聞いたよ」

「このあたりは爆撃されなかったのかな？」

「民家が少ないから、爆撃なんかしないのさ。興安街は総省の役所も多いし、軍関係の要所だから狙われたんだよ」

　母が話に割り込んできた。「あんた。うちのリヤカーを人に貸したんだけど、どこかで見なかった？」

「いやあ、見なかったな。リヤカーなんかどれも同じだからわからないよ。それにこの暗闇だもの。隣に歩いている人さえ誰だかわからないくらいだしな」

　父はあっけらかんとして笑っていた。

人間の匂いを嗅《か》ぎつけて寄ってきた蚊の大群を手で払いながらいつまでも歩き続けていた。真夜中を過ぎているが、正確な時刻は見当すらつかない。

　そこが道なのか、原野なのかもわからずに、ただひたすら歩く。いつまで経っても同じようなところばかりだった。ようやく畑らしき土地が現れた。そろそろ人家に近づいたらしい。興安街では滅多に見られない大木の幹が見えた。壊れた手桶や老朽化した荷車などが捨てられている。遠くに灯りが見えたような気がした。

「もう少しだから頑張れよ！」

男の人がみんなを励ますように、大声で伝えている。

長時間の徒歩による疲労と、睡魔のために僕には思考力も喋る力もなくなって、ただ夢遊病者のようにふらふらしながら歩いているだけだった。

そのうちに前の方から隊列が崩れて、がやがやと人の話し声が大きく聞こえてきた。どうやら試験場に近づいたようだ。見れば建物の輪郭がうっすらと浮かび出て、二階のあちこちで、ぼんやりと電灯の灯りが点いていた。

「着いたぞ。ご苦労さん。ここで一泊するから順番に奥に詰めて入ってくれ」

どこをどう歩いたものかさっぱりわからないが、いつの間にか僕は二階の隅で横になっていた。

廊下の壁に寄りかかって仮眠する人もいれば、机の上や椅子を並べて横になっている人もいる。中には机の下に潜って荷物と一緒に寝ている人もいた。びしょ濡れの外套を絞る気力も残っていなかった。履いていた運動靴の紐は濡れていてなかなか解けず、靴を脱ぐのも一苦労であった。荷物の間に横になった僕はそのまま深い眠りに落ちていった。

混迷する情報と方針変更

朝になって起こされてもなかなか瞼《まぶた》が開かない。

朝の太陽が窓から差し込んで、寝不足の目にはいやに眩《まぶ》しく光っている。

もう朝になっているのか。昨日の雨が嘘のように今日はお日様が照っている。

早くもみんな起き出しているのか。もう少し寝ていたいけど……。

机の上には何人かの子供たちが背中を丸めて眠っていた。壁にかかっていた大きな丸型の時計は壊れているらしく、二時十四分で止まっている。よく見ると机の上もそうだが、その周囲は廊下まで、人が横になったところだけ雑巾がけしたように塵や埃が吸い取られていた。その分だけ、着ている服が汚れており、前夜の混乱を物語っているようだ。

八月十二日の朝。弟の潔が泣きべそをかいている。みんな知らない人ばかりだった。どっちを向いても誰もがおっかない顔に見える。母の姿が見当たらない。潔は「母ちゃーん」と今にも泣き出しそうであった。指をくわえて我慢していたが、もうこらえ切れなくなり、大きな声で泣き出そうとしたら、すぐ側に母がいて「どうしたの、潔……」と声をかけた。母の顔を見た弟は、急に泣き顔から笑い顔に変わって、恥ずかしそうに母にすがりついた。

この建物には誰も住んではいなかったらしく、ガランとした状況から察すると、この数日の間に全員が避難したらしい。

各自が持参している、おにぎりや煎《い》り米を食べて、朝の腹ごしらえをする。

「もうすぐ出発になるぞ、みんな用意をするんだ！」

一階から指揮する在郷軍人の大きな声が聞こえた。急いで身仕度をすませて、持つべき荷物を担いで階下に降りていく。どこで一夜を明かしたのか、チビが尻尾を振ってお出迎えだ。僕たちの姿を見つけると喜んで跳びはねている。いつもと変わらない可愛いチビに頬ずりをした。さあ、行くよ。チビ……。

濡れたままの運動靴を履き、外套《がいとう》を着て、澄んだ青空の空気を胸いっぱいに吸いながら、隊列に加わった。昨日の雨が嘘のように晴れ上がり、大地一面からもうもうと靄《もや》が立ち込めている。僕は兄に話しかけた。

「晴れて良かったね」

「これで少しはオーバーも乾くから助かるよ」

「今日はどのくらい歩くのだろうね。休み休みならいいけれど……」

「ウラハタというところへ行くんだってさ」

「昨日は随分歩かされたけど、今日になったら興安に帰るなんてことはないだろうね」

「ある訳ないさ。また空襲があったら、それこそ全滅だよ」

「ヒロちゃんの同級生は沢山いたね」

「みんな疲れた顔をしちゃってさ。学校の訓練のときとは全然違っていたよ」

「そうなの……。それでさ、さっき福岡先生と会わなかった？」

「会ったよ。眠そうな目をしていないで元気出して歩け、なんて言っていたよ」

「僕たちは何時間ぐらい眠れたのかな？」

「三時間ぐらいだと思うよ。農事試験場に着いたときにはもう、一番鶏が鳴いていたからね」

父とはまた別行動になっていたので、僕と兄はいろいろなお喋りをしながら草原を歩いていた。農事試験場には、コスモスの花が独特の匂いを一面にまき散らして、誇らしげに咲いている。コスモスだけではない。小さな雑草が色とりどりの花を咲かせて、美しさを競っている。白く小さな花に混じって橙色の鬼百合の花にも出会う。ぽつぽつんと咲いているのが桔梗の花だ。

遠足のときなら、花を摘んだり、歌を歌ったりして楽しむことができる。弁当を広げて食べたり、寝転んだり騒いだり、いたずらをして遊べるけれど、今日ばかりはそんなこともできなくて残念だ。

畑が長く続いていると思ったら、いつの間にか草原に入り、草原を歩いていると思っているうちに畑になっていたりする。このあたりには現地人の農家が点在しているのかも知れない。千二百人近い隊列は、前方と後方とが大きく離れてしまい、こんなに大勢の人がいたのかと改めて驚くほど伸びていた。

母は美津子を背におぶい、弟の手を引きながら歩くのでどうしても遅れがちになってしまう。ここにいるほとんどの家族は、母と同じように小さい子供を連れながら、大きな荷物を抱えて移動する女子供の集団だった。壮年の男たちの多くは召集されていた。留守を預かる女性たちにとって、急な避難行動はあまりにも負担が大きかった。

興安街を出発するのが遅れた理由の一つに、予定していた馬車の調達ができず、しかも扎賚特旗《ジャライトキ》に向かう道案内を頼んでいた蒙古人が姿を消してしまったからだという。自動車はすべて軍が接収してしまった。列車も動かなくなってしまい、馬車だけが最後の頼みの綱だった。馬車が予定通り調達できていれば、幼児や身重の女性、お年寄りを歩かせることなく、順調に移動ができるはずであった。

長い隊列はどこが一中隊でどこが二中隊なのか、区別できないほど長蛇の列になっていた。こんな隊列の続く中、後ろから荷馬車に乗った日本人の一行が近づいてくる。どこから来たのか、二十人ぐらいの小さな団体が僕たちの横を通り過ぎようとしていた。

満洲では、どこから来たのか、また日本の出身県を聞くのが習わしである。開拓団は出身県ごとで集まるので、尋ねたときの返事が同県人であった場合の親近感は格別に違っていた。

馬車の人たちは手を振りながら行ってしまった。

「いいなあ、あの人たちは馬車があって……」と僕はぼやいた。

「僕たちの班にも馬車があれば、潔は乗せてもらえただろうに……」と兄も残念そうであった。

「もう随分歩いたね。休憩はまだかな……。僕は疲れちゃったよ」

「こんなに歩いたことはなかったし、荷物がなければもう少し歩けるんだけれど……」

「……オーバーも乾いちゃったよ」

「今日は暑いからね。喉も渇くね」と僕は水筒の水を飲んだ。

「休憩のときに飲みなよ。さっきも飲んだばかりじゃないか。水が足りなくなるぞ」

日差しのお陰で衣服は乾くし、草原もきれいに目に映る。昨日に比べたら大変な違いだ。広いなあ、満洲は見渡す限りの草原で、どこまで歩いてもちっとも変わらない。扎賚特旗まで幾日かかるのかも知らずに、ただひたすら歩き続けていた。

どこからともなく、不気味な爆音が聞こえてくる。

ゴーゴーゴーとだんだん音が大きくなってきた。

「飛行機だぞ、気をつけろ！」と誰かが怒鳴った。

「飛行機だ、飛行機がくるぞ！　みんな、気をつけろ！」

誰もが緊張して動きが止まった。こんなところで爆撃されたら、それこそひとたまりもない。姿を現した飛行機はたった一機だけで、僕たちの心配をよそに悠々と空高く飛び去っていく。翼にはソ連の赤いマークがはっきり見えた。

周囲では不安の声が広がる。

「あれは、ソ連の偵察機だ。あとから敵機がくるから気をつけたほうがいい」

「昨日の爆撃も、最初に偵察機が来ていた。そのときは日本の飛行機だと思って誰も気にしなかった。そうしたらその後、いきなり本隊がものすごい勢いで飛んで来て、あっという間にやられちゃった」

「びっくりしたよ、あのときは。今日もこれから本隊がくるんではないだろうね」

「くると思うよ。ただ飛んでいる訳はないもの……」

「そうなったらどうするんだろう。ここには防空壕なんかないからね」

昨日の爆撃で興安街の人々は、飛行機の音には過敏になっていた。予期せぬ空襲で、命の縮まる思いをしただけに、悪夢の爆音は耳に残ったまま離れない。

僕たちは立ち止まって空を見上げていた。まずは何事もなく去った飛行機に安堵する人もいたが、一方で新たな禍《わざわい》を予期して顔をしかめる人もいた。

その後、一時間ぐらい歩いたところでやっと前方から、「休め！」の号令が聞こえてきた。指揮する在郷軍人が休憩の合図を後列に伝言している。

「午前中の休みをここでとるから、めいめい休んでいいぞ。休憩、休憩だ」

それぞれが休憩する場所を見つけようと草むらの中に足を踏み入れようとしたときに、またもや遠くから爆音が聞こえてきた。

北の空から少しずつ音が大きくなり、だんだん近づく飛行機の気配はとても不気味だ。機影が見えて来たので、咄嗟《とっさ》に草むらにしゃがみ込んだ。

こちらに向かってくるのは三機だけだ。だが僕たちが狙われているのは直感でわかる。飛行機は急降下するように、地上に向けてゴーゴーと爆音を立てて近づいてきた。

「危ないぞ、伏せろ！　みんな伏せるんだ！」

夢中で草むらに逃げ込んだが、間髪をいれず飛行機は僕たちの真上まで飛んで来てしまった。

ダダダダダ！　ダダダダ！　ダダダダ！

機銃掃射の弾が草を払うように撃ち込まれた。次の飛行機が同じように追いかけてくる。

ダダダダダ！　ダダダダ！　ダダダダ！

大きな翼が上空を通過するたびに、草原には黒い影の怪物が動いていく。鋭い金属音がキーンと耳に刺さるように響き、火薬の臭いが草原を覆う。空気がビリビリッと音を立ててものすごい風圧を感じた。

誰もが草むらの中に顔を埋めるようにして、息も止めんばかりに伏せている。飛行機はたちまち通過したが、今度は旋回して再びこちらへ向かってくる。

「身に付けている白いものははずせ！　白いものは隠すんだ。子供は下ろすんだ！」

「動いてはいかん！　耳を塞いで伏せろ！」

在郷軍人が声を荒げて叫んでいる。

飛行機がだんだん近づいて来た。どんなに隠れたくても草丈は四、五十センチしかないから上からは丸見えだろう。息を殺して飛行機が去るのを待つしかない。

来た！　来た！　来たぞ！

ダダダダダ！　ダダダダ！　ダダダダ！

強烈な音を立てて無差別に撃ち込んでくる。空気を震わす轟音の何と恐ろしいことか。あまりの恐ろしさに声も出ないし、喉が渇いて口の中はからからだ。大きな機影が通過する、わずか一分間が心臓にずしんとこたえる。

逃げ場のない草原で、ただ伏せているだけの無防備な体勢でいる僕たちを、上空から機銃で狙うのである。とても生きた心地がしなかった。

機影が遠ざかると、「ああ、通り過ぎてくれたか」「無事ですんだのか」と胸を撫で下ろす。まわりを見回したところ、怪我人はなかったようだ。

みんな草むらから顔を出す。青白い顔で去っていく飛行機を目で追いながら「大丈夫だった？助かったわね」と震える声で誰彼となく話しかけている。

「あんなに撃たれたのに怪我人が出なくて良かったわね」

「このあたりは助かったけれど、後ろの人たちは大丈夫だったかしら」

かすれた声でそれぞれの無事を確かめ合っている。ドキドキと心臓の高まりはやまないが、飛行機は完全に姿を消している。

指揮をとる在郷軍人が手を上げて出発の合図を送っていた。休憩どころではなくなったのだ。

僕の足はまだガタガタ震えていた。

それでも不思議なことに、こういうときは小さな子供たちも泣き出さないものだ。恐ろしさで声も出なくなってしまうのかも知れない。もう、これ以上の長居は無用だ。狙われているとなれば、一刻も早く目的地まで避難しなければならない。在郷軍人が手をメガホン代わりに口にあてて、大きな声で号令をかけた。「出発するぞ。出発だ！」

昨日の爆撃と今日の空襲を目の当たりにして、もはや戦場の真っ只中に自分たちがおかれているのだと肌で感じた。もう、一時も無駄にはできない。

総指揮官である浅野良三参事官は、役員を集めて、少しでも早く目的地のウラハタに誘導するように指令を出した。八月十二日の日中は暑かった。みんな押し黙ったまま歩いた。隊列は長く長く続いていた。防御手段のない草原で二回も機銃掃射を受けながら、死者が出なかったのは何よりだと大人たちが話していた。数人の怪我人だけですんだとしたら、まさに不幸中の幸い、九死に一生を得たようなものである。ショックも冷めやらぬまま、昼のご飯も食べることなく、僕たちはひたすら歩いた。汗を拭き、蚊を追い払いながら、誰もが無言で急いでいる。

在郷軍人や役員の人たちが後になり先になりながら、みんなを励ましていた。

僕たちが持ち出したリヤカーは、ほかの人に貸したままなので、自分で動かす必要はないが、今頃はどのあたりにいるのか心配になってきた。ウラハタに着いたら早速確認しなければならない。

在郷軍人である同級生の野口さんのお父さんが立っていた。在郷軍人は軍服ではないが、国防色の服を着ていて、鉄砲やピストルを手に、腰には日本刀をさげている人が多い。

野口さんのお父さんも、鉄砲の先に銃剣を付け、それに日の丸の旗など結びつけて指揮に当たっている。双眼鏡を覗き込む姿がとても格好よく、まるで将校さんのようだった。ちょっと見たところでは、本物の兵隊さんとそっくりであった。きっと戦闘訓練を何度か重ねていたに違いない。だから組織だった民兵のような動きもできたのだろう。

僕たちは歩きながら煎り米や乾パンを食べて、少しだけ腹を満たした。母の背におんぶされている美津子は、泣くこともなく、いつもおとなしくしていた。僕が乾パンを美津子の手に握らせてやると、にっこり笑顔を見せながらしゃぶりだす。だが、暑さのためか口がからからに渇いているらしく、それを飲み込めないのが痛々しい。チビも赤い舌を出して駆けているが、食べものをほしそうに愛くるしい目で僕たちを見上げていた。

「もうすぐだから頑張ってくれよ。みんな元気を出せ」

指揮官が声を上げた。目的地が近くなったに違いない。

暑さも峠を越えて太陽がだいぶ西に傾き、大地が赤く染まる頃、やっとウラハタに到着した。ここも開拓団か農事試験場の集落があった場所らしく、いくつかの建物が点在している。歩いてきた草原とは違って、小高い丘が何カ所か見えた。いくつかある丘の中腹には何の目的でつくられたのか、大きな洞穴がある。中は炭坑のように奥が深く、大型のトラックでも入れる穴もあった。

ひとまず中隊単位で、分散して洞穴の中に入ることになった。場所取りに洞穴に入った兄はいち早く荷物を並べて、母を手招きしている。兄が手持ちの荷物とリュックを並べた側に母は一枚の毛布を敷いて、おぶっていた美津子を下ろした。「やっと着いたわね。ミッちゃん」と美津子に頬ずりする。落ち着く間もなく、これから婦人部は炊き出しをするので集まるようにと声がかかったので、母は美津子を寝かせるとエプロンを片手に出かけていった。

この洞穴には五十人ぐらいの人が入った。身動きするにはちょっと窮屈だが、何とか足を延ばして横になれそうであった。ここなら雨を防げる。それに飛行機が襲来しても隠れられる。水もあるし、ご飯も炊けるのだから、これ以上の贅沢は望めない。

昨日と今日と、続いて怖い思いをした人の中には、「ここは天国だ」と言う人もいた。

兄は「探検してくる」と言って、外の様子を見に出かけようとしていた。洞穴から少し離れたところに煙突のある建物が五、六棟見えている。あそこに本部が設けられたのだろうか。僕にも冒険心がもたげて兄と一緒にほかの洞穴を見て回ることにした。

大きな横穴式になっている洞穴は、収穫した農作物を保存する目的でつくられたものらしい。中には鉄格子のついた部屋もあるから、人工的につくられたものなのだろう。数台のトラックが入れる広い場所もあった。

僕も「友達はどのあたりにいるのかな」と周辺を見て回った。意外と知らない人が大勢いるものだと感じた。どの洞穴も子供が圧倒的に多く、六割は子供が占めているようだ。

疲れ果てて横になっている子供もいれば、荷物を整理している子や、着替えをしている子もいる。お菓子を奪い合っている子や、泣き声を上げている子などで洞穴はごった返していた。

避難民全員が洞穴の中で落ち着いた頃、浅野参事官は緊急会議を招集した。父を含む役員の人たちは打ち合わせのために出かけて、その晩は帰ってこなかった。

事務所棟の本部に集まった役員は、避難行動が遅れていることや、今日の空襲でも明らかなようにソ連の侵攻が予想以上に早いこと、頼みとしていた蒙古人による先導が不可能になったことなど新たな対策に迫られていた。

馬車の調達も不可能になった。当初予定していた千二百人の人員は途中から合流した人もいて、今では千三百人にもなっている。当然のように食糧の不足が心配される。これから先の百キロを歩き続けられるものだろうか。警護を頼むべき関東軍との連絡がとれないのも想定外のことだった。行政の中枢機関である旗公署《きこうしょ》が事前に準備していた避難計画は根本から崩れている。このまま北進するのが無理とあれば、急遽変更して南下策も検討すべきと頭を痛めている。

役員たちの苦悩を知る由もない僕たちは、友達と遊びたいし、冒険もしたいし、何より腹ごしらえをしたい。昨日から食事らしい食事はほとんどしていないのだから。

そんなところへ、婦人部の人たちが出来上がったばかりのおにぎりを沢山運んできた。まだ温かいおにぎりは美味しそうな香りを漂わせていた。おにぎりは全員に二、三個ずつ配られた。この非常事態の中で至福の時間となった。

食事が終わると、いつの間にか外は暗くなっていた。部屋の中に灯りはないので、子供たちは寝るしかない。昼間の徒歩による疲労と、久しぶりの満腹感で、いつしか深い眠りについていた。

その晩、打ち合わせのために本部へ出かけた父は興安街に戻ったのである。というのも、打ち合わせの結果、食糧の調達と、興安街に残留した人の安否確認と再度の説得のため役員数名が、唯一所持してきたトラックで街へ戻ることになり、父はそれに便乗した。僕たちが荷造りをして家を出るとき、父は公用のため家を留守にしていたので、家の破損状況が気になっていたのだ。また今回の避難は長引きそうなので、きちんと戸締りをしてこようと思い立ったのである。

トラックの荷台に乗った父は物思いにふけって気を揉んでいた。

地元民からの情報で一部の蒙古人が反乱を起こしていると父は耳にした。興安街の軍官学校は、蒙古人の幹部候補生を養成すべく、日本人が手を貸して下士官育成にあたっていたはずだ。蒙古人が反乱など起こす訳がないと信じたかったのだ。

やがて街に入ると、父はみんなと別れて我が家に向かう。

トラックは食糧倉庫に向けて、土煙を上げながら走り去っていった。一人になるといくら慣れた興安街でも、灯りの消えた夜の道は不気味だ。少しでも早く、自宅の処置を終えてトラックに合流しないと家族と会えなくなってしまうかも知れないのだ。

急ぎ足で家に向かって歩いていると、後ろから誰かがついてくるような不安にかられた。日本人がいなくなったら、街は無法地帯と化すことは当然考えられるので焦りはつのるばかりである。

八月十一日に日本人が脱出すると、十二日には朝から治安が極端に悪化した。中国系、蒙古系、朝鮮系、それに日本に心服していた親日系などの人々にも猜疑心が生まれ、混乱が生じ始めたのだ。ソ連と呼応する輩《やから》がいてもおかしくはない。旧ロシアと通じた地下組織が活動することもある。利権を奪う新たな動きも出るだろう。民衆の間では自己防衛のための思惑が交錯しているはずだ。

満洲国は建国してからまだ十三年しか経っていないのだから、国家の基礎を固めるのに精いっぱいで完成されたものは何一つないといっても過言ではないのだ。まして単民族ならまだしも、五族協和を謳う歴史は始まったばかりである。

日本人は満洲に夢を求めたが、現地の中国人は一緒になって喜んだ訳ではないだろう。それどころか、日本に恨みを持つ人のほうが多いかも知れない。その人たちが過激派となって暴れ出したら、略奪や強盗を制止することはできなくなる。

父はそんなことを想像しながら歩いていた。のんびりしていると今夜あたり、日本人の家屋が襲われることになるかも知れない。とにかく急がなければ……。

父は我が家まで無事にたどりついた。いつかは帰ってくる我が家だから、戸締まりだけはしっかりやっておこうと、その思いだけであった。隣近所は既に空き家だ。気兼ねなく作業に取りかかれる。大島工務店の腕の見せどころである。大島工務店は地元民に恨みを買うようなことはしていないから、襲われる心配もないだろう。

父は物置から板を出して、表玄関と裏の出入り口をしっかり釘止めにした。ガラスが割れたままの窓には、板を筋交いにあてがって、人の出入りができないように釘で打ちつけた。金槌の音が、夜の静寂の中で周囲に響いた。誰かくるのではないかと気が気ではないが、鶏小屋の鶏が「何事か」とばたばた騒いだくらいで、順調に作業は進んだ。厳重に戸締りを終えた父はトラックのいる食糧倉庫に向かって歩き始めた。

我が家を離れたときは一抹の寂しさがあったが、いつの日か再び戻ってくるのだから、さほどの感傷はない。それでも昨日まで軍隊を含め三千人もの日本人がいたのに、今や閑散として誰もいないなんて嘘のように思えてならなかった。

足早に興安街の中心部を通り過ぎた。この先は満人や蒙古人の部落が続き、所どころに日本人の支配した管理棟もあるにはあるが、父がほとんど知らない場所である。

何事も起こらなければいいが……。自分は満人によくしたつもりでも、すべての満人が満足しているとは限らない。何かの誤解で、恨まれてしまったことがあるかも知れないのだ。戦時下では、日本人も耐乏生活を強いられていたから、ほかの民族の人たちに不満の残る対応をしていたことも事実だった。

事業を営む日本人の中には、ほかの民族の人たちを畜馬のように使い捨てたり、食べものもろくに与えなかったという輩がいたと聞いたことがある。そのことの不平を口にすれば悪人に仕立て上げられ、日本の官憲に捕まったり、故郷を追われたりする例も数多くあったようだ。

反対に、日本人の下で技術を覚えたり、教養を身に付けたりして豊かな生活を手にした人もいる。

その人たちは日本に感謝しているはずだ。

それでもこの十年、中国の人にとっては喜びより苦しみのほうが多かったと父は感じていた。満人の部落を通り抜けようとしたら、数人の集団が何やら謀議しているところに出くわした。ただならぬ気配であった。

おや……変だな。これはいかん。彼らは手に武器を持っている。どこかを襲撃するつもりらしい。これはまずい……。この先の食糧倉庫に向かった連中は無事でいるのだろうか。もしものことがなければいいが……。

父は胸騒ぎを覚えながら、夜の闇に紛れながら、そっとその場を通り抜けた。

その先では数人が声を荒げて争っていた。かなり興奮しており、意見が分かれて激論になっているみたいだ。

さらにその先で人影が動く。焚き火らしい火の粉が見えて、数人がひそひそ話をしている。昼間ではなくて真夜中の出来事である。うっかり見つかったりしたら面倒なことになる。父はその場もそっとすり抜けていった。

やがて父は危険を感じて食糧倉庫に立ち寄ることを諦《あきら》めた。これはもう、ただごとではない。市街は既に無法化している。ぐずぐずしていると街を出られなくなる。父はこれ以上の長居は無用だと考えて、走るような足取りでウラハタへ向かった。途中で血生臭い場所がいくつかあって緊張させられたものの、人の気配がなかったので、無事に通り抜けることができた。

トラックに乗っていたのは役所の人が中心だったので、万一捕まったりすると大変なことになる。

うまく脱出できたかどうか確かめたいのだが、一人では何もできない。食糧倉庫は暴民に狙われやすい重要な拠点の一つだ。気がかりではあるが、今は救援どころか、自分の身を守ることさえ危ういのだ。落ち合う場所の話もしていたのだが、やむを得ず変更して一人で行動することにした。気持ちの焦りを静めながら、人気《ひとけ》のないほうへと急ぐ。あと数キロで街はずれだ。神経を集中して周囲の様子を気にしながら、黙々とひた走り、どうにか満人の部落から遠のくことができた。

これから先には集落がないから、何とか無事に着くことができるだろう。トウル河を渡るときには真夜中の一時をとっくに過ぎていた。

暗闇の夜道は大人でも薄気味悪いものだ。父は幸い手ぶらで歩いていたから、思い通りに歩けたが、ウラハタまではあと二時間はかかるだろうと思いながら、ひたすら歩くうちに、何か大きなものに躓《つまず》いて転びそうになった。

「おっとっと、危ないな！　こんなところに……何だ」と父は訝《いぶか》りながら振り返った。よく見ると散乱する荷物であった。不思議に思いながら手に取ってみると、それはトランクだった。父は考え込んだ。何でトランクがあるんだ？　誰かが置き忘れたのだろうか。それとも捨てたのか？　妙なことがあるものだ。

触ってみると、上等そうなトランクだった。中身もぎっしり詰まっている。父は「狐につままれた感じだな」と首を傾げて考えた。うーん、この際一つ持っていくか。どうせ手ぶらだしな。

父は朝方まで歩き続けて、ようやくウラハタに到着した。やっとたどり着いた本部で父は驚く事実を耳にした。

興安街の暴動はウラハタの本部にも届いていた。

王爺廟《おうやびょう》時代から住んでいた、緒方薬局の主人はどうしても街を離れないと、一人で残ったが暴徒に襲われて斬首されたという。食糧調達のために興安街へ向かった連中も、食糧倉庫に着いた途端に暴民に襲われて、抵抗した三人はその場で殺されてしまった。

トラックも食糧倉庫も全部暴徒の手に渡ってしまった。暴徒に捕まった一人は、最初から「助けてくれ！」と拝むようにひれ伏した。日本人が次々に殺されるに及んで、もう駄目だと観念して無抵抗のまま目を閉じようとした。絶体絶命と諦めていたところ、満人の中に懇意にしていた知人がいて、その場から逃がしてくれたという。興安神社の宮司である柴崎さんも死んだと聞いた。一夜のうちに、興安街では血の粛清が始まっていたのだ。

あまりのことに父は呆然と立ちつくしてしまった。次々に入る情報は、誰々がやられたとか、誰々が帰ってこないとか、誰々が連れ去られたという話ばかり。街の一変した無残な様子だけが伝えられていたのだ。それを聞いたウラハタの避難民たちは愕然と肩を落とした。

「これではもう、二度と興安街に帰ることはできない」

「つい昨日まで、一緒になって街づくりに励んできたのではなかったか。この北満の地を開拓し、家を建て、井戸を掘り、電気を通し、電話もつないだ。放送局、病院、鉄道、学校……すべてを整えてきたのは日本人だったではないか」

「自由で住みやすい街にするため努力したのに、この変わりようは一体どうなっているのだ」

「そんな馬鹿なことがあっていいのか。自分たちが建設した街に帰れなくなったなんて……」

「ここにいる千三百人はどうなるんだ。これでは流浪の民になってしまうではないか……」

いろいろな声が交錯した。思ってもみなかった事実を突きつけられた役員一同は、沈痛な面持ちでしばし呆然としていた。

こうした事実を婦女子に伝えるべきかどうかでも意見は分かれた。混乱を大きくするだけなので伝えるべきではないという意見と、きちんと説明して新たな気持ちで次に移るべきだという意見である。扎賚特旗へ向かう最初の計画にも問題はあるが、さりとて南下するのも危険が伴いそうだ。本部にもたらされる情報はすべて悪いものばかりで、浅野参事官も進退極まっていた。

ウラハタから次の駅である葛根廟《かっこんびょう》までは、そう遠くはない。何とか列車での避難を探るべく、使者を立てて交渉に行かせた。一刻も早く国都の新京へ避難させたいと、参事官は意向を述べたが、列車の見通しが立たないため結論に至らない。

そんな討議が続いている最中に、父は中座して僕たちのいる洞穴に帰ってきたのだ。母にこのような状況を話したようだが、僕たちはそんなに深刻に考える必要もなく、今日も遠足の延長線にいるような気持ちで新しい朝を迎えたのである。

愛犬チビとの別れ

僕たちは朝八時に起こされた。眠い目をこすりながら朝日を眺めた。固い土の上に、荷物と毛布を組み合わせて、外套《がいとう》をかけただけの仮寝であったから、身体の節々に痛みを感じている。

そこへ昨日と同じように、握りたてのおにぎりが配られた。昨日よりは小ぶりで、今朝は一人に二つしか配られなかった。それなのに要領のよい兄はちゃっかり一人分を余計にせしめていた。チビの分として、缶詰の汁をつけて一つだけ外に持って行った。

ここには千三百人もの人がいるから、全員に渡るおにぎりを作るには朝早くから、何回もご飯を炊かなければならず、婦人部の人は総出で手伝っていた。

朝起きてから朝食までの短い時間に、大勢の人が用便をするのでどこもせわしない。便所の数など限られているのでめいめいが適当な場所を見つけて用を足すのだ。幸いここは山中だから、誰に憚《はばか》ることもない。便所は、「はばかり」とも言ったが、この山奥では〝はばからず〟誰もが草むらで思い思いに用を足したのだ。

出発は九時ぐらいになるとは聞いたが、なかなか指令が出ないため、支度のすんだ子供たちは、外で遊びたがっていた。

母は婦人部として炊き出しを手伝ったり、美津子の世話もあって忙しくしていた。そのうえ昨夜以来気になっているリヤカーの所在がわからなくていらいらしていた。

やっぱり他人に貸したのがいけなかったと、自責の念にかられながら、嘆《なげ》いていた。一夜を明かしたところで、必要なものを取り出そうとするのだが、それはリヤカーに載せていたものだと気づくのだ。その都度、悔しい思いをしているようだった。

載せるときには、「大島さん、大島さん」と天の恵みに与ろうとするように恭《うやうや》しく頼んできたが、その後はウラハタに着いても挨拶にさえこない。探しに行きたくてもいくつもの洞穴があるので、どこにあって誰が持っているのかさっぱりわからない。そんなところへ父が帰ってきて、興安街の出来事を話してくれたのだ。

まわりにいる人も驚いて父の話を聞いていた。父が煙草を一服して、もう一度本部に行くからと立ち上がったときである。母が父に話しかけた。

「あんた、うちのリヤカーを探しておくれよ。ここに着いても誰も何とも言ってこないんだもの、荷物が心配だよ」

「ああ、そのことは、いろいろ聞いてみたよ。そしたらあのリヤカー、途中でパンクしてしまったんだと。どうしようもなくてリヤカーを置いて来たって」

「ええ！　それはないでしょう。それで、うちの荷物はどうしたんだい？」

「それが暗い中で動かなくなったものだから、荷物が誰のものかわからなくて、結局そのまま置いてくることになってしまったって」

「何だって！　馬鹿にしているじゃないかい」

母は語尾を上げて、憤然として声を上げた。

「みんなして荷物を積むんだもの、タイヤだってもたないよ」

まったくふざけた話だと母は忌々《いまいま》しげに言う。ところが父はあっけらかんとしたものだ。

「そんなに大事なものを載せていたのかい？」

「当たり前でしょ。大事だから積んだのだから」

できるだけ沢山持って家を出たのに、今は身のまわりにあるたった五つの荷物だけになり、「これじゃあどうにもならないわよ」と母は悔しそうに嘆いていた。

「今さら、どのあたりに置いてきたのか聞いてみたところで、どうしようもないしな……。今頃は満人が拾ってしまっただろうし……」

父は煙草に火を点け、苦笑いを浮かべながら話した。

「そういえば洞穴の入り口に置いたけどね、昨日の夜、こっちに向かってくるときに、躓《つまず》いて転びそうになったんだよ。何に躓いたのかと思ったら大きなトランクがあるのさ。品物も良さそうだったから持ってきちゃったよ」

「人様のものなんか持ってこなくてもいいのに、まったく余計なことをして……」と母も苦笑いを浮かべる。兄が早速好奇心をむき出しにして、「どんなドランクなの？　俺が見てくるよ」と外に飛び出して行った。

やがて兄が大きなトランクを抱えてきた。それを見た母の目が丸くなる。「いやだよー、何だいそれは。馬鹿にしているよ！　それはリヤカーに積んだうちのトランクじゃないか」

「そうなのか！　どうりでどこかで見たような気がしたんだよ」

父は「アッハッハ」と声を上げて笑い出した。

「随分ふざけた話じゃないか。笑い話もいい加減にしてほしいよ、まったく……」

母もさっきまで「人様のものを余計なことをして」と父を責めていたのに、そのトランクが自分たちのものだとわかったら自分でもおかしくなったのか、周囲の人の目も気にせず笑い転げていた。

兄は何が入っているのか興味津々だったのに、我が家のものだとわかり、拍子抜けしてしまったようだ。大きなトランクだったので、リヤカーがなくては持ち運びも大変である。そこで中身を分散してみんなで持つことになった。

それにしても、家を出るときに積んだ荷物は、このほかに七つも八つもあったはずだ。一番多く持ち出した人が、一番少なくなってしまうなんて、考えれば考えるほど理不尽な気がした。このトランクの中身より、なくなった荷物のほうに大切なものが多かったのも皮肉なものであった。「逃がした魚は大きい」と、いつまでも母の嘆き節を聞かされた。

トランクの中身を分散して収めて、いよいよ出発を待つばかりになった。


父は打ち合わせのために、再び事務所に向かっていたが、そこではまた新たな問題が発生して、大混乱が起きていた。興安総省の軍官学校の兵士が反乱を起こして、蒙古族の大半が今や日本に反旗を翻《ひるがえ》しているという情報なのだ。

興安総省の日本人三千人のうち、総公署《こうしょ》が指揮したのは協和会の高綱信次郎副会長を責任者とする千二百名と、旗公署の浅野良三参事官が指揮する千二百名の二手に大別されて行動することになっていた。高綱隊は馬車や自動車もあって、初期の行動は順調だったが、浅野隊は徒歩での避難行動を余儀なくされており、しかも、これから蒙古地帯を目指そうとしていたのだ。

本当に蒙古族が反乱を起こしているなら、我々はそれこそ〝飛んで火に入る夏の虫〟になりかねない。事態は急変しているのだ。ここは方針を変えて、南下策に切り替える必要がある。それには何としても列車を調達しなければならない。満鉄機関区のある白城子《はくじょうし》駅へ使者を出し、葛根廟《かっこんびょう》駅から列車に乗れるよう交渉を続けている。

時刻は間もなく正午になろうとしているが、朗報を待つも列車の手配はつかなかった。幹部たちに焦燥《しょうそう》の色がうかがえた。

そこへ新たな報告が飛び込んで来た。浅野隊の一部、百数十名が当初の目標に沿って、扎賚特旗《ジャライトキ》に向けて出発したというのだ。

「何だって！　誰がそんな指示をしたんだ！」

驚いた浅野参事官は、すぐに引き返すように役員数名に命じてあとを追わせた。この大事なときに、行動が乱れたら大変なことになる。だが、指揮をとる班長にしてみれば、一刻も早く避難先へ向かいたいと考えたのだ。女子供の集団による徒歩での移動は、何回もの休憩を必要とする。それならばできるだけ早く出発したい。目的地は決まっているし、現に別動隊の高綱班も扎賚特旗へ向かう方針である。班長は躊躇《ちゅうちょ》なく出発を決心したのである。

しかし、当初の避難計画は関東軍との連携による移動を前提としていた。そして親日的な蒙古人の協力が不可欠であったが、その見込みが既に崩れてしまっている。それは避難計画のとん挫を意味していた。

苦悩の末、浅野参事官は幹部に告げた。

「既に聞き及ぶとおり、蒙古軍の反乱は決定的となった。昨日、一昨日とソ連機による空襲は今後も続行されると考えなければならない。馬車の調達もできない今、婦女子中心の徒歩には限界がある。只今より計画を変更して、葛根廟駅から列車で南下することとする。扎賚特旗へ出発した一行の帰着を待って、全員揃ったところで出発する。ただし、帰着しない場合は、これを待たず明朝八時の出発とする。各班は速やかに準備を徹底するように」

蒙古語を理解し、蒙古に知人が多い参事官がそう言うのだから噂は本当なのであろう。父は再び家族の待つ洞穴に入って、本部の混乱を説明してくれた。父の見通しでも今日中の出発は無理だろうということであった。

葛根廟駅に着いたところで、列車がくるとは限らない。機関区のある白城子での交渉にも手間取ることが予想されている。もし、ここを出たあとで列車の都合がつかなければ、全員が野宿をしなければならなくなる。そうなることも予測して、ラマ教の修業道場でもある葛根廟の寺に、宿泊できるかどうかも交渉している。

今朝、出発してしまった班を、呼び戻しても帰着するのは二時近くになるであろう。休まずすぐに出発する訳にもいかないというのが父の説である。

そうか、もう一日ここに泊まるのなら悪くないな。危険もないし、友達も沢山いるし、遊ぶことができるのだから大歓迎だ。

僕たちはかえって喜んでいた。

翌八月十四日の早朝、一斉に行動することになった。僕たちは六時頃に起こされた。

「出発するぞ！」

洞穴の外から大きな声が聞こえてきた。

「一中隊から順に続いて、遅れないように整列！」

何百人という人が動き出すのだから、順番を待つだけでも、それなりに時間がかかる。

二中隊の出発準備が整った頃、突然、パン、パン、パンと遠くから銃声が響き、エンジンの音が近づいてくる。

「何だい、今の音は？　みんな気をつけろ」

パン、パン、パン、パンと再び音がするが、それはこちらから応戦しているような銃声であった。音はかなり近い。

「止まれ！　全体止まれ！」

「戻れ！　戻るんだ！」

「二中隊は、出発中止！　洞穴に戻れ！」

矢継ぎ早の声に緊張が高まる。

どうしたんだろうか。みんな戻ってくる。何が起きているの？

近くの道をトラックが近づいているらしい。パン、パンと単発の音がしている。指揮官たちが前面に出て銃を撃っているのが見えた。一度穴の外に出た僕たちも慌てて洞穴に戻ろうとするが、何十人と外に出ていて誰もが荷物を持っているから、そう簡単には戻れない。

トラックだけではなくソ連の飛行機でも飛んで来たのかと、さらに緊張は高まる。ようやく出発できるのかと安堵していたところに突然の銃撃戦である。

誰もが何が起きているのかわからず困惑していた。

「エンジンの音はトラックだろう。何台来ているんだ。どこのトラックなんだ?」

何発かの銃声が聞こえたが、今度は前のほうから別の声が聞こえてきた。

「おい、あれは友軍だぞ。日の丸をつけている」

「本当だ、味方だよ、撃ち方止め!」

望遠鏡を覗いていた指揮官の声である。

「何だ、おい、味方同士の撃ち合いかよ」

「脅かすなよ、肝を冷やしたじゃあないか」

「おーい、怪我はなかったか」

日の丸を手にトラックの方に向かう男の人がいた。

トラックには二十数人が乗っていて、我々と同じように南下してきた避難民であった。お互いに銃が見えたので、どちらからともなく撃ち合いになってしまったのだ。爆撃や暴徒の反乱など目の当りにしてきただけに、どちらも気が高ぶっていたのである。トラックの一行からは、僕たちを先導する在郷軍人が敵の敗残兵か匪賊《ひぞく》のように見えたらしく、敵陣の強行突破を図ったらしい。だから必死に撃ちまくったのだ。

お互いに日本人だとわかれば、そこで身元を紹介するのが大陸での習わしである。

「どこから来たのかね。出身地はどちらですか？」

そう聞くのが一種の挨拶になっているのだ。

彼らの話では九州の出身者が主らしい。この満洲には開拓団として、日本の部落がそっくり移住してくる例が多く、従って出身県も同じ人たちが集まるのが普通である。話してみて相手が同県人だとわかると、途端に友人になり貴重な情報が得られる場合が多い。

予期せぬアクシデントで、出発は三十分以上遅れてしまった。

「いいねえ。あの人たちにはトラックがあって」

走り去るトラックを目で追いながら羨ましそうに言う人がいた。僕たちは外に出て、並び直した。

再び号令がかかり、二中隊が動き始める。そのとき、愛犬のチビが、くんくんと鼻をならしながら僕たちの足もとに近づいてくる。とても悲しそうな目をしていた。いつもの白い毛が、心なしか青く濡れていて、元気がないように見える。

「さあ、もう片付いたから出発だ！」

「どうした、チビ？」

僕が聞くと、チビはくーん、くーんと鳴きながら足もとにまつわり着く。いつもは元気に跳びはねるのに、チビの目はどこかうつろで悲しげであった。

「どうしたのよ、チビ、元気がないね」

チビは僕たちに尻尾を向けて、進行方向の反対側の草むらに呼んでいる仕草をしている。

「何かあるんだよ、どうしたんだろう。ちょっと行って見てみよう」

母と兄が、チビについていった。みんな出発を始めているから気が気ではない。

父は指揮する立場なので、隊列を気にしながら先に行ってしまった。やがて母が草むらのほうから帰って来たが、どうしたものかと頭を抱え込んでいる。

「困ったわね。こんなことってあるのかね。どうしよう？　チビがね、こんな場所で子供を産んでしまったのよ」

母が目をしばたいて困惑している。兄の後ろについてチビもゆっくりと戻って来た。チビは不安げに僕の目を見上げている。チビは僕たちが出発してしまうことを感じとっているのだ。

鼻をくんくん鳴らし、時にはくーんと声をあげて、僕たちに行くなとせがんでいる。

「どうする……困ったね」

兄がみんなを見回すが、誰も答えられない。

「こんなところで産むなんて……。よくまあ、ここまで歩いて来れたものだよ」

母は目を伏せて考え込み始めた。

草むらの中には五匹ぐらい赤ちゃんがいると兄は言う。

「ここでは何もしてあげられないよね……」

母はチビの目を見ながらぽつりと言った。

隊列はどんどん進んでいく。このままだと取り残されてしまいそうだ。母は苦渋の決断をした。

「もう、どうしようもないわね。行くしかないよ」

「ええっ！　チビを置いて行っちゃうの、母さん」

「だって、あんな赤ちゃんをどうやって連れていくのよ。お乳もあげられないでしょう」

「じゃあ、チビたちの食べるものは？　今朝のおにぎりはもうないんでしょう……」

自分たちが食べるものさえ今はないのだ。僕はチビと母の目を交互にじっと見る。何か置いていきたいけれど、本当に何もないのだ。隊列は僕たちにはお構いなしに、どんどん出発してしまい、もう最後のほうになってしまった。

「ここにいてもどうしようもないんだよ。もう行くよ。諦《あきら》めなさい」

意を決した母は隊列の中に戻ろうとした。チビはキャンキャンと鳴いてから、草むらのほうに駆けていった。しかし、すぐに戻ってくるとキャンキャン、ワンワンと大きく吠えて、その場から動かなくなってしまった。

僕は可哀相になって、「チービ、チビ」と呼ぶ。チビは尻尾を振ってキャンキャンと吠える。「行かないで、行っては駄目！」と足を踏んばって呼んでいる。

だが、距離は十メートル、二十メートルとだんだんに離れてしまう。チビはまたくるりと向きを変えて、急いで草むらのほうに戻っていく。

「チービ、チビ」と僕は振り返ってまた呼んだ。チビは再び姿を現し、大きな石の上に上って足を踏んばり、キャンキャンキャンキャンと鳴き叫んでいる。そして石の上から飛び下りると、こちらに向かって走り出した。

ああ、チビがこっちに走ってくる。僕たちが立ち止まってチビを待とうとすると、チビもすぐに立ち止まって、キャンキャンと声を出しながら石の上に戻ってしまうのだ。チビの気持ちは動揺している。草むらに帰ったかと思うと、急いでまた石の上まで来て、ワンワン、キャンキャンキャンと鳴き叫ぶ。「行っては駄目！　行かないで！　誰か残って！」とありったけの声で呼んでいるのだ。

五十メートル、百メートルと僕たちはチビから離れていく。遠のくチビの姿が小さくなっていく。母が、声を詰まらせていた。「何て可哀相なんだろう」

「チービ、チビ。チービ、チビ」

僕と兄は後ろを振り向いては時々呼んでみる。

チビに聞こえたのかどうか……。大きな石の上で、前足を上げている姿が微《かす》かに見えた。身体全体を使って「行くな！　行くな！」といっているようだった。もう、どうしようもなく、僕も思わず目頭が熱くなり、チビの姿が霞んでしまった。チビも僕たちが離れて行くのを悲しく見送るように石の上で立ちつくしているのだろうか。

後ろから続く隊列の砂塵《さじん》で、やがて石も見えなくなった。母が独り言のように呟《つぶや》いた。

「どんな動物でも、自分の子供が可愛いんだね。我が子は見捨てられないものなんだね」

大きく息を吸い込んで、そっと涙を拭いている。

チビが僕の家に来たときは、まだお乳が必要な仔犬であった。

チビはいつも僕たちと一緒にいた。頭のいい忠犬で、僕たちの大切な家族でもあった。毛が長くて、目の半分が毛の中に埋まってしまうのだが、それが愛くるしかった。

釣りにも一緒に行ったことがある。ボール投げもよくやった。駆けっこはいつもチビにはかなわなかった。砂だらけになって転げ回ったこともあった。確か去年も仔犬を産んだっけ。隣にいた、軍用犬のエスと一緒になって泥棒に吠えたてたこともあった。洗濯物を咥《くわ》えて放さなかったこともあったね。学校から帰ると、いつも跳びはねて迎えてくれた可愛いチビ。可哀相なチビ……こんなところで、別れなければならなくなるなんて……チビの気持ちはどんなだったろう。僕は歩きながらチビの気持ちを考え続けた。


――赤ちゃんにお乳を飲ませているとき、私の家族が出発する気配を感じた。可愛い赤ちゃんたち、ちょっとそこで待っていてね。私の家族にお前たちが生まれたことを知らせてくるから。そしてここに一緒にいてほしいと頼んでくるからね。ちょっと待っていて……。

――あれっ、ヒロちゃんも、マンちゃんも行かないでよ。ちょっと待ってよ。私に可愛い赤ちゃんが生まれたの。お乳をほしがっているから、赤ちゃんのところに行ってくるわよ。ちょっと待っていてよ。行かないでね。行っては駄目よ。

――あれっ、どうして行ってしまうの。私を置いて行かないで。ちょっと待って！　みんなと別れるなんて私にはできない。私も行くわ。あっ、駄目だ。行きたいけど、行けない。私には大切な赤ちゃんが生まれたの。ああ、赤ちゃんが泣いているわ。赤ちゃんのところに行かないと。でも、みんなが行ってしまう……。いやいや、私は赤ちゃんの面倒を見なければ。さあ、赤ちゃん、お乳を上げるよ。あれっ、あの声はヒロちゃん……ヒロちゃんが呼んでいる、私を呼んでいる……どうしよう。そうだ、みんなに引き返してもらおう。

――あんなに先に行ってしまった。待って、待って、行かないで、こっちへ帰って来て。私には、新しい命が生まれたの……私を待っているのよ。私を呼んでいるわ。私だけに与えられた命なの、ご免ね、ヒロちゃん。私はもうこれ以上、みんなについていけないの。許して、マンちゃん……。赤ちゃんが待っているから私はここに残るわ。赤ちゃんが大きくなったら、子供たちとマンちゃんたちの後を追います。マンちゃんたちの匂いをどこまでも捜しに行きます。

――私は赤ちゃんのところに残ります。私のことを忘れないでね。家族のみんな、さようなら……。今の私には目も耳も鼻も何も

使えないほど悲しくて苦しいの……誰もいなくなったこの丘で、私は最後まで赤ちゃんを守って育てていきます。

隊列の中にいる僕たちは歩きながらチビの心境を考えあぐねて、しばらく無言になってしまった。あんなに利口だったチビ、もう永遠に会えなくなるのだろうか、食べものがなくなったらチビはどうするんだろう、どこかで捕まってしまうことはないだろうか、赤ちゃんは丈夫に育ってくれるだろうか……。心配は尽きることがない。

しかし、何もしてあげられることはない。ただ、幸せに暮らしていってほしい。達者でね。頑張ってね、チビ……。

いろいろな思いが錯綜して、胸が張り裂けそうになり、涙を手で拭いながら歩いていた。時々、振り返り、チビが駆けてくるのではないかと見たりしたが、後ろに続くのは六中隊と七中隊のむなしい砂埃だけであった。

辛く悲しい出来事のあったウラハタに別れを告げ、いよいよ一路、葛根廟を目指して避難行動を進めていかなければならない。

昨日と同じように、よく晴れて暑い日になりそうだ。長い隊列は延々と続き、見渡す限りの草原の中を二時間余り、休みなく歩き通した。

このあたりは人家も遠く、なだらかな丘陵だけが広がって、緑一面の草原には白や黄色の小さな草花が点々と咲き乱れている。

どの方向にも雄大な北満の大自然が横たわり、地平線が果てしなく空の彼方に霞んでいく。日が高くなるにつれて、気温が上昇し、汗が出る分だけ水を欲したため、水筒の水は見る見るうちに減ってしまった。

スタートが遅れた僕たちは、少しでも急いで本隊の中央に追いつくべく意識して歩いた。だが両手に荷物を持った兄はいつの間にか遅れてしまい、後ろのほうにいるらしい。いつしか隊列は蛇行するように乱れてしまい、隊列は大きく伸びきってしまっていた。

どこかで早く休憩してくれないかなあ。いつまで歩かせるんだろう。僕の足はもう限界だ。

そんなことを考えながらかんかん照りの下を、汗を拭きながら、てくてく、てくてく歩いている。すると前方から伝播《でんぱ》するように急に隊列が乱れて、みんな足を止めてしまった。何人かの婦人たちが青い顔をして逆戻りして来た。

「びっくりしたわ、もう。足がすくんでしまったわ。畑の中から銃を持った匪賊が出て来たのよ。もう怖くて前のほうなんかいられないわ！」

興奮する婦人をなだめるように男の人が言った。

「何が出たって？　こんなに大勢いるところを匪賊が襲う訳ないだろうよ」

「いや、出たのよ。いきなり出て来て私たちの髪を引っ張ったのよ。腕を掴《つか》まれたときなんか、もう殺されるかと思って声も出せなかったのよ。恐ろしい」

行列はぴたりと止まった。時刻は午前十時を少し過ぎていた頃だと思う。

畑の中から急に賊が出たという婦人の話は、あまりにも唐突なので、ほかの人も俄《にわ》かには信じることができないのだが、その真に迫った話しぶりから想像すると嘘ではなさそうだ。在郷軍人の一人が、「この真っ昼間にこれだけの集団を襲うとはふとどきなやつだな」と言って仲間を呼び集めている。

隊列が長くなり過ぎたので、本部に連絡したくてもすぐには伝達ができない状態になっていた。僕は恐ろしい現場を見ていない。先頭は三百メートルぐらい先になるようだが、なんでそんなことが起きるのか不思議に思いながら事態を見守っていた。

よく見ると騎馬の一団が土煙を上げながら隊列に迫って来た。警備担当の役員が、最前列に向かって走る。そこで一団と対峙《たいじ》する。警備担当の在郷軍人は鉄砲を構えて、相手の動きに睨みを利かせていた。

本当に匪賊かどうかはわからないが、馬に乗って武器をかざしている姿はやっぱり賊の一味に見えた。こうなると一番先頭にいるのは誰しも嫌だ。最初は少しでも早く葛根廟に着きたいと急いでいた人たちが尻込みを始めた。

睨み合いを十数分間も続けたあと、賊たちはどうやら退いたようだ。緊張のまま、じっと成り行きを見守っていた我々はほっとして、再び隊列は動き始めた。

やっぱり在郷軍人がいてくれると心強い。僕たちは何事もなかったように、すべてを忘れて歩き出した。のん気に野の花を摘んだりバッタを追ったりした。

しかし、大人たちは怠りなく前後左右を警戒していた。

僕たちの歩くところは、一面の草原の中に通された比較的新しい道路で、馬車や自動車がすれ違える程度の幅はあった。側溝はなく草原と地続きだが、そこだけは砂利で均《なら》してあった。なんでこんな道路が草原の中にあるのかとふと思い、大人に聞いてみたら、この道は軍用道路なのだという。草原を貫いて美観を損なう凸凹の砂利道だが、一直線に葛根廟まで続いているという。

人々は汗を拭き拭き、重い荷物に悩まされながら一歩一歩と目的地へ歩んでいた。畑が見える。人家も近い。もう一息だ。頑張れ、あの集落を越せば目的の葛根廟が近くなる。

かくして八月十四日、午前十一時を過ぎた頃、遠く微かに葛根廟が見えてきた。だが一行を待ち受けていたのは、あまりに惨《むご》い、言語に絶する地獄の運命であった。

地獄絵

真上に昇った太陽の熱が僕たちを直射する。着ている外套《がいとう》が、さらに身体を熱くするのだ。早く休みにしてくれないかなあ。

ウラハタを出てから三時間近く歩いているのだから、もうへとへとだ。右手に持つ風呂敷包みの結び目も、汗でべとべとに濡れている。

足を止めて荷物を下ろさないと、水も飲みにくいし、汗も拭けない。でも、足を止めるわけにはいかないので、つい左手の袖で顔を拭ってしまう。暑いなあ、いつになったら休みになるんだろう。

そう思いながら、弟の顔を見た。弟も顔を真っ赤にしながら母の後ろを一生懸命歩いている。

前のほうから、何やらがやがや話し声が聞こえてきた。それはやがて歓声交じりとなる。待望の葛根廟《かっこんびょう》が、微《かす》かながら見え始めたのである。

僕たちの横を通りがかった在郷軍人が大声で告げた。

「もうすぐだぞ！　葛根廟が見えてきたから、元気出して頑張れ！」

僕は隊列から出た。遠く前方を眺めると、丸いドームが重なり合うように遥かに霞んで見えた。こうなると、誰の顔にも喜びの表情が浮かび、気分的も楽になった。

だが、遥か先に見えている寺院も到着するまでには、まだまだ時間がかかりそうだ。

指揮する役員は、ひとまずここで休憩することにした。

「よーし！　みんな休め、休憩だ、休憩！」

「母さん、やっと休憩だってさ。母さん、こっち、こっちで休もうよ」

僕は道から離れると母さんの荷物を受け取り、全部を一カ所にまとめた。

周囲の大人たちは「ここまで来たらあと一時間くらいかな」とにこやかに話していた。

後ろのほうを見たら、隊列は随分と長く伸びてしまっていた。ここで休憩することで隊列の調整をしようとしているようだ。人々は見晴らしの良さそうな場所を選んで、草原に散っていった。

「母さんも見えた？　葛根廟が遠くに見えたでしょう」と僕は聞いた。

「いやあ、何だか前のほうに人が沢山いたから、母さんには見えなかったよ。それより、ミッちゃんが重くてね。それに暑くて参ったね」と額の汗を拭いている。

「今晩はあそこのお寺に泊まるんでしょう。もうすぐだね」

「そうだね。予定より随分早く着きそうで良かったね」

「あのお寺はとても大きいんだってね」

「そうよ。あそこには日本人の坊さんもいて、いろんな人たちが修行しているみたいね」

「でも、本当は蒙古のお寺なんでしょう」

「何だか知らないけれど、昔から栄えていたらしいね。ラマ教の本山だって誰かが言ってたけど、行ったことがないからよくはわからないよ。普段はお坊さんしか入れないんだって」

僕は母と弟、妹の四人で腰を下ろし、水筒の水を回し飲みしていた。兄はどのあたりにいるのか、大勢の人混みの中に混じってしまったので、ここからではわからない。

「お前も暑いだろう。外套を脱ぎなさい」

母は僕にそう言いながらミッちゃんに柔らかいパンを食べさせていた。

しばらくは落ち着いて、のんびりとした時間を過ごせたのだが、後方がざわめき始めた。

僕は立ち上がって後方を見る。何やらゴーゴーと爆音らしいものが聞こえてくる。丘陵の頂上付近でピカッピカッとガラスに反射する光が見えて黒い物体が動いていた。

何だろう？　変だなあと思っていると、後方の人たちが一斉にこっちに向かって走り出した。

近くにいた男の人が声を上げた。「おい！　あれは戦車ではないか、あの動きは戦車だぞ！」

「なに！　戦車だって、まさか！」

異様な爆音と共に黒い物体が点々と広がりながら、こっちのほうへ向かってくる。

「大変だ、戦車がくるぞ、みんな逃げるんだ、早くしろ！」と誰かが叫んだ。

やがてガタガタと大地を揺らす音が聞こえ始める。休憩していた人たちは四方八方に走り出した。

うわっ、大変だ！　戦車の主砲が火を吹く、ドンと砲撃音が響く。

「早く、早く」

母は妹をおぶって弟を引きずるように走り出した。僕もリュックを背負い、外套を鷲掴《わしづか》みにして夢中で母のあとを追う。

突如として現れた戦車は無差別に砲撃を始めた。前にも後ろにも爆弾が炸裂して土煙が上がる。すごいスピードで戦車は追いかけてくる。機銃の音が耳をつんざき、喧々《けんけん》たるキャタピラーの音とエンジンの轟音が迫ってくる。もう心臓が張り裂けてしまいそうだ。手に持っていた荷物を放り投げる。転びそうになりながら一目散に走った。戦車の後ろからは、装甲車やトラックなどが何台も続いているのが一瞬見えた。

ダダダダダダダ、ドドドドドドド……ものすごい勢いで音が唸る。黒い物体は怪物と化して瞬《また》く間に一帯を蹂躙《じゅうりん》した。

砲弾の爆破音、キャタピラーの音、機銃掃射のけたたましい音、エンジンの爆音、逃げ惑う人の悲鳴、大地を揺るがす地響き……。もう何が何だかわからない。

息つく暇もなく、ひた走りに走って転がり込むように飛び込んだところが、偶然にも三メートルほどの深さのある壕の中だった。

「早く！」「伏せろ！」「危ない！」という声が飛び交う。ビュンビュンと弾丸が頭の上を掠《かす》める。

ドカンドカンと強烈な音が空気を振るわせて、思わず耳を覆った。

雨霰《あられ》と弾が飛び交う。砲弾による地響きと共に機関銃なのだろうか近くの砂が続けざまに飛び散った。

もう何も見ることはできない。身体を小さく丸める。そのまま土の中まで潜り込みたくなる。ビューンビューンと弾が耳元を掠めた。近くでキャタピラーの金属音がガタガタガタガタと凄まじい音を立て始めた。それはまさに怪物の足音のようであった。

生きた心地はしない。ガタガタと身体中が震えた。みんな真っ青な顔をして伏せているだけだ。ドッキンドッキンと心臓の高鳴りを感じているから、まだ生きているのだ。

手を力いっぱい握りしめている。頭の中をいろんな音が通り抜ける。もう駄目だと観念せずにはいられない。

息をすると鼻に土が混じり込んでくる。僕は壕の土に顔を埋めていた。

ドカンドカンという砲撃は鳴りやまない。ここら一帯を掘り起こすかのようだ。ヒューンという音がして僕の頭のすぐ右側に弾が突き刺さった。さらにダダダダと周辺に機関銃の弾が撃ち込まれる。死は僕のすぐ隣にいた。もうこれ以上は首をすくめることはできない。身体を丸めたまま、じっと嵐の通り過ぎるのを待つだけだ。早く終わってくれ。早く通り過ぎてくれ。目をつむって僕は祈った。

ふと我に返って愕然とした。しまった！　なんでこんな場所に身を隠したのだろう。僕たちは壕の中の端にいたのだが、それは戦車からは丸見えになる射程方向であった。壕に逃げ込んでからもさらに戦車から遠ざかろうとしたことが裏目に出てしまった。本当は壕の中にすぐ下、戦車が迫りくるほうの下側に隠れなければならなかったのだ。ここでは身の隠しようもない。

弾はどんどん飛んでくる。砲弾の破片なのか、土砂なのか、ザザザザッと近くに降りかかった。もう動けない。どうすることもできないのだ。今さら壕の反対側に行くこともできない。これではまともに弾が当たってしまう。

これが僕たちの運命だったのだ。目の前は真っ暗だ。汗がべっとりと顔を伝わって落ちていく。ヒューンと風を切って鉄砲の弾が飛んできた。ヒュルヒュルと渦を巻くような音を立てた。ブスッと土の中に弾がめり込む。恐ろしい！　ここが狙われている。

誰かに弾が当たったらしい。「キャー」と悲鳴が聞こえた。

それは二、三十分ほどの襲撃だったのだろうか。誰も一言も口をきかない。ただ固唾《かたず》をのむばかりだ。じっと耐えるしかない。音が少し遠くなってきた。銃撃の間隔が少しずつ空いているようだが、まだ安心はできない。

猛り狂っていたエンジン音も少しずつ収まってきた。それでもさっきまでのあの強烈な音が頭に残っているので、頭の中は朦朧《もうろう》としていた。まだエンジンの音が聞こえる。単発の銃声も混じる。やがて頭を上げて、あたりを見回せるくらいには落ち着きを取り戻した。

母の背中で妹がもがいていた。母は帯を緩めて「怖かったね、ミッちゃん」と声をかけている。

妹は母の背中で「こわい、こわい」と足を踏んばりながら答えていた。

弟は母の懐に抱かれて隠れるように伏せていた。

僕たちのほかには赤ちゃんを抱いたお母さんが、十メートルほど先にいるだけで、ほかには誰もいなかった。あれっ、みんなはどこへ行ったのだろう？

そのとき、壕の先のほうで凄まじい銃声が響いた。同時に絶叫する悲鳴が聞こえた。

ダダダダダ！　ドドドド！

ギャー、ウウッ、ウオッ、アッ、ウアー……。

どたどたと人が倒れる。
二、三十メートル先の別な場所では三十人ぐらいの集団があった。そこでは狂乱の声が上がっていた。

「私を殺して！」「私を撃って！」「お願いです！」

婦人たちが先を争って、「自分を殺してくれ」とありったけの声で泣き叫んでいるのだ。男の人が女性を鉄砲で撃った。どうしたんだろう。理解しがたい異様な光景であった。

ズドン！　鉄兜を被った在郷軍人が発砲している。ギャーという断末魔《だんまつま》。母も僕も驚いたまま、そっちのほうを見据えてしまう。

今度は本物の兵士が姿を現した。

壕の中は曲がりくねっているが、次々に軍服を着た数人の兵士が機関銃や鉄砲を持ってこっちのほうに向かって来た。

大変だ、ソ連の兵隊だ、この壕に下りて来たのだ。

どうしよう！　ソ連兵だ。背筋が凍る。銃をこっちに向けている。

ダダダダッ、ダダダダダダダダダダ！　続

けざまに火を吹く機関銃。うわ、こっちへくる。僕は身体を小さく丸めてそっと伏せた。ソ連兵が何かを言っている。四人だか、五人だかわからないが、一歩一歩こちらに近づいてくる。足が止まった途端に発砲された。狙っていたのは僕たちではなかった。ダダダダ、ダダダダ、ガチャッ、ガチャッと機関銃を操作する金属音が耳の側で聞こえた。

いつの間にか右も左もソ連兵だらけになっていた。彼らは何か話している。そして通り過ぎていった。

婦人たちが叫んでいたほうに向けて、ソ連兵は発砲した。ダダダダ、ダダダダ！　直撃された集団の人たちはばたばたと倒れていった。銃弾の音だけではなく、ブスッ、ブスッ、ブスッと肉体に弾が食い込む音までまじる。血飛沫《しぶき》が上がる肉体、弾が当たるたびに跳びはねる身体、助けを求めるように蠢《うごめ》く人、殴りつけるような異常な物音……。もはや、この世の出来事ではない。阿鼻叫喚《あびきょうかん》の声にぞっとする。止まぬ銃声。目をつぶり耳を塞ぐしかない。息もできないほど身体が硬直している。また人の気配がする。恐ろしい。怖い！

近くで砂利の滑り落ちる音がしている。足音が近づく。僕はそっと薄目を開けた。もう、どうにでもなれ。

三、四人の兵士がこちらに向かって歩いている。

母の手が僕の頭を押えつける。ダダダダ、ダダダダ！　兵士が銃を乱射した。内臓が引き攣《つ》るような驚きだ。僕たちのほうに近づいて来た。靴音が不気味に聞こえてきた。ジャリッ、ジャリッ、ガサッ、ガサッ……。兵士は声高に何か話している。足音が止まる。銃を構えたような感じがした。

兵士たちは何か話し合っている。まだ撃たない。恐怖の瞬間が続く、別の兵士も来た様子だ。僕はそっと後ろを見た。兵士は僕たちのほうを見ていた。目が合った。このとき、僕は日本の兵隊が来たと錯覚してしまった。

日本の兵隊とまったく同じような軍服を着て、僕たちの側まで来ているのに撃たないからだ。銃も向けずに、こっちのほうを見ていたが、すぐにほかの兵士と壕の先へ移動し始めた。僕の背中近くを通っていく。砂利を踏む足音が耳元を掠めている。

ダダダダ！　また機銃が鳴った。僕は息を止めた。砲煙と薬莢の臭いがあたり一面に漂う。兵士が銃を向けていた先でギャーという悲鳴が聞こえた。

足音はどんどん遠くなっていった。勝ち誇ったようなソ連兵の甲高い声が聞こえた。じっとして身動きもできず、兵士の過ぎ去るのを待った。

冷汗が額に流れる。兵士の姿はない。立ち去ったようだが、まだ安心はできない。別の兵隊が壕に下りてくるかも知れないのだ。いや、今行った兵隊が少し離れたところからここに向けて発砲するかも知れない。大丈夫だろうか。一分、二分と時が流れる。足音も話し声も聞こえない。

銃撃の音も途切れ途切れになってきた。だが壕の上では戦車や装甲車がゴーゴーとエンジン音を立てていた。

時々、単発の銃声がした。大きな声でソ連兵が号令を発したようだ。兵士たちは砂利の土手を上って引き揚げ始めた。エンジンの音が再び騒がしくなってきた。戦車が動き出している。そのあとをトラックも続いているようだ。

地響きがして壕の砂利が滑り落ちている。いつ発射されたのか、轟音にまぎれて流れ弾が土手にブスッと突き刺さった。

移動していく部隊は、凱旋《がいせん》を祝うかのような号砲を打ち上げているようだ。十メートルほど先にいた女の子を抱いた女性が声をかけてきた。

「大丈夫でしたか？」

か細い声だ。母はまだ生気を取り戻せず、しばらく間をおいてから「助かったんですね」と答えた。「怪我はなかったですか？」

「ええ、何とか……無事ですんだようです。お宅さんも？」

母は「ええ、生きているのが不思議なくらいです」と言って大きな溜め息をついた。

「良かったですね。もう、駄目だと思っていました」

母の顔には精気が戻りつつあった。

女性が連れていた女の子もほっと安堵した顔になっていた。

襲撃を終えた戦車は葛根廟のほうに向けて走り去ったが、僕たちの頭の中には今でも凄まじい砲撃の音が残って、大地が揺れているような錯覚に陥る。

母は周囲を見回しながら「私たちをどうして撃たなかったのでしょうね」と女性に聞いた。

「今でも、生きているなんて信じられません」

この女性もソ連兵の虐殺を見ていたはずだ。恐怖の瞬間からまだ抜け出せないでいる。声が震えていた。

「あそこにいた人たちは、男の人がいたから狙われたんですね、きっと……」と母が言う。

「ソ連兵は武器を持っている男の人がいたところを徹底的に撃ったのですね」

「私たちは女子供だけだから撃たれなかったのね」

「そうだと思います」と女性は頷く。「最初は男の人がいなくて心細くて泣いていました。とても生きた心地がしなかったんです。それがこんなことになるなんて……」

「本当ですね。それに逃げ込んだ壕で伏せていた場所が、まともに弾を浴びる方向でしょう。それに気づいたときには、もうどうすることもできなくて……」

「そうですよ。でも、男の人と一緒にいた集団が狙い撃ちにされるなんて……。あの中にいたら私も……」と女性は顔を青くして言う。そして「ところでご主人は？」と母に聞いた。

「一緒に避難したのですが、このありさまではどうなってしまったか……。今から捜しに行きますが、おそらく駄目でしょうね。こんなにやられたのでは」

「私のところは去年召集されて、この子と二人だけなんです。これからどうすればいいのか私にはわかりません……」

「本当に恐ろしい思いをしました。でも怪我もなかったし、お宅なんかまだ若いのだから何とでもなりますよ。さあ、元気を出して」

母は励ますように女性に声をかけていたが、それは自分自身の不安を打ち消すためのように見えた。

壕の先では百人ぐらいの死体がある。このあたりで生き残ったのは僕たち四人と女の子を連れた女性だけになってしまった。壕の後ろ側でも多くの人が倒れて死んでいる。

この地球上からすべての人がいなくなってしまったかのような不安に駆られる。

大きな空洞の中で僕たち六人だけが何者でもない存在として浮遊しているような心境に陥っていた。誰もいない。生きている人がいない。みんな消えてしまった。自分たちだけが取り残されてしまった……。

母も同じような不安に駆られていた。宏生《ひろお》はどうなってしまっただろうか。夫も鉄砲を持っていた。集団のどこかにいたら、とても生きていられるはずはない。とても心配だ。今すぐ捜しに行こう。もうこれ以上、ここでじっとしている訳にはいかない。

「奥さん、私は夫と長男を捜しに行きます。ここでじっとしていても不安が増すばかりです。夫も長男もこの状態ではとても生きているとは思えませんが、捜すだけ捜してみます」

女性は母にすがるような目を向けた。

「それでは私も連れて行ってください。私一人ではとてもここにいられません」

もう手荷物は何もない。母の持つ手提げと僕のリュックサックと水筒だけになっていた。太陽は真上にあり、真夏の日差しは石も焦がしそうな暑さになっている。壕の中を三十メートルほど進むと、壕は右に曲がっていた。そこから先の光景に目を覆った。壕の両側に大勢の人が倒れている。

それは「自分を殺してくれ」と絶叫していた集団であった。驚くほどの数の死体が重なり合っていた。何という無惨な死に方だ。

血が重なり合って死人を赤く染めている。ピクッ、ピクッと微かに動く人がいる。だが、あの傷では生きているわけではないだろう。生きていたとしても助けることなどできやしない。

これではとても父や兄は生きていられない。僕はそう思ったが、この折り重なった死体の中には「宏生はいないはず」と母は言う。兄は荷物を持っていたためかなり遅れていた。だから「ここにはいない」と母は考えたのだが、しかし、後方を歩いていたのなら真っ先に戦車に襲撃されたはずだ。逃げ込む壕がなかったらどうなってしまうのか。

母と僕は懸命に捜し歩いた。しかし、どこを見ても死体ばかりである。二百人以上の死体が折り重なっている場所もあった。

凄まじいばかりの死体の山に母は絶望した。もう駄目だ、助かっている訳がない。しかし、駄目だとわかっていても、じっとしている訳にもいかない。妹をしっかりおぶい直すと、母は僕たちに言う。「よく捜しておくれ。きっとどこかに死んでいるはずだから」

これだけの死体を見て回ると、感覚は麻痺してしまい、何の感傷もなくなる。ただ黙々と死体を見て回るだけである。

百メートルほど歩くと、その先から二人の女性が小走りに駆け寄ってきた。

生きている人間である。無傷の人が目の前に現れた。だが、二人は顔面蒼白で髪は乱れ、半ば狂乱に近い姿で、すがりつくような形で対面したのだ。

二人も生きている人に初めて会えたのであった。それこそ地獄に仏を見た心境だっただろう。

その中の一人が、僕たちの隣にいた親子連れと知り合いであったらしい。驚きの声と共にその場で抱き合って泣き崩れた。

生存者がいたことに勇気づけられた母は微かな望みを得て、この壕をくまなく捜し歩くことを決意した。生きていれば御の字である。死んだとしても死体だけは確認しておきたいと思ったのだ。

壕の先を見ながら、不安と動揺を隠すように母は言った。

「さあ、早く行こう。まだほかにも生きている人がいるかも知れないよ。もしかしたらお父さんもいるかも知れないからね。この奥へ行って見ようね」

僕たちは二人の女性と別れて先に進んだ。

しばらく歩くと、また死体の山に出くわしたが、その中にまだ息をしている男の人がいた。機関銃で撃たれて血だらけになりながら死に至らず苦しんでいる。息絶え絶えになっている。虫の息で「水をください……水を……」と懇願する。死人のような顔色をしているが、まだ微かに意識を保っているようであった。その人の近くでは首を血で真っ赤に染めた男の人が「水を……水を……」と呻《うめ》いていた。まるで最期の力を振り絞るかのようであった。

この壕の中では、真夏の直射日光を避ける術《すべ》がないばかりか、熱を帯びた砂利が身体の水分を奪ってしまう。不運なことに日中で一番暑い時間帯でもあった。

何人もの人が、もがき苦しみ、ひたすら水だけを求めて喘《あえ》いでいる。僕の水筒も、あいにく飲み干して空っぽになっている。母は死んでいる人の水筒を確かめて見たが、どの水筒にも水は残っていなかった。

苦しんでいる人たちに水を飲ませたいと、母は弁当箱や水筒を集めて、水を探すことにした。

この壕のどこかに水があるはずだと母は考えたのだ。水を流すための壕のようであった。それに興安街を出たあとに降った雨水が、どこかに溜まっていても不思議ではない。きっとあるはずだ。

その少し先で水溜まりを見つけた。濁《にご》った泥水だが、今はそんな悠長なことを言っている場合ではない。この水を求めて、やっとたどり着きながら息絶えた人もいる。

母はいくつかの水筒に、弁当箱ですくった水を入れると、元の場所に戻った。

「水を……水を……」と喘ぐ人たちに母は水を飲ませてやった。中には水を飲み込む力を失った人もいる。また、飲んでも銃で撃たれた首の傷口から流れ出てしまう人もいた。どの人も、傷口が焼けるように痛むのだろう。顔を歪《ゆが》ませるのだが、傷口を洗ってあげたくても、こんな泥水ではそういうわけにはいかない。それに肝心の薬も包帯もないのだ。

少しでも楽にしてあげたいと、母は水を汲んでは傷を負っている人に飲ませてあげた。だが、どの人も助かるような状態ではないのだ。

水溜まりには、どこからともなく生存者が現れて、泥水を汲んでは運んでいく。しかし、水溜まりには傷つき倒れた人の血も流れ込んで、正気では飲めるようなものではなくなっていた。それでも負傷した人の喉は渇き切って、血が混じっていようが、ほんの少しの水分を求めてやまない。

あちらこちらで呻き声が聞こえる。

死んだ母親にすがりついて、泣きながら揺り動かしている幼児がいる。いくら大きな声で泣いても、叫んでもお母さんは返事をしてくれない。たった一人残された幼児は、何もわからないで泣いているのだろう。可哀相に、まだほかにも同じような子供の姿がある。

目にいっぱい涙をためて、僕たちに哀願する子がいる。手を出して、僕たちの目を見ている。喉が渇いて水がほしいのだろう。でも、こんな血の混じった泥水を、いたいけな子供たちに飲ませる訳にはいかないではないか。母はどうすることもできず、見ないふりをしてその場をやり過ごした。

自分も三歳の娘を背におぶい、六歳の幼児を連れている。捜さなければならない家族もいる。どっちを向いても死体だらけだ。親子で重なり合って死んでいる人もいる。そんな人はまだいいと思えてもしまう。生き残った人たちの悶《もだ》え苦しむ声がする。呻き声を上げながら必死に生を求める若い人がいる。半狂乱で何か叫ぶ人がいる。ただ死を待つだけの青白い顔をした人がいる。瀕死の重傷でもがく人がいる。血を流しながらピクピクと痙攣している人がいる。壕の中は生と死の狭間であった。

ここは地獄だ。生き延びた人は運が良かったわけではない。傷ついた人々は地獄の苦しみを味わっているのだ。そんな人たちに助けの手を差し伸べる術が何もないのである。母は自分の無力さに愕然としたであろう。壕の中を何百メートルと進んでも同じような凄惨な地獄絵が続いている。

こんなに大勢の人が、どうして殺されなければならないのだ。五百人、いや、六百人を超えているかも知れない。右も左もどこまで行っても死体と傷ついた人でいっぱいだった。カッと目を剥《む》いたままの死体もある。無念の恨みがそうさせたのであろう。腕を吹き飛ばされて見るも無惨な姿になった死体もあった。その脇にはいたいけな子供の姿がある。

どこまでも同じような光景が続くのだ。山のように重なり合った死体の中に、もしかして父や兄がいるかも知れないが、この死体を動かすことはできない。倒れている大勢の中には必ず一人や二人、息絶え絶えながらも生きている人がいるからだ。そんな人がいても、もうそっとしておいてやることしかできない。声をかけて意識を取り戻したとしても、かえって激痛に苦しむだけである。気絶している人は、そのままにしておいたほうがその人のためであると考えてしまうのである。

すぐ近くで、誰かが苦しそうに声を上げていた。

「水を、水をくれ、うっ……水を……誰か……誰か、兜を取って……」

血だらけになっている在郷軍人の一人が鉄兜を取り外してほしいと、微かな声で助けを求めている。母は近づいて、兜の紐を解き、頭から外してあげた。在郷軍人は、自分では動けないほど大きな傷を負っているのに「すみません」と礼を言っている。かんかん照りの真夏の太陽の下では、何か日除《ひよ》けになるものが必要だが、あの人はもう自分の運命を悟って、わずかな命を長らえるより、頭に重くのしかかる兜を除くほうを選んだのだ。

今度は向こうから二人連れの女の人がやってくる。無傷の人であった。知らないもの同士だったが、お互いに生きていることに興奮もしたが、やがてがっくりと肩を落とし、「私たちはどうしたらいいんですか。どうしてこんな目に遭わなければならないのですか。知っている人は誰もいなくなってしまいました。どうしたらいいの……」と泣きながら去って行った。

子供を抱いた女の人ともすれ違う。

「随分殺されてしまったのですね……。ほかに生きている人はいるでしょうか……」と青い顔をしながら、やっとの思いで話した。これだけの死人の中を歩いてくると、頭の中がおかしくなってくる。自分たちが生き残ってしまったことが不思議であるのを通り越して、悔しくなってしまうのだ。

いっそのこと、みんなと一緒に死んでしまったほうが楽だったのかも知れないと、母とその女性は話している。

生き残りの人が二人、三人と現れて、壕の中は十人くらいになった。どの人に聞いても父や兄の消息はわからずじまいだった。

突然、母が声を上げた。「あっ、あそこに倒れているのは福岡先生だよ！」

見に行くと、それは僕の家の並びにある職員住宅に住んでいた福岡先生だった。先生は死んでいた。眼鏡の奥は、いつもと変わらない真面目な顔をしていたけど、きっと無念であったに違いない。先生は二十一歳の若さだったが、市民全体を警護する役員として、在郷軍人と共に指揮をとっていた。目的を果たすことができず、さぞ無念であったろう。左手に銃を握ったままの最期の姿があまりにも痛ましかった。

そこからさらに二百メートルほど進んでいくと、今度は橋本君のお母さんにばったり出会った。知っている人に初めて会えたことがとても嬉しかった。

「あっ、おばさん！」

「あらっ、マンちゃん、無事だったのね」

おばさんは二年生の恵子ちゃんを抱きかかえて近づいてきた。おばさんの目は真っ赤に腫《は》れていた。恵子ちゃんは負傷していた。撃たれた足を包帯でぐるぐる巻きにしている。恵子ちゃんはおばさんに抱かれながら泣いている。傷が痛くてたまらないのだろう。恵子ちゃんを横にしてゆっくり寝かせてやりたいのだが、そうしたところで傷の手当てのしようがない。おばさんはどうしたものかと途方に暮れていた。

「おばさん、橋本君は、一緒じゃなかったの？」

「定夫はね。撃たれて死んでしまったのよ」

「えっ、死んじゃったの……」

「そうなの、お父さんも撃たれてしまったの。定夫も死んで、恵子も重傷で……。私はとっても悔しいわ……。どうしてこんなことになってしまったのかね」

身体の大きな橋本君のおばさんは、唇を噛んで悲しそうに話した。

橋本君が死んだなんて、信じられない。あんなに仲良しだった同級生が……。ついさっきまで一緒に歩いてきたのに。撃たれて死んだ……そんな馬鹿なことってあっていいのか。どうして弾に当たってしまったの……。ひどいよ……どうして死んでしまったの。もう一緒に遊ぶこともできなくなったなんて。どうしてなの……。

胸にぽっかりと穴が空いた僕は下を向き、やりきれない衝撃で胸がいっぱいになった。

勉強ができて、頭も良かった橋本君、釣りに何回も一緒に行った橋本君、もう帰らぬ人になったなんて……。僕には信じられないよ。

恵子ちゃんが「痛いよ、痛いよ！」と泣いている。恵子ちゃんの傷は深く、出血もひどいので助かりそうもなかった。

母は夫や兄のことを尋ねたが、おばさんは見かけなかったと言う。

困った。こんなに捜してもどこにもいないとなると、この壕の中ではなく丘の上を歩いたまま、逃げ遅れてしまったのだろうか。そうなると捜すことはさらに困難になるだろう。

　丘の上は広く、四方八方に散って逃げたであろうから、足跡を捜すだけでも時間がかかる。気落ちした母は、橋本君のお母さんに力なく言った。

「奥さんはこれからどうしますの？　私も一通り捜したけれどもう見当たりませんし……」

「……どうしたらいいのですかね。お父さんでも生きていたら何とか考えもつくんでしょうが、今となっては私には考えが及びません。それにこの子もこんな深手を負っていますし……」

　おばさんは困り果てている様子だった。死んでしまった家族のことを思うと、無念さ、悔しさ、怒りで胸が張り裂けんばかりの心境なのだ。慰める言葉もない母にしても、自分の家族のことで頭がいっぱいなのだ。

「あとのことは見当もつきませんが、私はもう少し主人と息子を捜してみます。奥さんはどこにも怪我がなかったのですから、これからも頑張ってくださいね」

　こうして橋本君のお母さんとは別れたのだが、母は橋本君のお母さんを羨ましく思っていたようだ。恵子ちゃんの怪我は確かに大変だが、家族の生死は確認できている。それに比べれば、自分は幼い三人の子供を連れていて、夫と長男の安否がわからない。これからどうすればいいものか……。時間が経てば経つほど心細くなってしまうのだ。

　よくよく見れば、この壕の中だけで六百人もの人が死んでいる。もはや死人を見ても怖くないが、死に切れなくて苦しんでいる人を見るのは怖い。

　親に死なれた幼児の姿を見るのも忍びない。そんな重苦しい異様な雰囲気の中を、僕らは一生懸命に捜し歩いた。そして犠牲者の多さを改めて認識した。

戦車が現れたときに、避難民は咄嗟《とっさ》に判断して四方八方に散って逃げた。こんなところに壕があるなんて誰も知らなかった。無我夢中で逃げているうちに、跳び下りたのが偶然にもこの壕だった。隠れるには格好の場所であった。ほとんどの人が重なり合うように飛び込んで、身を隠した。それなのにかえってソ連軍の標的になり、八割方が弾に当たって死んでしまった。大勢集まったところほど標的にされた。何という皮肉な結果だろう。

生存者が増えて、今では三十人を超えたのがせめてもの救いである。だがほとんどが手傷を負った人で、無傷の人は数えるほどしかいなかった。

壕の中に入らないで、丘の上を逃げた人はどうなったのか、その情報を知りたかった。

逃げ遅れてしまった人は、戦車に踏み潰されたのか、それとも機関銃で撃ち殺されたのだろうか。広い草原を散り散りに逃げたとしたら、一キロ四方に渡って屍《しかばね》があるだろう。そこをすべて捜すなんて不可能である。刻々と時は過ぎて、もう二時を回っている頃だ。二時間余り捜して何の手がかりもなく、母の焦りは濃くなるばかりだ。生きているはずはないとしても、死体か、あるいは荷物でもいいから確かめたい。今はその情報だけでも知りたい。

一キロ近く壕の中を捜し回ったが、どこも同じような殺戮の現場が延々と続いている。僕たちは何の手がかりも得られないまま、元の場所まで引き返すことにした。

壕の中央付近まで戻ると、そこには二十人ぐらいの人が集まって何か話し合いをしていた。元気で無傷な人は、これから決死隊を組織して、仇討ちを決行しようという結論になったという。そこで鉄砲や日本刀などの武器を集めることになったのだ。その中には橋本君のお母さんも入っていた。本当にそんなことができるのだろうか。妻や夫や子供を殺された恨みは大きい。この悔しさを少しでも晴らすために反撃して、敵に一矢報いるのだ。このまま、おめおめとは引き下がれない。五体満足で生き残った以上、これだけの死を黙ったまま見過ごす訳にはいかない。この屈辱を晴らさずにいられようか。そう真剣に話し合い、決死隊の結成が大勢を占めていた。

母はこの話に乗り切れないで考え込んでいる。

確かにこの壕で避難民の半数以上が殺されている。生き残ったほんのわずかな人数での決死隊で何ができるのだろうか。武器を集めたところで、日本刀と、わずか鉄砲と手榴弾だけしかないだろう。地理に詳しい人がいる訳ではない、兵役についた人も数少ない。自動車や馬車がある訳でもない。食糧だってないではないか。それで決死隊とは……。どこへ、何をしに行くというのだろう。

この期に及んでも、言うことだけは勇ましいが、現実離れし過ぎているように思えてならなかった。決死隊の結成など全滅に近い壕の中では、机上の空論に等しい話ではないだろうか。

しかも、決死隊に参加できるのは五体満足の者だけである。足手まといになる者は外される。母は私には「無関係な話だ」と言って、その場を離れた。

母には行方不明の夫と長男を捜すことが最優先であった。まして三人の子供たちを連れている。どこへ捜しに行けばいいのか皆目見当がつかないのだ。見つからない場合の身の処し方も定まらない。

時間の経過と共にどこからともなく生存者が少しずつ現れる。誰か夫や長男の消息を知っている人がいるかも知れないと、会う人に聞いて回る。相手も自分の身内や知人を捜しているのだが、お互いに有意義な情報を得られないまま、いたずらに時間だけは過ぎていった。

そうなることも当然だろう。激しい銃撃に耐えて必死に伏せているのに、周囲の人が誰であったか、どこに向かって逃げたかなんて覚えていられる余裕があるわけがない。自分が生きていることさえ不思議に思えるのだから。

母は半ば諦《あきら》めて、一度壕を出て高台の畑から外の様子を見渡すことにした。

「上に上がって見よう。壕の中では見つからないしね」

僕たちは、恐る恐る急斜面を登って平地に出た。

戦車が襲いかかってきた平地とは反対側の高台には、粟《アワ》の畑が一面に広がっていた。

だが、壕の中と違って平地に出ると、どこかから見張られているような不安に駆られる。急いで畑の中に潜り込んだ。

妹を背中に背負ったまま、何時間も歩いた母は相当疲れたらしく、畑の畦《あぜ》に妹を下ろしてほっと一息つく。「ここで少し休んでいこうね」

平地に出るとまた別の緊張感に襲われる。何一つ解決できず、先行きの不安もあってか重苦しい空気の流れるこの場では、黙って周囲を見渡す以外できることはない。僕たちは呆然とするばかりだった。

暑い日差し、喉の渇き、疲労、それに空腹が重なっている。それでも誰も何も言わない。

ソ連兵の襲撃から逃げるときに食糧を失った。水もない。友達も知人もいない。父と長男にはいくら捜しても会えない。帰る家もない。

頼みにできるものをすべて失った母の気持ちは重かった。粟は高さが七十センチほどあるので、横になれば身を隠すこともできる。だが僕たちは身を乗り出して、壕を挟んだ対岸の平地をじっと見つめていた。

葛根廟が遠くに霞んで見える。廟は何事もなかったように佇《たたず》んでいる。そして近くには農家らしい黒い家が点々としていた。粟、高粱《コーリャン》、玉蜀黍《トウモロコシ》の畑が果てしなく続いている。緑一面のこのあたりは、北満でも有数な穀倉地帯のようだった。

避難民の一行がもう少し早く、この地帯を通り過ぎていたら、あの畑の中に逃げ込むことができてこれほどまでに大きな犠牲者を出さずにすんだのではないか。

「お腹が減っただろう。マンちゃんのリュックには何か入っていないかい？」と母が聞く。

家を出るとき、万一のことを考えて食べものをいくつかの荷物に分散して入れたのを思い出した。リュックを開けると、ほんの少し乾パンが入っていたので、それを取り出して食べた。水がないと、乾パンは食べにくいが、それでも何か口に入れただけで少しは落ち着くことができた。

僕たちのいる粟畑の中には女の人が三人ほど隠れていて、時々様子を覗うように顔を出している。

襲撃から三時間以上も経っていた。近くの農民がどこからともなく現れて、壕の中に下りていく。それは凄惨な現場を見物しに来たのか、それとも何かを物色しようとしに来たのかわからないが、その人たちは恐る恐る行動している。その動きは僕たちには何となく不気味であった。

「これから、どうしようかね」

母はぽつんと独り言のように言いながら思案している。進退極まったこの現状を、どう突破すればいいのか、頼りになる相談相手がほしかったのだ。

だが、四年生になったばかりの僕には、大惨事があったことはわかっても、これから先のことなど考えようもない。母には相談できる相手がいなかった。何かしらの行動をしようにも三人の子供がいるので、そう簡単にはいかない。この畑の中に隠れている女の人たちは一人身のようであった。それならばこの困難を切り抜ける方法が見つけられるかも知れない。しかし、子連れの母にはどうすることもできなかった。

とはいえ、子供がいたから、あの惨状を耐え抜くことができたのも事実である。子供がいなかったら「私を先に殺して」「私を撃って」という集団の中にいたかも知れないのだ。子供がいたから母は気丈でいられたのだと思う。

これから夕方になるというのに、ここから離れることもできず、時だけが過ぎていく。どこへ行くあてもなく、じっと耐えて待つだけの身は辛く、また寂しく、そして恐怖がつのってくるばかりだった。

母は思案に暮れるばかりだ。

夫や長男と死別すれば、この広い異国の満洲でどうやって生きていけばいいのだろうか。満吉は何とか一人で生きていけるかも知れないが、六歳の潔はこの大地を歩き通すことはできないだろう。まして背中の美津子は、病気上がりで体力も回復していない。

暴動が起きているという興安街に帰るとしてもまるまる二日はかかってしまう。街に着いたところで、空襲で破壊されたままの家にそのまま住めるとは限らない。女子供でどうやって生活していけというのだ。日本人はほとんど殺されて、知人もいない。再び空襲になったら逃げる場所もない。どうすればいいのだ？

満洲の秋は短い。あと二カ月もすればすぐに寒い冬がやってくる。衣服もなく、食糧もなく、住む家もない。

一人で考え込む母の顔は苦痛に歪んで見えた。

僕も僕なりに、遠く空を見上げながら考えている。お父さんはいるのではないか……。生きていた人がいたのだから、どこかで生き延びていてくれているのではないかと。

僕は背伸びをして畑の中から周囲を見回したが、目に入るのは農民らしい現地人の人影と、畑の中に隠れている数人の女性だけだった。

一時間近く外の様子を見ていたが、これといった成果はなく、じっとしていれば眠くなりそうだった。

「やっぱりここにいても心細くなるだけだから、もう一度壕に戻ろう。そのほうがここよりは生きている人に会えそうな気がするから……」

母はそう言って、重い腰を上げた。

壕の中に戻ると、決死隊を結成した二十数名の人たちは、ついさっきこの壕を出て行ったようだ。決死隊は「切り込み隊」と名称を変え、隊員は身軽な壮年男女だけに限られた。足手まといになる子供連れは外されて、参加するならば親の手で子供を始末するよう厳命されたという。常軌を逸した最終手段であった。

「痛いよ、痛いよー」と泣き続けていた恵子ちゃんは、出血多量でもう動けなくなっていた。可愛い我が子を助ける術のない恵子ちゃんのお母さんは絶望の淵に立たされていた。手当てもしてあげられず、移動することもかなわい。「死ぬのは嫌だ」と訴える恵子ちゃんだったが、もう楽にしてあげる方法は一つしか残されていなかった。恵子ちゃんのお母さんはまさに断腸の思いで我が子の命を奪ったのであった。

あんなに痛がっていたのだから仕方ない。もう苦しまなくてもすむからこれで良かったのだ。このとき僕たちには、恵子ちゃんが可哀相とか気の毒だというような感傷を持ち合わせる余裕はなかった。感情が半ば麻痺状態にあった。

それは誰もが、いずれ死を選ばなければならないであろうことを微かに予感していたからだ。周囲を見ると、数人の現地人が壕の中に下りて来て、日本人の手荷物を拾い集めている。死体をひっくり返しながら金品や武器を盗んでいる連中もいた。

いずれ僕たちのほうにも来て、何か奪っていくだろう。戦争とは何と残虐なものなのだ。僕たちは一般市民の避難民で、ソ連に対して恨まれるようなことは何もしていない。どうして、千三百人もいた仲間の大半が殺されなければならないのだ。

何の罪もない人々の命が満洲の大地で露と落ち、そして無残に消えていったのである。

「葛根廟事件邦人遭難の絵図」二紀会 同人 赤星月人画
天恩山五百羅漢寺所蔵（1981年）

自決の順番

壕の中を移動して、再び先に進んで行った。所どころに数人ずつ、生き延びた人が集まって話をしている。

ほとんどが女の人と子供ばかりの集まりだが、その中には深手を負い、痛みを必死に我慢して、行く宛てもないのに、みんなについて行こうとしている負傷者もいた。このまま壕に留まっていても道は開けない。さりとて組織の壊滅は予想を遥かに超えるもので誰しも支離滅裂の状態にある。時が経てばさらに苦悩が深まるばかりで、絶望の淵から這《は》い出す手段はないのだ。

五時を過ぎた頃から、ついにくるべきものが来てしまった。折角ここまで生き延びてきたというのに、生きる力を失った母親たちが、絶望のあまり短刀や紐を使い、我が子を手にかけてしまうのだ。おむつも換えてやれない、お乳も飲ませてあげられない、抱くことも背負うこともできなくなった母親たちの最後の決断は、自分の手で我が子の命を断つしかなかったのだ。

子供は無傷でも、親が傷つき苦しんでいる姿もあった。

動くことができなくなった母親は、隠し持っていた毒物を無理やり我が子に飲ませて、自らも口に含んで絶命した。苦しみ抜きながら死んでもなお苦しみから逃れられない表情をしていた。

母は歩きながら混乱していた。

どこを見ても、生きることを諦《あきら》めたか、重傷を負い苦しみながら死を待つ人しかここにはいない。

呻《うめ》き声を上げる人の横を通り抜ける。放心状態でぶつぶつと何か呟《つぶや》いている人とすれ違った。きっと気が狂ってしまったのだろう。僕たちは急いで通り過ぎた。

五十メートルぐらいの間隔で、生き残った人が集まっていた。どこで聞いても父や兄の行方はわからず、困惑は深まるばかりであった。生きていたなら、きっと父や兄も僕たちを捜しているに決まっている。誰に聞いても、姿を見かけた人がいないのなら、やっぱり死んだとしか思えない。

重い足取りでさらに先に進むと、二人連れの女の人に行き合った。

この人たちも父や兄の姿は見なかったと言うが、二人からショッキングな話を聞かされた。小山校長が戦車に立ち向かって戦死したというのだ。

戦車が襲いかかって来たときには、誰も気が動転したのだが、そんな恐怖の中でも校長は冷静であった。敢然と戦車に立ち向かい、手榴弾を投げて応戦したという。

避難民を助けるため校長は、勇敢にも一人で反撃を試み、突進する姿勢で戦車に向かって行った。「危ない！」と思った瞬間に、戦車の砲撃を受けて血だるまになって倒れたと話してくれた。

責任感の強かった小山校長は、避難民の被害を最小限に食い止めたかったのだ。戦車が相手でも怯《ひる》むことはなかった。そのため自ら犠牲になったとしか考えられないと、その女の人は涙ながらに話していた。

二人は丘の上で惨劇に遭い、草原の様子も話してくれた。

逃げ惑う人たちは最後は平地にひれ伏すしかなかったのだが、その人たちを戦車は無残に轢《ひ》き殺していったという。生々しい証言は続く。ソ連兵に対して応戦した在郷軍人の話もした。銃を向けた途端に、機関銃の餌食になりたちまち吹き飛ばされてしまった。それを見たときには自分の心臓が凍りついてしまったと、そのときの恐ろしさを語った。どこをどう逃げて生き残ったのかもわからないと、二人は青ざめた顔で延々と話し続けた。

一人の在郷軍人が周囲を確かめながらゆっくり歩いて来た。無傷の男の人に会えたのは初めてだ。

「皆さん、助かって良かったですね。ほぼ全滅の状態です。多数の犠牲者を出したのは本当に残念です。これからのことは相談して決めますが、ひとまず生存者の名前を書き留めますから、それぞれ教えてください」

僕たちは名前、住所、出身、家族の名前などを手帳に記した。

「今のところ、生存者は百人以上いると思われます。負傷者には何もしてあげられない現状ですが、手持ちの薬などあれば、それで手当てしてやってください」

在郷軍人はそう言って去っていった。その手帳にも、父や兄の名前はなく、またしても望みは失われた。

僕たちの不安はさらに大きくなって、深い溜め息に変わっていく。百人も生きているなんて、みんなどこにいるのだろう。切り込み隊を組織した橋本さんたちは、もう既にここを離れている。

僕たちの見ている限りでは、子供と女の人だけで五十人ぐらいしか見当たらないように思うのだが……。そうすると親を失って泣いていた、あの赤ちゃんたちも人数に入っているのかな？

これから先のことは相談して決めると、あの在郷軍人の人は言ったが、どのようになるのか、どのようにすれば良いのか……不安はつのるばかりだった。

だんだんに太陽が西に傾くにつれて、さらに心細くなっていく。夕日が落ちてしまったら、僕たちはこの屍《しかばね》と一緒に一夜を明かすことになる。それは怖いだろうな……。もし、再び戦車や飛行機の音が聞こえてきたらどうしようか。

人さらいが壕の中に入って来て、僕たちを拉致《らち》していくことだってあるかも知れない。傷ついて苦しんでいる人が、急に最期の救いを求めて来たらどうすればいいのだ。どっちを見ても僕たちを救ってくれるようなものは見当たらない。

僕たちの目的地であった葛根廟《かっこんびょう》には、既にソ連の軍隊が先回りしている。最初の予定地である扎賚特旗《ジャライトキ》にも蒙古の反乱で行くことができない。興安街も暴動が起きていて、もう帰れないのだ。父もいない。懇意にしていた街の知り合いはほとんど死んでしまって誰も残っていない。どうなってしまうのだろうか……。

自分の置かれている立場は、四年生の僕でも肌で感じ取れる。出口のない絶望感が重くのしかかってきた。

母と共に、誰か知人と会えることのみ願って歩いている。すると前方から、さっきの人とは別の在郷軍人が鉄兜の上を草木で覆って、まるで戦場から出てきたような姿で歩いて来た。

「今までに確認できたところでは、傷ついた人を含めて、百十人の生存者がいます。このうち、壮年で行動力のある四十人は、決死隊として出動しました。残る七十人前後の女子供、並びに怪我で動けない人は、全員自決と決定しました。一時間後には、ここから三百メートルほど先に集合するよう申し渡します。ご免」

そのように言い渡して立ち去った。やっぱりそうなるか……。これで僕たちの生きる術《すべ》はなくなった訳だ。まさに四面楚歌。残された道は自ら命を断つことだけである。母は絶望の心境を僕たちに打ち明けた。

「満も、潔もよく聞いておくれ。私たちには行くところがもうなくなってしまった……。父さんも見つからないし、知っている人は誰もいなくなってしまった。残っている女子供は全員自決することに決まったと、今の在郷軍人が言ったのを聞いていたでしょ。行けるところは、もうどこにもないのよ。これでおしまい。一緒に死のうね……」

母の真剣な顔を見ていると、本当に道は閉ざされたのだと実感した。

母が自決の念を押す。僕はしばらく考えたが、どうすることもできず、唇を噛みながら渋々頷くしかなかった。まわりには、親を失って泣いている子や、傷ついて手当ての施しようのない子供もいる。こんな姿を見て母は思うのだ。

自分の生きているうちに、子供たちの死を確認しておきたい。あそこで泣いている子供のように独りぼっちにして残していくことはできない。生き残ることは不可能だと決まったのだから。

母はこの四時間の間、六百人以上の死者を確認して、こうなることを予期していた。もし、夫の姿を見つけることができなかったら、あるいは死体を確認した時点でも結局は自ら死を選ぶしかない。そう考え続けてきたのである。

もうこれ以上あがいても時間の無駄であろう。いたずらに時を稼いでも辛さはつのるばかりである。母はついに決心した。

病気上がりでここまで辛抱してくれた美津子だがこうなってはもう仕方がない。自分の手で決着をつけるしかない。

母は近くに倒れている在郷軍人の日本刀を借りることにした。

だが、その在郷軍人は死んではいなかった。傷つき動くことができずにいた、その在郷軍人は薄れゆく意識の中でゆっくりと一言一言を口にして母を諭す。

「奥さん……早まってはいけないよ。ここまで傷一つなく……生きてこれたんでしょう。何とか……何とか生きることを考えなさい……。命を粗末にしてはいけない……早まっては駄目ですよ」

母は途方に暮れている。

大病を患って退院して来たばかりの美津子がこの先どうやって生き延びることができるというのか。男手もなく、六歳と十一歳の子供もいる。全員自決と決まったからには、遅かれ早かれ、その時はくる。銃弾の嵐の中をよく生き延びてくれた美津子だが、この数日の避難行動でくたくたに疲れている。この炎天下で日陰に入ることもできず、飲み水にも事欠いていた。休むこともままならない中でよく辛抱してくれた美津子。泣かずに我慢してくれた美津子……。許しておくれ。

やっと片言で話ができるようになった美津子にも、今日の出来事は理解できていたようだ。

美津子は「こわい、こわい……」と口にしていた。

可哀想だけれど、これが私たちの運命なの。

母は自分に言い聞かせるように、何度も何度も心の中で自問自答している。うつらうつらとしてきた美津子。そっと抱き抱えた母は静かに頰ずりしながら、しばらくの間、抱き締めていた。そして毛布を敷いてそっと寝かせてやる。その可愛い寝顔を見て、母の心はひるんでしまう。

二人の息子には、自決することを言い聞かせたし、自分の覚悟もできている。唯一、頼みにしていた夫も四時間余りも捜して、ついに見つけ出すことができなかった。母は在郷軍人の持っていた日本刀を抜いた。

母を信じ切っている美津子は何も知らずに瞳を閉じている。

ここで迷っていては、これから先の自分たちの自決すら、覚束《おぼつか》なくなってしまう。

——ミッちゃん、ご免ね。

心の中で、そう呟いた母は、目に涙をためたまま美津子の喉に刃を当てた。美津子はそっと目を開けた。それでも母を信じている美津子は、何も抗《あらが》うことはなかった。無言の一瞬が過ぎていく。

母は美津子が苦しまぬようにと渾身《こんしん》の力で刀を突き刺した。美津子の柔肌から鮮血が噴き出す。

「ご免ね、ミッちゃん！　母さんもすぐ行くからね！」

母はその場で泣き崩れた。力なく刀から手を離す。側にいる二人の息子に弱みを見せまいと、気丈に振る舞っていたが、このときばかりは苦しそうだった。

美津子は声一つ出さずに、ぴくっぴくっと身体を震わせ、そのまま息絶えた。もう泣く力も残っていなかったのだろうか……。母の峻烈《しゅんれつ》を極めた葛藤を知っているかのように、美津子は母をこれ以上苦しめることがないよう迷うことなくこの世を去った。

その死に顔のなんと優しかったことか。僕には天使のようにさえ思えた。母も僕も目の前が霞んでしまう。末っ子でたった一人の女の子、可愛くて可愛くて、我が家のアイドルだった美津子。そ

を合わせた。

の美津子はもういない。

愛しい美津子なのにここでは埋めてやることさえできない。身体にそっと毛布をかけて、母は手を合わせた。

近くにいた母親たちも、次々にわが子を手にかけ、自らの死出の旅支度に取りかかっていた。傷ついて苦しそうにしていた在郷軍人も、もう何も言わず目を閉じて悲しいこの世の顚末《てんまつ》とじっと向き合っているかのようだ。子供を手にかけた母親の苦しみと、親を失って泣き続ける幼子の声が、いつまでも入り混じって、壕の中の空気はいつまで経っても重苦しかった。

母は二人の息子たちとここで一緒に死ぬことを決心していたのだが、美津子を手にかけたことで胸にこみ上げるものがあり、刀を置いたまましばらくは動けなくなっていた。死ぬことに同意して一度は覚悟した僕だったが、まわりで死んでいく人を実際に見てしまうと、自分の番が恐ろしくなってきた。やっぱり僕は死にたくない。僕は嫌だ。みんなが死んでも僕は生きたい。誰もいなくなって、僕だけしか残っていないのなら仕方がない。そしたら僕は最後に死ぬ。そうでなければ、僕は嫌だ。生きていたい。何とかして僕は生きたい。

僕は後退りするようにその場を離れた。

母は僕の気持ちを察したのか、無理強いはしなかった。いずれ、みんな自決することになっている。その順番が来たら自然に諦めるだろう。

かんかん照りであった夏の太陽は西に傾き、夕日が真っ赤であった。焼けつくような真昼の暑さと違って、茜雲に変わった日差しは柔らかく大地を包み、夕暮れの風が優しく頰を撫でていく。やがて人々は重い足取りで集合場所へ移動し始めた。

そんなときに小山校長の子供たちと出会った。一番上の姉の蓉子ちゃんは兄の宏生《ひろお》と同級生なのである。弟の郁男ちゃんは、僕と同級で、その下の隆造ちゃんは、うちの潔と同じ年齢、一番下の喬敏《たかとし》ちゃんは死んだ美津子と同じ年の生まれなのだ。

小山校長の子供たちは全員が大島家の兄弟と年が一緒であった。校長は戦車に応戦して爆死したことは聞いていた。お母さんも子供たちの目の前で銃弾を浴びて死んでしまったという。

あまりの恐ろしさに気を失う寸前だったが、砲撃が止んで正気に戻ることができた。急いでお母さんのところに駆け寄って、助けようとしたが、血だらけになって倒れたお母さんは既に息が途絶え、手の施しようがなかったという。

お母さんが背負っていた喬敏ちゃんは奇跡的に助かって、母の背で泣いていた。蓉子ちゃんは急いでおぶい紐を外し、血の付いたままの紐を使って自分で喬敏ちゃんをおんぶした。側で泣いている隆造ちゃんの手を引いてここまで歩いて来たのだ。おぶい紐の胸のあたりにはお母さんの血がべったりと付着していて、銃撃の凄まじさを物語っている。

いつも優しくて利発で美人の蓉子ちゃんも、この惨劇には動転して泣き腫《は》らしたのか、目の縁を真っ赤にして今日ばかりは別人のようだった

「そうだったの。蓉子ちゃんも大変だったのね」

母も優しく声をかけたものの、慰めの言葉にはなっていなかった。

「もう私には、どうしていいかわからないの。おばさん……」

蓉子ちゃんは言葉を詰まらせたまま、その場に泣き伏した。

「蓉子ちゃんが泣いてしまうと、みんな悲しくなってしまうから元気を出して。さあ、私と一緒に行きましょう。みんな先にいってしまったのね……。定夫ちゃんも、恵子ちゃんも死んでしまった。福岡先生もこの先で倒れていたのよ。おばさんたちも蓉子ちゃんたちも一番あとに取り残されてしまったわけよね」

「おばさんたちも集まるように言われているのでしょう。あたしの知っている人は誰一人いなくなってしまったわ。ねえ、郁男ちゃん」

四年生の郁男ちゃんは何も喋らず、ただ無言で頷いただけだった。

「蓉子ちゃん、うちの宏生をどこかで見なかったかしら？」

「私は見なかったわよ。おばさんとは別行動だったの？」

「そうなのよ。一緒に歩いていたんだけれど、途中から遅くなって後ろのほうにいたらしいのね。ずっと捜しているのだけれど、わからないのよ。もう生きてはいないと諦めるしかないわよね」

「あたしも、お母さんさえいてくれたらと思うけれど、誰もいなくなった今は弟たちとも話し合って、自決することに決めたの……。だからもう少しの辛抱だわ」

蓉子ちゃんは運命を悟ったのか、奥で微《かす》かに笑っているように見えた。郁男ちゃんは終始無言で蓉子ちゃんの話を聞いていたが、時折空の一点を見つめていた。悔しさを我慢しているような仕種を繰り返している。

両親を一度に失い、未来への道を閉ざされた郁男ちゃん。予想だにしなかった意外な展開に、悔し涙を流している。

僕は郁男ちゃんの心境を想像してみた。

今までの勉強は何だったのだろう。父や友達と共に将来を目指してきたのに僕の人生は今日のこの場で終わってしまうのか。悔しい。無念だ。僕に残されたものはまだ何かあるはずだ。父や母のところとは違った別の世界へ僕が行ってもいいではないか。それにしても、どうして父は死んでしまったのだ。母は何で僕を残して死んだのだ。残された五年生の姉と共に幼い弟を連れて生きていける訳がない。こんなことなら父母と一緒に死んでいたら良かった。生きていること自体が悔やまれてならない。

僕も同級生に会えたのだから、二人でいろいろと話をすれば気が晴れるかも知れない。だが、お互いに父親と別れ、これから自決が待ち構えている身の上では、励ましたり慰めたりする言葉は見当たらないのだ。

夕闇がだんだん近づいてくる頃、生き残りの在郷軍人がやって来て、これから集団自決を決行するからそれぞれ中央に集まるようにと告げた。

「それじゃあ、僕たちもそろそろ行こうか」

暗くなりかけた壕の中を小山家の四人と、僕たち三人が集団自決の場所に向けて重い足取りで歩いて行く。どちらを見ても死体ばかりが横たわっており、被害の大きさに改めて驚かされる。中には歩いて行く僕たちを足止めするかのように腕をいっぱいに広げて通せんぼをしているような死体もあり、一瞬びっくりさせられた。

襲撃から五時間以上も経っているのに、まだもがき苦しみ呻き声を上げている負傷者がいた。死体の親に掴《つか》まり、泣き疲れて、うとうと眠り出した幼児もいる。

僕たちは無言のまま歩き、指定された場所に着いた。そこには数十人の人が先に来ており、思い思いに腰を下ろして順番を待っている。

僕たちも場所を決めて、そこに荷物を置き、拾ってきた毛布を敷いて座り込んだ。先のほうで時折ピストルの銃声が聞こえる。既に自決が始まっているようだ。

すっかり太陽は沈み、西の空だけがわずかに赤みを残す夕闇では、何人の人が僕たちの前に並んでいるのか、数えることはできなかった。僕のいる少し先に、女の人たちが順番を待って並んでいた。この人たちとの距離は比較的近かったので、話し声がここまで聞こえていた。

故郷のこと、家族のこと、自分のやり残したこと、財産のこと、恩になった人のこと、学校のことなどがしんみりと語られている。どの人も一様に力が入るのは、自分の最期が誰にも伝わることなく、大地の露と消え果ててしまう悔しさを語るときの言葉だった。

「どんなに心残りであっても、もう泣くことはよそう。運命がこれまでと決まった以上、泣いても喚《わめ》いても変わりはしない。この先の苦しみを思えば、ひと思いに死ねるほうがよっぽど楽なことだ」と年配者らしい人が慰めていた。

その話し声以外は、壕全体が静まり返っている。

蓉子ちゃんは、おぶっていた三歳の喬敏ちゃんを下ろして、毛布の上にそっと寝かせた。そしてもう一枚の毛布を広げて半分に切り出した。

「蓉子ちゃん、そんな羅紗鋏《ラシャバサミ》まで持って来て、随分用意が良いわね」と母が言う。

「お母さんが荷造りした中に入れて置いたのだけど、やっぱり役に立つわ」

「半分にしてどうするの？　大きいほうが使えそうだけど……」

「そうなんだけれど、もう使うことはないでしょう。これを半分にしたら一つはお母さんにかけてくるの」

　蓉子ちゃんはそう言うとお母さんの倒れているところへ走り出した。お母さんの撃たれた傷痕が痛々しいので、少しでも隠してあげたかったのだろう。その心遣いに、母も感心して見送っている。

　蓉子ちゃんは帰ってくると、半分の毛布を喬敏ちゃんにかけてから、ほかの荷物を開け出した。もう、すっかり心の準備ができているのだろう。

「ねえ、こんなもの、持っていたってしようがないから、みんなで食べましょうよ。ねえ、いいアイデアでしょう」

　蓉子ちゃんは「さあ、ここへ集まって、集まって」と囃《はや》し立てた。

「郁男ちゃん、あんたもここへ来てよ。郁男ちゃんの持ちものにも何か食べるものが入っているんじゃない？」

　みんなで車座になって荷物を広げ始めた。風呂敷を真ん中に敷いて、食べられそうなものを並べ始めた。

　僕は頭を掻いた。「僕のリュックには乾パンがちょっとだけしかなかったんだよ」

「これからままごとが始まるみたいね」と蓉子ちゃんが陽気に言葉をつなぐ。

「食べるものは全部食べないともったいないもんね」と目をパチクリさせる。

これから死んでいく人に「もったいない」はないだろうが、なぜかおかしくて笑顔がこぼれる。

「ほら、お砂糖だってあるのよ」

戦時中の貴重品を出して見せた。

「梅干しと角砂糖なんか出して、どうやって食べるのよ」

言いたい放題の蓉子ちゃんだが、次に何が出るか手品をやっているようで面白い。

「お菓子が隆ちゃんのリュックに入っているはずよ。ちょっと開けて見て」

母が話に割り込んできた。

「うちのはリヤカーに積んだ荷物を途中で捨てられちゃって何もないのよ。蓉子ちゃんたちはよく持ってこられたわね」

「これ、どう？　干しうどん、これ食べられるのよ」

僕は「知っているよ」と答えた。

「さあ、みんなも手を出して、少しずつ食べるのよ」

僕は二本引き抜いて、ぽりぽりと食べてみた。

「お腹こわさないかね、こんなの食べて……」

僕が言うと蓉子ちゃんは笑っている。

「関係ないわよ、もうここまできたらお腹をこわす暇もないわ」

さっきまでしていた銃声が聞こえないので、何か変だと思ったら、女の人の話ではピストルから日本刀に換えたという。

　ピストルのほうが楽に死ねると思うけど、どうしてなんだろう。そう思いながら聞き耳を立てていると、銃声がすると明日にもソ連兵が再び攻撃してくる恐れがあるからということだった。何か変だね。みんな死んでしまうのに、関係ないじゃないか。

　だが、切り込み隊や決死隊が近くで行動しているので、その支障とならないように配慮してのことなのだとか。なるほど、それなら仕方がないだろう。

　壕の中には現地人が下りてきて荷物を拾い集めている。それも僕たちの目の前でだ。もう誰も何も言わなかった。どうせ死んでいく人には用のないものだ。郁男ちゃんは相変わらず黙りこくって、一言も喋らない。冥土への旅に思い詰めているのか、あるいはこの場から何とか脱出する方法を考えているのか、いつもの郁男ちゃんとはまったく違っている。

　小山家の長男として、家長の責任を徹底して教育されてきた。男子は一生をお国のために捧げるという教育を受けており、四年生といえども校長の息子としての責任感は人一倍強かったに違いない。お姉ちゃんが明るく振る舞っているのに郁男ちゃんはどうしたのかと不思議に思う。だが、僕には本当の郁男ちゃんの心を推し測ることはできなかった。

　あと何番目ぐらいで僕たちの番になるのか。僕は並んでいる人たちを数えに行ってみたらまだ三十人ほど順番を待っていた。

　並んでいる僕たちの後ろに小山家が座っていて、その後ろには誰もいないから、自決の最後が小山一家であり、その前が僕たち親子になる。

先にいる女の人の話し声はよく聞こえていた。その前のほうには、親子連れの家族が黙ってじっと順番を待っている。真っ暗になった壕の中に怪しい光が見えてきた。三十メートルほど先だが、人が立って何かを燃やしているのだ。何事が始まったのかと急いで見にいくと、女の人が三人でお札に火を点けて燃やしていた。お金を持っていて、現地人にただ盗られるのは癪《しゃく》にさわる。盗られるくらいなら、燃やしたほうがすっきりすると言っている。死んでいく人にお金はいらないが、自分が死んだあとに死体をひっくり返されて盗られるとすれば、確かに業腹だと思った。

この世の最後の始末をするように、一人、二人とその集団に加わっていく。炎の向こうには横たわる死体が浮かび上がって、何ともいえぬ殺伐《さつばつ》とした異様な夕暮れの光景であった。

刻々と順番が近づいてくる。あと二十番目ぐらいになると、気持ちがそわそわして落ち着いてはいられない。立ち上がっては、先を眺めて、またすぐ座り直す。

「ねえ、喉なんか突かれるのは嫌な感じだね。ほかに方法はないのかな？」

僕は独り言のように呟き、また立ち上がって先を見る。死ぬのは嫌だけれど、どっちみち死ぬのであれば、ピストルや毒物のほうが楽に死ねるような気がするのだ。日本刀だけは避けたいのが本音であった。

今、順番になった人が仰向けになって目を閉じている。

二人の在郷軍人がその任にあたっているのが、ここからでも見えるようになった。

「ご免なさい！」と言って喉に刃が当てられた。うまく動脈を斬って一回で成功すれば良いのだが、当たりが悪いと死ぬことはできず、塗炭《とたん》の苦しみでのたうち回る人もいる。噴き出す血を手で押さえ込み、中には立ち上がって逃げ出す人もいた。

在郷軍人が、慌てて追いかけていくような現場を見てしまうと、そのあとの人も動揺して逃げ出したくなる。ひと思いに死ねなかった場合は、本人の苦しみと共に手にかけた在郷軍人も、悔悟の念に苦しんでしまうのだ。

「ご免なさい!」

在郷軍人が次の人に声をかける。傷つき、痛みをこらえている人の中には痛みから逃れるためにも一刻も早く死にたいと願う人もいる。そういう人は、動く気力も体力もなくなっているから、すぐに果ててしまう。

今度は五十歳ぐらいの女の人だ。

「ご免なさい!」

刀が大きく動いた。しかし、うまくはいかなかった。女の人はゼーゼーと喉を鳴らしている。在郷軍人は二度、三度と斬りつけた。女の人は跳び上がって暴れ出した。在郷軍人は「ご免!」と大きな声を出して上段に日本刀をかざすと力まかせに振り落とした。首が刎《は》ね落ちる。

異様な雰囲気が刻々と迫ってくる。あと十二、三番目で僕の番が回ってくるのだ。

「ご免なさい!」という声がまた聞こえた。

死にたくないなあ。……僕は嫌だ、何とか生きられる方法はないものだろうか……。母はもう行くところがないと言ったが、本当にないのだろうか。この壕の外に出たらどうなんだろう。行けるところまで行ってみなければ、わからないことだってあるのではないか。嫌だなあ、死ぬのは怖い、生きていたい……。

心で何回も繰り返してみたが、やっぱり方法は見つからない。

じっと順番を待つだけしか、残された道はないらしい。

またひと騒ぎあって、苦しんでいる人が出ている。

あと十番目ぐらいで僕の番だ。僕たちの話も途切れ途切れになって、だんだん重苦しくなってきた。胸がドキドキして、いても立ってもいられない気分だ。

在郷軍人は三人いるようで、交代しながら進めているようだ。

あと八番目になった。

すっかり暗くなって、時刻はとっくに九時を回っているらしい。立ったり座ったり、もう落ち着いてはいられない。

在郷軍人は自決の幇助《ほうじょ》に手間取り、予定より大分遅れ、しかも相当に疲れているようだった。

在郷軍人の一人が、手を休めてほかの人に声をかけた。

「あと、十五、六人というところだ。ここらで一息いれようじゃあないか」

「そうだなあ、少し休んでからにしよう」

「何人もやると、疲れるものだなあ、これは。なかなか骨の折れる仕事だ」

「もう残りも少なくなった。目途もついたし、そう急ぐこともないだろう」

そんな話が聞こえる。手を休めた在郷軍人は、汗を拭きながら休憩のためにいなくなってしまった。僕たちには何も告げてくれなかったので、何となく心配だ。

夜になると雲も厚くなり、漆黒《しっこく》の闇が壕全体を包み始めた。先のほうで話していた女の人の顔もわからなくなるほどだ。三十メートルぐらい離れたところで在郷軍人たちが集まり、煙草を点けているらしく小さな火が交互に点滅していた。

休憩に入って五分ぐらいした頃、後ろのほうで砂利を滑る音がした。壕の上から下りて来たのだろう。二人の人影が動いている。また現地人の物盗りが壕の中に入って来たかと一瞬警戒する。二人は低い姿勢でゆっくりとこちらへ歩いてくる。何者だろう？　暗闇の中で一人ひとり顔を確かめるようにして近づいて来た。

目の前でぴたりと止まる。目が合う。「あっ！　まさか……」と目を疑う。

誰かと思ったら父と兄だったのだ。夢ではないのか。びっくりしてすぐには声にならない。

「お前たち、無事だったのか！　随分捜し歩いたのだぞ！」

父は母の手を取って、家族を見つけ出した喜びに声を詰まらせていた。

「あんたも生きていたのかい！　まさか……生きて会えるなんて。こっちだって随分捜したのに……。宏生《ひろお》も一緒だなんて信じられないよ」

「もう死んだものと思って諦《あきら》めていたのに。よく会えたものだ。こんなところで会えるなんて奇跡だよ。本当に無事で良かったな！」

父は声を高ぶらせていた。「宏生も怪我もなく元気だぞ」

あまりにも突然の再会に、母は感極まって言葉が出ない。目をしばたきながら、ただ父の手を握っておろおろするばかりだ。

「ここは自決することを決めた人たちが集まっている場所だ。俺たちのいた場所では、みんな逃げるために集まっている」

「えっ、逃げるの？」と僕は聞いた。

「そうだよ。お前たちがまさか生きているなんて思えなかった。それでも念のためにここまで確認しに来たんだ。本当に奇跡だ。もう少し遅かったら取り返しのつかないところだった。とにかくここを出よう。さあ、急ぐんだ」

父は敷いてある毛布や荷物を、さっさと畳み始める。

「ここは沖縄やアッツ島ではないんだ。こんなところで死ぬ必要はない。すぐに出るんだ」

父は僕たちの隣にいるのが誰であるのか、そんなことを気にする余裕を持ち合わせていなかった。蓉子ちゃんも、突然の出会いに唖然とするばかりで、じっと見守っている。

兄が「ミッちゃんは？」と聞いた。

「あの子は手にかけてしまったのよ……」

母はすまなそうに口を開いた。

「あの子は病気上がりだったし、体力ももうなかった。足手まといになるものはそれぞれで始末しろと、自決班から言い渡されたのよ。母さんにはどうすることもできなかったのよ……」

母は悔し涙を流しながら力なく話した。

「……それは残念だったね。僕がいたらおぶって逃げてやったのに……」

兄もとても悔しそうだった。

「……それは仕方がない、もうすんでしまったことだ、それより早くここを出よう」

父は急《せ》き立てるように、僕たちに荷物を背負わす。

「ぐずぐずしていると面倒なことになる。すぐに出発するんだ、さあ、早く」

「……ちょっと待って、あたしはここに残るわ。これからどうやって逃げるのか知らないけど、もう二度とこんな目に遭うのはご免だよ。ここで死んだほうがましだよ」

「何を言っているんだ。折角無傷でいられたんじゃぁないか。逃げるところはいくらでもある。心配するな。満洲は広いんだ。俺に着いてくるんだ、さあ早く！」

「あんた、聞いて……あたしは美津子の死んだこの土地で、一緒に死ぬと決めたのよ。あたしだけ抜け出すなんてできないわ。どうしても逃げるのなら、子供たちだけでも連れて行っておくれ。あたしは残る。どうしてもあたしは行けないわ」

「馬鹿なことを言うんじゃあないよ。この子供たちをどうするんだ。死んだものは生き返らない。すんでしまったことではないか。お前の言う通り、美津子には体力がなかった。今さらくよくよして何になる。さあ、行くんだ、黙って俺に着いてくるんだ」

母の手を引きずるように立ち上がると、父は下りて来た砂利の土手に向かって歩き始めた。

在郷軍人に見つからないうちに早く壕を出なければならない。父は弟の潔をおぶって、片手に鉄砲を持ってするすると砂利を上っていく。

こんな真っ暗闇の中で父を見失っては大変だ。僕は急いで父のあとを追いかける。瞬く間に五人の家族は壕の外に脱出してしまった。

僕も兄も、隣にいた小山君たちに何一つ告げることなく、慌てて一目散に逃げ出したのだ。もしこのとき、小山君たちが「一緒に連れて行って！」と一言でも声をかけていたなら、僕たちの運命も、小山家の運命もまったく別のものになっていたはずだ。運命のいたずらというべきか、この一瞬の選択によって両家とも筆舌に尽くせぬ、辛酸な逃避行が続くのである。

闇夜に紛れて、そそくさと壕を抜け出した僕たち家族を見ていたのは、小山家の子供たちと左隣で話し込んでいた女性たちに限られていた。

ほかの人に見つからないように、無我夢中

で壕をあとにした。興安街を出たときの避難民は、千三百人もいたが、この葛根廟《かっこんびょう》であっという間に八百人近い人が殺されている。

生き残った人でも、この壕の中で既に五十人が自決し、順番を待つ十五人の中に僕たちが混じっていた。僕たち家族は奇跡的に再会を果たした。

まさに地獄に仏。死を覚悟した僕の命は今こうして大地を駆け抜けている。これから先のことなど考える余裕はない。死の淵から這《は》い上がった勢いで、どこまでも父に着いて行くだけだ。

草原に出てみると、あちらこちらに死体が横たわっており、遭難現場の恐ろしさが余計に伝わってくる。戦車の通ったあとは草がなぎ倒されて荒れ放題であった。至るところに手荷物や衣服だったものの切れ端が散らばっていた。壕の上でもやっぱりひどく殺されたらしい。

急げば急ぐほど、足の先がガクガクするし、心臓もドキドキして破れそうだ。誰かが後ろから追いかけてくるような幻惑にかられているのだ。

在郷軍人が「勝手な行動をしてはならん！」と呼び戻しにくるかも知れない。小山君の兄弟や近くにいた女の人が「逃亡者がいるぞ！」と騒ぎ出してもおかしくはないのだ。

今朝まで一緒に行動した仲間の霊が「残れ！　残るんだ」と僕たちの足止めをしているようにも思えた。胸の高まりはさらに激しくなって、鼓動は早鐘《はやがね》を打つようであった。

自決を待つ生き残りの人たちに、無言で決別する後ろめたさが僕たちの足を引っ張るのだろうか。それとも死んだ美津子の霊が「行かないで。一緒にいて！　誰か残って！」と呼んでいるのだろうか。足は鎖を付けたように重かった。死体の転がる闇夜の逃避はとても恐ろしくて振り向くこともできない。

近くで人の呻《うめ》き声が聞こえてきた。

「うっ！　痛いっ、うっうっ！」

昼間の襲撃から傷つきながら生き延びている人なのか。それとも自決に失敗して死に切れずに苦しむ叫び声なのだろうか。まだほかにもいる。

「苦しい！　うっ、誰か、誰か助けて！　ひいっ、苦しい！」

微《かす》かな呻き声だったが、必死に誰かを呼んでいるのだ。

人の声がする方向を反射的に避けて僕たちは走った。父も弟をおぶって、二人の子供を連れて銃を片手に持っている。これ以上ほかの人を助けることはできない状態なのだ。

少し窪んだところに死体が数体、無残に転がっていた。このあたりは戦車が縦横に走り回ったらしく、キャタピラーに削られた土砂が生々しく掘り起こされていた。一刻も早く、この忌まわしい地獄の現場から脱出したい。だが、焦れば焦るほど、足は空回りするようであった。

周囲は漆黒の闇である。誰かがそのへんで待ち伏せしているような、奇妙な幻惑にかられて、小枝の動きにも恐ろしさで背筋が凍った。

葛根廟に向かう訳にはいかないし、興安街はなおさら帰ることはできない。目的は避難行動を開始する前から決めていた新京である。如何《いか》なる困難に会おうとも、是が非でもたどり着かなければならないと父は決意している。ここからは東南に向かって進まなければならないと、頭ではわかっていても、実際に東南に向かっているのかどうか、方角さえ覚束《おぼつか》ないのである。

また死体があった。こんなところまで弾が飛んで来たとは考えられない。きっと傷つきながらも必死に逃げまくった挙げ句、ついに倒れて息絶えたものであろう。

不気味な足音が僕たちに追って、だんだん近くなっているような気配がする。相手は二人なのか三人なのか、早足でぐんぐん迫っているのだ。

僕は怖くて父の手にすがりながら懸命に歩いた。

足音は早くなったり、時には止まったりする。何だか変だ……気のせいだろうか。胸が苦しい。それでも夢中で歩いていると突然戦車の轟音が耳鳴りのように聞こえ出し、人の悲鳴も混じって異次元の世界に引き込まれていく。汗が噴き出し、頭の中が混乱してしまいそうだ。

「うあっ！　うっ、ぎゃあああ！」

突然近くで女の人の悲鳴が聞こえ、ぎょっとして立ち止まってしまった。

「どこからかな、今の声は？」と僕は父に聞いた。

「驚いたね。何だろう、こんなところで」と父は答える。

「今の声は一人だったよね。どうしたのかな？」

「うん、確かに一人だな。あれは息の絶える最期の声みたいだな」

「ここまで逃げても助からなかったんだね。怪我人だったのか自決をしたのか……。可哀想だね」

「独りぼっちになると気を強く持たないと、生き残れないんだよ。怪我や病気だったらなおさらだけど、絶望感に襲われてしまうのさ。こんな真夜中だし、見ず知らずの土地だ。俺たちの足音に脅《おび》えてしまったのかも知れないよ」

僕は父の話で幾分か落ち着きを取り戻した。僕はさらに父に聞いた。

「このあたりで死んでいる人は、壕の中にいたのではなくて、丘の上で撃たれた人たちだろうね」

「そうだな。丘の上も戦車や歩兵隊に無茶苦茶にやられていたよ。傷ついた人も死んだ人も沢山いただろう」

母が慌てたように父に聞いた。

「あんた、どんどん歩いていくけれど、どっちに向いているのか、あたしには全然わからないけれど、方向は大丈夫なのかい？」

「うん、こっちのほうなら間違いないと思うよ。俺は人家のないほうへ行こうとしてるんだ。今は部落に近づくと危険を感じるからね」

父は両方の肩から小銃用の弾倉帯を襷《たすき》掛けにして、弟をおぶって鉄砲を右手に持っている。それは大人でも手こずる重さであっただろう。暗闇の中で先頭に立つ父の脳裏に、不安がない訳ではなかったはずだ。実際、方角も定まらないのが現状だった。

ポケットの中には方位磁石があったが、暗くて見えないし、マッチを擦ったりしたら自分たちの居場所が見つかってしまうかも知れないのだ。

東南に向かって行けば、鎮東《ちんとう》という街へ出るはずだ。戦車の向かった葛根廟を避けて、別の鉄道路線である鎮東へ行けば、そこから首都、新京への道も開けると父は信じている。

人家の少ない草原を行くとなると、目印になるものがなく距離感や方向感覚も掴《つか》めない難点がある。だが、そんなことを考えているより今は行動だ。

あの悪夢の惨劇の現場から、一刻も早く脱出することが先決だと、無我夢中で先を急ぐ。かなり歩いたところで珍しく岩肌のある小さな丘が現れた。数本の木が揺れ動いて、何となく心がざわめいた。見るとそこにも裸にされた死体が転がっていた。

所どころに大きな窪みがあって、穴のようにも堀のようにも見えた。今日のように、突然戦車の襲撃に遭ったとき、こんな窪みに入れた人は助かることができたであろう。だが、少人数ならともかく大勢集まれば元も子もない。

運命のいたずらとは、こういうことなのかと、そんなことを考えながら歩いている。兄の宏生は、一人遅れて後方を歩いていたはずなのに、どうやって父と巡り会ったのか、そしてあの修羅場をどうやってくぐり抜けることができたのか不思議でならない。

父は民間の組織である奉公隊の一員として、避難民の安全のため、また落後者の出ないよう前後左右を警戒しながら指揮に当たっていたはずだった。

夜道の逃避行がようやく落ち着き出してから、母はそのことを尋ねた。

「宏生は父さんと一緒ではなかったのに、偶然に一緒になったのかい？」

「そうだよ。僕は両手に荷物を沢山持ったから重たくてね。大分遅れていたのはわかっていたけれど、汗は出るし、喉は乾くし、もうくたくたになってしまったんだ。そこへ新田さんが来て、大きな粉ミルクの缶を出して粉ミルクを分けてくれたんだ。僕は嬉しくて、その場に座って舐めていたら、もっと遅くなっちゃった」

腹も減っていたので、その粉ミルクはとても美味しかったそうだ。

「新田さんって富栄洋行《ふえようこう》の人だろう。粉ミルクの缶を何で持ってたんだろう？」

「昨日泊まった洞穴の倉庫の中にあったものらしいよ。五人ぐらいで食べながら歩いていたのさ」

「そこで父さんと会ったのかい？」

「片方の荷物が重いから、入れ替えをしていたんだよ。そうしたら父さんが通りかかって声をかけてくれたんだよ」

それは今から十二時間くらい前のことである。

兄と出会った父が驚いて声をかけた。

「こんなところにいたのか。そんなに持ったら重かっただろう。少し休んだらどうだ？」

「今、休んでいたんだよ。だけど荷物の片方が重いから入れ替えをしていたんだよ。こんなに持たなければ良かったよ」

「そうだな。もうじき休憩になるだろう。ゆっくりやっても大丈夫だ。ほかの人も遅れているようだし、みんな荷物を抱えているから思うように歩けなくて大変だよな」

「父さんも一つだけ荷物を持ってくれないかな」

「ああ、いいよ。お前の水筒にはまだ水は残っているのか？」

「水はほとんど残っていないよ。日が照って暑くってしょうがないもん。今も新田さんから粉ミルクを貰《もら》ったんで、水も飲んじゃったしね」

「本当に暑いなあ。かんかん照りだもんな。外套《がいとう》は荷物になるから着ていくしかないだろう。でも、もうすぐ葛根廟も見えてくる頃だ。休もうや」

「このあたりは何中隊の人たちがいるところかな。僕は遅れちゃったけど……」

「そうだな。六中隊がいるところなんだが、もう入り乱れて訳がわからん。母さんたちは大分前のほうになるのかな？」

「どのあたりにいるのか、僕にはわからないよ」

父は汗を拭いながら、兄の荷物を整理し、そして自分の持つ分を確かめているときだった。左後方から俄《にわ》かに爆音が聞こえ始めた。何の音かと見たら、丘の頂上に黒い戦車の軍団が現れて、太陽の光をピカッピカッとガラスに反射させながら動いているのが見えた。

咄嗟《とっさ》に周囲の人が騒ぎ出した。これは異常事態だ。エンジンの轟音と共に異様な金属音を発しながら自分たちのほうへ向かってくる。

「大変だ！　戦車だ！　みんな逃げろ、戦車がくるぞ！」

父が怒鳴るのと同時に、最初の砲撃音が聞こえて度肝を抜かれた。荷物を放り投げ、人々が一斉に散っていく。戦車はまだ八百メートルぐらい離れていたが、次々に数を増し、急激に速度を上げて追撃してきた。砲火音とエンジンの音は人々の悲鳴も掻き消してしまうほどの轟音である。

「早く、こっちだ！　逃げるんだ」

父の声で夢中になって反対側の丘に向かって一目散に走った。

戦車が二百メートル前方まで迫って来たときに、丁度人が入れそうな穴を見つけて二人はそこに飛び込んだ。戦車は最初のうち、自分たちのいるほうとは反対側の坂下に向かって砲撃しているようだったので、これは助かるかも知れないと、そのときは感じていた。

隙を見て穴から出ると、一目散に畑を目指して駆け込んだ。高粱《コーリャン》畑は、玉蜀黍《トウモロコシ》畑と同じように背が高くて、潜り込みさえすれば身を隠すのに絶好の隠れ場所になった。

少し経ってから戦車隊は八方に散り、隅々を虱《シラミ》潰しするかのように走っている。ガタガタと強烈な音が耳に残った。戦車がものすごい音を立てて近づいて来た。両耳を塞いで、頭を抱えるようにしゃがみ込んでいると、戦車は音を軋《きし》ませて方向転換を始めた。畑の中の高粱が揺れ動く。

メリメリ、メリメリと作物をなぎ倒して戦車が畑の中まで突っ込んで来たときは、もう駄目かと観念してしまったという。

踏み潰されそうになったときの恐怖は、言葉にできないと兄は言う。一台の戦車が過ぎ去ったと思ったら、次の戦車が向かってくるのが見えた。畑の奥へ奥へと必死になって逃げるしかない。戦車が見えなくなると、あとは音だけに頼って敵の位置を探るしかない。できるだけ音から遠ざかるように奥に入って、じっと様子をうかがっていた。

襲撃が始まって二、三十分もしただろうか。戦車や装甲車は停車しているらしく、アイドリングの音だけを響かせている。周辺を監視しているのだろうか。

時折銃撃の音が聞こえているが、自分たちのいる方向ではなく、遠くに向けて撃っているようだ。それでも気が気ではなかった。たった二人だけで、ドキドキする心臓の鼓動を抑え、じっと耐えているといつしか音も消えて、あたりを見回せるようになってきた。

小一時間も経ってから、二人は畑の中からそっと顔を出してみると、ソ連兵の姿はなく、同時に日本人の姿も一人も見当たらなかった。

最初に目に入ったのは、無残にも戦車に轢《ひ》き殺されて真っ赤に染まった衣服をまとった人だった。あんなに大勢いた日本人は、風に吹かれた枯葉のように散り去って今や人影もない。自分は生き残ったのだと感じた途端に、兄はある種の戦慄《せんりつ》を覚えた。

これは大変な事件だ。兄と父は顔を見合わせて畑を出ると草原に戻った。

「ひどいものだなあ！　大勢死んでいる」と父が言う。

「僕たちだってもう駄目かと思ったもの……。よく助かったものだね」

「これじゃあ、母さんたちは死んだかもな。こんなに殺《や》られたんでは……」

「前のほうを歩いていた人は、きっとあっちの坂下に向かって逃げたんだろうね」

歩きながら話している兄は身震いした。見渡せる範囲の草原に、百人以上の人が倒れているのだ。中にはまだ息をしている人もいたが、動ける人は見当たらない。

これからどうするか、当てもないままひとまず移動することにして、坂を下って歩き出した。広い草原に出て、兄は「自分たち二人が一番遠くまで走って逃げていたんだね」と言った。

兄と父の話はそこで途切れた。

歩き続けてきた僕たちは奇妙な気配を感じて足を止めた。何となく様子がおかしい。

「何か変だな。みんなは何も感じないかい？」と兄が切り出した。

「変だと思いながら歩いているのだが、やっぱり変だな、これは……」と父が言う。

近くで苦しそうな呻き声がしてきた。暗くて確かめようがないのだが、前方に岩肌のような岩の一角が迫っているように感じる。数本の木立ちが揺れ動いて、生臭い死の臭いが漂っている。すぐ側に、堀のような窪みがあり、何人もの人が重なって倒れているのだ。

「これはどういうことなんだ。おかしいな……。ここはさっき通ったところと同じだよ」と兄が声を上げた。裸の死体も見えた。僕たちはそっと覗き込む。

「そうだよ、あんた、ここは一番先に通ったところだよ。どうなっているんだい」と母が言う。

ここは壕を出て夢中で通り抜けた場所であった。父が驚きの声を上げた。

「これは大変だ。元のところに戻って来てしまったらしい」

「ええっ、元に戻って来たって？ 冗談じゃあないよ、あんた。何をやっているんだい」

「ここは確かに通った場所だな……。あれだけ歩いたんだ。こんなところまで死体がある訳がない。焦っていたものだから、元のところに戻ってしまったらしい」

これはとんでもないことになってしまった。みんな背筋がヒヤリとしていた。驚きのあまり足がガクガク震えて前に進まない。死人の手がすっと伸びて足をすくわれそうな気がした。

あろうことか、あれだけ歩いて元のところに戻るなんて……。この周辺には沢山死んだ人がいる場所だ。生きている人もいるかも知れない。助けを求められてもしてやれることはない。恐怖に身を縮めながら、急いでいるのだけど、忍び足でこの場所から離れた。

「随分と無駄足を踏んでしまったものだな。狐につままれたとは、こういうことを言うのだろう」

父はやっと方角がわかってきたらしく、再び先頭になって歩き出した。

それにしても、急いで壕を脱出したつもりなのに、再び壕の方向に向かって歩いていただなんて。信じられないことが起きるから不思議である。このまま逃げ切れるのか不安でいっぱいになる。少しでも早くここを出ないと何が起きるかわからない。気持ちは焦るばかりだ。地獄からの脱出は、そう簡単にいかないものらしい。

幸い僕たちは手ぶらだから、歩くのもそれほど苦ではない。まだ安心できる状況ではないが弟は父の背で眠ってしまった。

母はこの先が心配でたまらないらしく、何かと不安を口にしながら父について歩いている。

それから一時間くらい歩いただろうか。今度は人の気配を感じてまたも立ち止まった。

歌を唄っているような声でもあり、独り言で何か唸っているようでもあり、不気味な声だった。こんな真夜中に声を上げて歩く人なんているだろうか。

高く伸びている草むらの向こう側から、ふらつく足取りで男の人が近づいてくる。何をしているのだろうか、こんなところで……。日本人のようにも見えるが……。

足音を立てて相手を驚かしてはまずいことになるから、父は後ろにいる僕たちに人差し指を立てて唇に当ててみせた。相手は酔っ払っているだけのようだ。危険がないと判断した父は、近づいてくる男にそっと声をかけた。

「こんばんわ。一人のようですが、どなたですか？」

よく見ると、若い男の人で背中に子供をおんぶしている。男は目を白黒させて僕たちを見た。

「いやあ、こんばんわ。私は臼木と言います。これからあっちのほうに行こうと思うんだ」

臼木さんは三歳ぐらいの女の子をおぶっていた。

「僕はアルシャンの役所に勤めているんだよ」と言っているが、酒にでも酔っているのか呂律《ろれつ》が回らず目がとろんとしていた。

「みんな、もう大丈夫よ。あなたたちもあっちのほうに行こう。僕と一緒に行こう。僕が連れて行ってあげるからね。さあ、行こう」

臼木さんは腕を思い切り振ったり、首を落ち着きなく揺すったりして正気を欠いているようにしか見えない。足取りもふらついている。

「あなたは一人になってしまったのかい？　興安の人ではないようだが……」と父が聞く。

「うーん、興安の街も知っているよ。興安はどうなったのかな？　ところであんた誰？」

「私は興安街から来た大島っていうものだよ」

臼木さんは「大島さん……」と何度か呟《つぶや》いた。そして「もう大丈夫よ、さあ行きましょう。あっちには蒙古人の部落があるからね。私は蒙古人をよく知っているから。私の親友がいるからもう大丈夫よ……。さあ、行こう」

「臼木さん、今は蒙古人には会わないほうがいいと思うよ。私たちはね、部落のないほうへ行こうと思っているんだ。だから一緒には行けないんだよ、臼木さん」

「いやあ、そんなこと大丈夫よ。蒙古の人なら知っている。あそこに灯りが見えるでしょう」

見ると遥か彼方に灯りが見えるのだが、それは満人の部落か蒙古の部落かはわからない。どちらにしても父は地元民を今は信用していない。

母が口を挟んだ。「あんたのおぶっている子は自分の子供なの？」

「うーん、妹なんだよ……。母親もみんな死んじゃった。誰もいないのさ」

「あんたが行こうとしている部落に、あんたが知っている人が必ずいるとは限らないでしょう。気をつけたほうがいいよ」

「大丈夫なんだよ。助けてくれるから。蒙古の人に親友がいるんだ、さあ行こうよ」

父は首を横に振った。「臼木さん、私たちは人家のないほうに向かっているんだ。あんたが安心できると言うなら、あんたはそっちへ行ったらいい。でも私たちは反対の方向に行くよ」

「何だよ、そっちに行っても何もないんだよ。どうして……どうしてそうなの。ふーん、一緒には行かないのか。……いいさ、別にね。♪こっちの水はあーまいぞ……」

臼木さんは足取りもあやしく、両手をいっぱいに広げ、何か声を上げながら去って行った。

まだ二十歳になっていないような青年だった。こんな真夜中に子供をおぶい、破れかかった国防服と帽子が、過酷な体験を物語っているように思えた。

「あの人は正気ではなかったように見えたがね」と母が言う。

「そうだな」と父は頷く。「あの男の話を真に受けていたんでは、身体がいくつあっても足りなくなるよ」

「でも、あの灯りが本当に蒙古人の部落かね。絶対大丈夫と言っていたけど……」

「蒙古人だとしたら、今は危険だよ。別れたのは正解だったと思う。彼も無事に助かればいいけどね。俺が思うには大勢で行動するより少人数のほうが怪しまれないですむ。そのほうが安全だよ。

彼にとっていいし、こっちもいいのさ」

「ここはおかしい土地だよ。壕を出てから三時間は経つでしょう。人気《ひとけ》がしないほうへ歩いているのに、こんなところであんな人と行き会うなんてさ……。壕のほうへ戻ったり、あんな人に出会ったりして迷路みたいだよ。本当にこの方向で大丈夫なのかい？」

母の言うとおり、ここは不安材料がいっぱいだった。

臼木さんが行った方向には灯りが見えたから、人家があることは確実だが、僕たちにとって安全だという保証はない。部落があったとすればどのように行動したらいいのだろうか。広大な原野の中を歩きながら、ふと心細くなってくる。この原野には運命の分かれ道がいくつもありそうだ。

「臼木さんが言う部落に向かえば、食糧や水には困らず、鉄道にも近いかも知れない。でも、今日の戦闘から流れは変わった。ソ連軍が侵入すれば日本人は追われても、蒙古人や満人は現地人なのでソ連の敵対国にはならないのだ。敵対していないということは味方同士ということに通じる。今となっては〝昨日の友は今日の敵〟であることも考えておかねばならない。興安街が一夜にして豹変したことを見れば、部落民の人心は以前との信頼関係も崩れていると見るべきである」

父は自分に言い聞かせるように話した。

父は一九二三（大正十二）年の関東大震災を東京で体験し、火の海となった焼け野原を三日も歩き続けて難を逃れている。当時の混乱の中で、何が起こり、どのようにして逃げるのが安全なのか、身をもって体験したことを思い出している。

「予期せぬ大惨事のあとは、人心は惑い、流言蜚語《りゅうげんひご》に翻弄《ほんろう》されてしまうことが多い。十一日から始まったソ連軍の空襲から今日の十四日まで、天変地変に等しい大混乱が起きている。この上、人に会えば〝口害〟だけでなく、実際に危害を加える輩《やから》も出てくることを、十分考慮し行動することが必要だ」と父は付け加えた。

厚い雲に覆われていた夜空から、ぽつりぽつりと雨粒が落ち始めた。草原の中を歩くと、どこからともなく藪蚊が寄ってくるので、時々追っ払いながら歩かねばならない。壕を出てからどれだけ歩いたであろうか。

真夜中になっているので、自然と瞼《まぶた》が重くなり眠気に悩まされる。

興安街を出てから、ぐっすり眠ったことは一日もないのだ。歩き方も次第に千鳥足になり始めた。濡れた足の爪先から寒さを覚えるようになってきた。

「ねえ、少し休んで行こうよ。足が痛いよ」と僕は訴えるが、父は聞き入れてくれない。

「雨が降ってきたのだから休んでなんかいられない。我慢して歩きなさい」

「じゃあ、朝まで歩き続けるの？　少しぐらい休んでもいいでしょう」

「こんな原っぱじゃあ、横になることもできないじゃないか。もう少し頑張って歩きなさい」

仕方なしに黙って歩き続けるうちに、自然と瞼が閉じてしまう。子供にとって睡魔との戦いは辛い。僕も兄も立っているのがやっとの状態で、くたくたに疲れてしまった。父も弟をおぶったまま歩き続けているから、相当疲れているはずなのに前後を確かめながらいつまでも歩き続けている。

「このへんでひと休みして行くか」

父が突然、みんなに声をかけた。

「大分歩いたなあ、潔が眠っているものだからぐっと重みを感じるよ」と笑いながら言う。

早速、草木の下に入って、身体を休めることにした。

真夏とはいえ、夜になると草の上にそのまま寝たのでは身体が冷えてしまう。何かを敷きたいのだが、あいにく持ち合わせているものはバスタオル一枚でほかに役立ちそうなものはない。リュックや手荷物を枕に、五人が固まって横になった。

当初の雨足は弱かったものの、ほんの少し横になったと思ったら、次第に雨が強くなり、着ている外套もたちまち濡れて冷たくなってきた。父はすぐ起き上がった。「駄目だ。こんな雨の中で寝ては、かえって身体に良くない。みんなすぐ起きろ、すぐに出かけるぞ」

眠り始めを起こされるのはすごく辛いのだが、こう雨に強く降られたのでは仕方がない。

「さぁ、歩くんだ。行くぞ」

父は潔をおぶって鉄砲を担いだ。

「ほら、しっかり荷物を持って。ふらふらするんじゃあないよ」

降りしきる雨の中を一家はやむなく歩き出す。

やっと眠れると思ったのに忌々《いまいま》しい雨である。もう歩きたくないよ……。

道なき道を夢遊病者のように彷徨《さまよ》い歩いた。半分は眠りながら歩いているものだから、はっと気づいたときは父も母も大分先に行ってしまい、慌てて走り出したりすることが頻繁に起きた。

冷たい水が染み込んでくるのを防ぐことができない。父は濡れないように気をつけていたマッチを濡らしてしまい、火が使えなくなってしまったことをぼやき始める。

星も出ていない草原では、正しく東南に向かっているのかどうかが不安でならない。磁石で確かめたいのだが、それもできなかった。こんな雨の中を深夜まで歩き続けることになろうとは想定していなかった母は、子供たちのことが心配でならない。

目的地の当てがある訳でもなく、また安全が保証されている訳でもない。時が経つにつれ、不安が高まり、口に出る言葉は心配事ばかりになってしまう。

「あんた、このまま歩き続けて明日は何とかなるのかね」

「方向さえ間違っていなかったら、そう心配することはないんだよ。だけど、この雨は余計だなあ。まあ、運を天に任せて歩くしかないよ」

「明日といっても、もう十五日になっているわね、きっと。部落を避けて歩くとしたら、また野宿をすることになるんだろうね」と母は落胆気味であった。そして壕の中でのことを思い出したようだ。「切り込み隊に入った人は何人いたんだろうね。あの人たちは今頃どのあたりに行っているものだろうか。何十人も一緒に行動しているのだから、幾分は安心していられるんだろうね……」

「人のいる部落に向かったほうがいいのか、大勢でいたほうがいいのか……何とも言いようがないが、人がいないほうが安全だと思うよ」

「壕に残った自決組はみんな死んでしまっただろうね。順番を待つのはすごく嫌なものだよ。撃たれている最中に、『私を殺して、私を先に撃って』と叫んでいた人の気持ちもわかるような気がする。蛇の生殺しみたいに生き残るより、死んだほうが楽になれるって。切羽詰まったときには誰でもそう思ってしまうもんだね。これから同じようなことが起こらなければいいけれど、あんな惨《みじ》めな思いはもうしたくないわ……」

「ソ連の参戦もある程度予期して警戒していたんだが、こんなに早いとは誰も想定していなかったから混乱してしまうのは仕方がないと思うよ」

「自決した人も四、五十人はいたけれど、親に死なれた子供はどうすることもできないだろうし、可哀相なもんだね」

「戦争になると女子供だけではどうしようもないね。内地だったら日本人だけだからお互いに助けることができるけど、ここでは敵だらけになってしまうこともあるから、自決も最後の手段として仕方がなかったろう」

「兵隊がいないのに戦争なんて、ひどいもんだね。関東軍はどこに行ったのかね」

「あれだけの戦車で国境を破られたら、関東軍だってひとたまりもないさ。とっくに退却したか、そうでなければ全滅の被害に遭っているだろうよ」

さらに父は言う。

「浅野参事官も死んで、小山校長もいなくなると我々の組織は壊滅状態にされた訳だ。我々は普段から組織を作ったり、維持していくことばかり考えていたんだよ。全滅したときのことなんかまったく考えが及ばなかった。これには参ったよ」

「ソ連は憎いね！　何で市民しかいないのに、あれほどまでに撃ち殺すんだか……。それにしたって今まで敗けたことがないなんて吹聴《ふいちょう》していた関東軍は、先に避難してしまって。つんぼ桟敷の市民だけがこんな目に遭うなんて、まったく馬鹿げた話だね」

「関東軍がいたってあの攻撃は防ぎようがないよ。俺も初めて戦車を見たけれど、日本のタンクに比べたら三倍以上も大きかったよ。よく命があったと冷汗ものだったよ。なあ、宏生」

突然、兄は話を振られたが、僕たちは眠くてたまらない。

兄は「父さん、少し休んでから行こうよ。もう一回だけ休んでよ」と言い、僕も「足がくたくたなんだ。母さん、休もうよ。少しだけでいいから……」と頼み込む。

だが、母は「雨が小降りになったら休むから、もう少し頑張って歩きなさい。ここで休んだら眠ってしまうでしょう。濡れたまま横になると身体が参ってしまうから」と僕たちをなだめすかす。

僕たちは眠気と疲労困憊《こんぱい》で、もうどうにもならない状態だった。

「休もうよ、ちょっとだけでいいから……。もう僕は歩けない」

「駄目だ！　もう少し頑張れ。ほら、置いて行くぞ、しっかり歩くんだ」

押し問答を繰り返しながら道なき道を歩き続けた。その後、どのぐらい歩いたものか。ようやく雨も小降りになったので、五人は木の下で仮眠をとった。ほんの少しまどろんだ頃、遠くで一番鶏の鳴く声が夢の中で聞こえてきた。朝方まで歩き通した僕たちは、少しぐらい揺り動かされても、すぐには目が覚めるものではなく、寝ぼけ眼《まなこ》であたりを見回している。

「もうとっくに朝だぞ。さあ、頑張って歩くんだ」

太陽が顔を出した。寝不足の僕らには朝の光が一段と眩《まぶ》しい。父は夜明け前からこのあたりの地理を確かめるため、東の方角を探ってきたようだ。

「向こうのほうに畑があった。畑があるということは民家が近くにあるはずだ。これから先、人に見つかるとまずいことになるかも知れない。本当は人目を避けて行きたいのだが、もしかすると部落に出てしまう場合もある。しばらくは注意しながら歩くしかないだろう」

父は用心のため、濡れた鉄砲を点検しながら話を続ける。

「うっかり部落に出て、そこがもし蒙古人の部落だったらただではすまないかも知れない。まさかソ連兵に出くわすことはないだろうが、あれだけ早く侵攻して来たのだから、どこかにソ連兵がいてもおかしくはない。興安街の暴徒と同じように、日本人に恨みを持つ満人がいたら、やっぱり危険な目に遭うことも考えねばならない。ここは難しい決断だよ」

そんな話を聞いていると、安全な場所はもうどこにもないような気になる。これから先はずっと不安が付いて回るらしい。

「部落民に捕まるようなことになったら、それまでだ。折角一緒になった家族だが、バラバラになっては、この広野を逃げ通すことはできまい。そのときは家族全部をこの銃で撃つことになるが、その覚悟をしておいてほしいんだ」

「そのほうがいいよ。どうせ自決することになっていたんだし、匪賊《ひぞく》にでも会ってひどい目に遭わされるくらいなら、ひと思いに撃たれたほうがよっぽどましだもの」と母も言う。

なーんだ、やっと生き延びたと思ったら、やっぱり死ななきゃならないなんて、変な話だよ。

それが僕の本音だった。どうして僕たちはついていないんだろう。僕たちは殺される運命になっているみたいだ。父は本気だし、母もそのほうがいいなんて言っている。僕はとてもそんな気にはなれない。そんなことにならなければいいと願いつつも、気が重く嫌な感じがしていた。強い陽光が射して、さっきまで降っていた雨が嘘のようだ。

僕たちが歩き出して間もなく、遠くに緑の畑が一面に見えて来た。玉蜀黍畑や高粱畑がずっと奥深くまで緑に染めて果てしなく続く。

農道が見えてくると緊張が高まり、進むべきか避けて通るべきか悩まされた。

本当は畑や農道があれば、広野を行くより安堵するものだが、僕たちが置かれている立場では不安のほうが先に立ってしまうのだ。

水もなく、食糧もなく、寝るところもない。本来なら畑や農道を見つけたなら大喜びのはずだ。不安は増していくのだが、自暴自棄にもなっていたようだ。僕たちは何事も起こらなければ良いと願いつつ、農道に入って歩き始めた。

僕たちは考え方を少し変えてみた。

畑を耕す人々はすべからく穏健で、真面目で、心の広い人が多いはずだ。だから人に危害を加えたりする人は少ないと考えてみたのだ。だが一方で、会ってみる瞬間までは、何が起きるかわからないという不安も同時に持ち合わせていた。

見えて来た。見えて来たぞ。部落だ。家が何軒か見えて来た。どの家も朝食の支度をしているらしく、白い煙が立ち上っている。家は全部で十二、三軒はあるようだ。今さら引き返す訳にもいかないので、覚悟を決めてゆっくり歩いて行く。近づくにつれて不安と緊張が高まっていく。大丈夫なんだろうか……。父と母は立ち止まって部落を眺めている。人の動きはない。

「見たところ、満人の家に見えるなあ」と父は言う。「大きな音を立てるなよ」と家族に告げながら自らも落ち着こうとしているようだ。

「日本人の家だったらいいのにね」と兄が言う。

「こんなところに日本人の部落なんかないよ。もし、日本人がいたとしても、とっくに避難しているはずだから、あんな煙が上ることはないさ」

父はそう言うが、もし日本人だったら僕たちの命が保証されるかも知れないだけに微かな期待をかけたくなる心境だ。

人家のないほうを目指していたのに、いきなり部落と出くわしてしまった。相手の出方次第では、命に関わる重大な局面に差しかかっているのだ。

夜が明けてから、父が覗いた磁石では一応

東南方面に向かっていたのだから仕方がない。ここから見る限りでは危険を感じる動きもないが、いきなり入って相手を驚かすことになってもまずい。

「ここは俺一人で探ってみることにするよ。お前たちはここで様子を見ていてくれ。俺が先に行って確かめてくるから」

父はそう言って一人で歩き出した。

道端の高粱は、二メートル近い高さがあるので身を隠すには好都合である。高粱畑の中で身体を小さくしながら父の後ろ姿をじっと見つめていた。父は鉄砲を片手に、そっと近づいていく。どこからか犬が来て、父の臭いを嗅《か》ぐように足もとにまつわりついてきた。そこへ、家の戸が開いて男の人が出てくる。父は手を上げて何か呼びかけていた。遠くから見ている僕たちは部落に立ち寄っても大丈夫なのだろうかと、心配しながらじっと見守っているのだか、胸の高鳴りは止まらない。

父は男の人と話をしているので、何とかなりそうな雰囲気だ。父はもともと満語が達者だから、相手が満人なら話は通じる。家の中から女の人も出て来て、どうやら話がついたらしい。

父は振り返って、僕たちに出てくるように手招きで大きく合図をした。

僕たちは濡れた衣服のまま、神妙な顔つきでぞろぞろと部落の中に入っていく。僕たちが通されたのは、部落の中でも最も大きな屋敷で、もしかすると部落の村長さんの家だったのかも知れない。広い部屋に案内された。立派な屋敷といっても、煉瓦《レンガ》造りに泥を塗った平屋建てで、五つくらい間取りのありそうな屋敷だった。

この家の主人は父のことを「ジャングイ（ご主人）」と呼び、僕たちのことも歓迎してくれた。

部落の人がだんだん集まって来て、いつの間にか人だかりになっていた。

窓辺にも部落の子供たちが寄って来て、「ニイハオ」と話しかけてくる。僕たちは何だか照れ臭くて、どうしていいのかわからない。一体どうなっているんだろう。来客として扱っているのか、それとも日本人が珍しくて、冷やかし半分に寄って来ているのか、さっぱりわからなかった。

みんなに眺められているので恥ずかしくなるのだが、半面腹立たしくもあった。でも子供たちは仲良くなりたいのだろう。親しみのこもった笑顔を振りまいている。

濡れた衣服がどうにもならなかったので、下着一枚になって脱いだ衣服を日の当たる場所に干したあと、外にいる子供たちと手をとって遊び始めた。

外は真夏の太陽が顔を出し、あたり一面がもうもうと蒸気が立ち上っていくのがわかる。雨上がりの緑は一段と美しさを増し、野山のすべてが絵のように輝いている。

悪夢の現場から一夜を明かした八月十五日は、かくして満人の部落に身を託すことになった。この家の主人や婦人たちは、入れ替わり立ち替わりやってきて、まるで自分たちの客人を扱うかのように親身になってあれこれ世話をしてくれる。

「さあ、ご飯ができたわよ、お腹が減ったでしょう、遠くまで歩いて来たんだもんね。さあ、お待ちどうさま、沢山食べてね」

若い女の人がお盆を持って入ってきた。

「ここは田舎だからご馳走なんてないけれど、量だけはたっぷりあるから沢山食べてね」

こんな内容のことを言ってることは満語であっても何となくわかった。

そして何人かが大きなお盆に載せた料理を運んで来てくれた。

どの人もみんな笑顔で話しかけてくる。

「大変だったでしょ。雨にも降られてさ。夏だったから良かったけれど、それでも夜は寒かったでしょう」

「まだ子供なのによく歩けたものだわ。本当に偉いね」

「さあ、おかわりもしてちょうだい。お汁も良かったらどんどんおかわりしていいのよ」

出来立ての粟《アワ》のご飯が丼に山盛りになって湯気を立てている。ぷーんとご飯特有の匂いが鼻をつく。うーん、いい匂いだ。僕たちの目が輝き始めた。お腹がグーグー鳴っている。

「うわー、すごいご飯だね」

とても嬉しかった。僕たちは夢中で食べた。生の葱や白菜をどろどろの田舎味噌に付けて、そのまま齧《かじ》って食べる。この満洲ではごく普通のおかずである。ジャガイモの入った味噌汁が何ともいえず美味しかった。

大きな蝿がぶんぶん飛んできて顔や手に止まってうるさく付きまとう。窓辺から僕たちを見つめている満人の子供たちにも大きな蝿が何匹も止まっているのに平気な顔をして僕たちを見ている。

生野菜と油炒めのおかずが出された。僕たちはあっという間に平らげた。

丼に二杯目の飯が盛られたときには、僕が殿様でまわりの人がみんな家来のような気分だった。

「さあ、遠慮しなくていいのよ。お腹いっぱい食べてね」

そう言ってお盆を差し出すものだから、ついに三杯目のおかわりをしてしまった。お腹がいっぱいになってとても幸せだ。

八月十一日の朝、空襲を受けてから今日まで、ゆっくり食事ができたのは四日ぶりのことだ。普通なら何でもない毎日の食事だが、今朝のご飯だけは生きている証しのような感動的な出来事になっている。

この村の人たちはどうして僕たちを歓迎してくれるのだろう。僕にはどうしてなのかさっぱりわからない。

食事が終わって、僕たちは庭に出てみた。黒い大きな豚が、ブーブーと我が物顔で家のまわりを練《ね》り歩いている。鼻を鳴らしながら何でもかんでも平気で食べまくっていた。鶏も放し飼いで数十羽が集まっていた。アヒルや犬もいるし、馬小屋もある。如何にも農村らしい風景であった。

満人の子供たちは裸足で僕たちのあとを着いて回り、一緒に遊ぼうと手を伸ばしてくる。泥や垢《あか》で汚れた下着を着ている田舎の子供たちは、どこか薄汚く感じるのだが、よくよく見ると、僕たちの姿も満人の子供たちとまったく変わりはなかった。

満人の子供たちの汚れた手をとると、何となく嫌な感じがして苦笑してしまうのだが、きっと向こうでも同じことを感じているのかも知れない。父や母は村の人々との話が弾んでいた。

「何の話をしていたの?」とあとで聞いてみたら、意外なことがわかった。この村に住んでいた夫婦は毎日のように農作物を持って、二十キロほど離れた興安街に売りに来ていたのだ。そして母とは昔馴染みであったのだ。

「そんなことってあるのかね。こっちも驚いたけど向こうもびっくりしたみたいだね。向こうさんにしてみれば、大のお得意さんが現れたというので大変なものよ。よく訪ねてくれたと、村中挙げての大騒ぎになってしまったのよ」

なんだ、それで親切にしてくれたのか。ここの八百屋さんは主として日本人の住宅を回っていたから、いろいろなことを知っている。いつも夫婦で回っているのだが、誰々さんの家では赤ちゃんが産まれるときにお産婆さんがいなくて、私が手伝ったことがあるとか、誰々さんの家に訪問したら、奥さんが留守で泥棒に出くわしたとか。誰々さんの奥さんは親切で美人だったから、ついサービスして余計に野菜を置いて来てしまったと夫が話して、隣にいた奥さんから肘鉄《ひじてつ》をくい大笑いになってしまった。

日本人と接点のあったこの夫婦は、片言の日本語を話すから母もすっかり打ち解けている。話は切れることなく延々と続いた。誰々さんのところを回るときは大体お昼になるので、そこではお茶やお菓子をよくご馳走になったとか、別の家で古くなった洋服を貰ったのが今着ているこの服なんだとか。次から次に知っている人の名前が出てくる。

西瓜《スイカ》がまだ熟してなくて叱られた話とか、玉蜀黍が大好物で行くたびに沢山買ってくれる人の話や、自分たち夫婦に子供ができたのにお乳が出なくて困っているとき、誰々さんの家で貴重な配給の粉ミルクを分けて貰った話など、日本人とのエピソードが続いている。

大島さんの家は家族が多かったし、隣に人夫が住んでいることもあって、いつも沢山買ってもらえる上得意だと感謝してくれた。またうちで働いていたボーイの陳さんのことも話題に出た。陳さんとはもちろん満語で話せるので、いろいろな情報が得られるので、大島さんのところに行くのはとりわけ楽しかったという。

満人たちは食べるものには不自由しないが、衣服や道具や物資を手に入れるのが大変だった。物がなかった時代でもあるが、お金にも困っていた。

当時の物資はほとんど統制されていて、配給以外に物は手に入りにくかった。物不足、金不足の困窮時代だから、誰もが生活に貧している。紙、鉛筆、塩、砂糖、ロウソク、マッチ、靴、缶詰、ミルク、穀物、歯磨粉など主要な必需品はすべてが統制されて、配給に頼るしかなかった。

僕も学校で苦い経験をした。長靴が配給されたのだが、それが籤《くじ》引きによってしか貰えない。二枚残った籤を先に引いたらはずれたのだ。残り籤に福があると知っていたら先には引かなかったのにと悔しい思いをした。

この苦しい時代に同胞以外の満人に、物を施したり親切にしてくれた日本人の善意をこの夫婦は忘れなかったのだ。その反対に、満人を家畜同然に扱った事業主や人権を無視した憲兵の行為なども この人は知っている。人の出会いには、不思議な縁が存在している。

日本人のお陰で助かったという村の人たちによって、今、僕たちが救われている。雨も上がって絶好の働き日和《ひより》なのに、農夫たちは仕事に出ないで何かと僕たち一家の世話をして一日が過ぎてしまった。

この数日、横になって寝たことのない僕たちは、満腹になると心地よい眠りに誘われた。わいわいとついてくる子供たちに構わず、僕は日陰になる部屋の隅で昼寝ができた。すっかり乾いた外套をかけて、草の上に横になると、いつしかぐっすり寝込んでしまった。

僕たち家族は、その日は早めに床に就いた。

朝になって出発しようとすると「そんなに急ぐことはないだろう。もう一泊くらいしてから行きなさい。そのほうが疲れもとれるよ」と口々に言ってくれる。

だが、父は興安街が様変わりしたことが気になって仕方がない。村の人たちとの奇縁に感謝して話し込んだが、その興安街に戻ることはないのだ。先行きの不安から父も母も昨晩はよく眠れなかったようだ。避難行動についたばかりの自分たちはのんびりしている場合ではないのだ。

村の人たちは、興安街の空襲を知らなかったし、大勢の日本人が避難のために街を出たことも、葛根廟で起きた襲撃事件も知らなかった。これからは興安街に商売に行っても、仕事にならないかも知れない。もう一日経って興安街の急変を知ったら、この村の人たちも動揺するだろう。それにこの平和な村にソ連が侵攻してこないとは限らないのだ。これからの生活が不自由になって、今まで持ち続けた心の豊かさを失わないでほしいと願った。

人と人が交わって喜びも悲しみも生まれ、心の豊かさも貧しさも生まれてくる。良くすれば良く応え、恨みに思えば遺恨で返る。恩顧《おんこ》恩讐《おんしゅう》とは人に情けがある限り、いつの時代にも続くものだと父と母が話している。

母は興安街を出るとき、家にあったお金を全部持ち出して来た。昨日、お世話になったお礼として村の子供たちに、いくらかのお金を置いていこうと母は考えている。

こんなところで人情の機微《きび》に触れて救われたことに、何らかのお返しをしなければと思いを巡らせる。壕の中で燃やさずに持って来たお金が、ここで役に立てそうだと心から喜んだ。

母は寝不足のようであった。これから先の逃避行で、無事に新京へ着いたとしても、その先の生活を考えるとなかなか寝つけなかったようだ。それに深夜まで村の人と話し込んで寝そびれたようでもある。朝食後も村の女性たちと村のこと、子供のこと、食事のことなど尽きぬ話で、いつまでも食卓を囲んでいた。

父はこれから向かうべき方角を確かめ、持ちものの点検も終える。出発前に煙草で一服つけているると、いつの間にか十時を回っていた。

すると急に村の人が騒ぎ出した。何か異変が起きているらしい。

「おい、馬に乗った変なやつがここへくるぞ」

「後ろに馬車が二台続いている。あの男たちは見かけないやつらだな」

「先導しているのは蒙古人だろう。後ろの馬車に乗っているのは日本人のようだが……」

見ると乾いた道路の砂塵《さじん》を巻き上げながら、避難民らしい一行がこちらに向かって近づいている。

先頭は確かに髪を長く巻いた蒙古人だ。先導して来た四人の蒙古人が武器を片手に居丈高な態度で庭に入り込み、村の若者と話を始めた。馬車は遠くに停めたままなので、どこから来た日本人なのかはわからない。

父は蒙古人を特に警戒していたので、家の中からじっと様子を覗うことにした。話の様子では興安街よりもう少し北のほうから二日二晩かけて避難してきた開拓団関係の一行らしい。

この村で水を補給し、若干の食糧を調達すべく話し合っているようだ。目的地は、やはり新京で、方角を確認したり、ソ連軍や関東軍の情報を知りたがっている。

父は馬車の一行が民間人であることがわかったので、情報を得るために外に出て行くかどうか思案していた。こんな人里離れた村落では、情報を得るべき通信というものがないため、直接見たことや聞いたことを教えてもらうのが最も大切で確実な方法なのだ。

だが、関東軍が撤退し、興安街のような自治体が崩壊してしまった今は、どの部族の人も信じられないような気がするのだ。蒙古人も、満人も、朝鮮人も、ソ連はもちろん、今となっては日本人でさえ、信じられない。村の人たちも、この数日の間に異変が起きて日本人が先を争って南へ避難していることを薄々感じ取っているだろう。

あまり長居をしては、迷惑をかけることになるかも知れない。父は蒙古人の先導する馬車の一行が出発するのを待って、早々にここを出ようと決めた。

部落民との話がついて立ち去る案内人の後ろ姿を見送ってから、父は村の人たちに心から礼を述べて外に向かおうとして呼び止められた。

村の長老が出て来た。あなた方に一言注意しておきたいことがあると言う。日本人は、一部の地元民から恨まれている。あなたの付けている警察、在郷軍人のバッジは外したほうがいいと言うのだ。それに日本人らしい衣服は避けて、遊牧民が着るような中国服に着替えたほうが安全だと、わざわざ用意してくれた。

それはもっともなことだと父は感謝して、中国服に着替えた。僕はちょっと照れ臭かったが、これからの長い道程を考えると、これは賢明なことだと思った。そして庭に出ようとすると、今度は武器も目立つから置いて行ったほうがいい、悪いことは言わないからと長老は言う。しかし、父は断った。親切に言ってくれているとは思うのだが、何だか追いはぎに遭って、着ているものや持ちものを取り上げられるような気がしたのだ。これからの道中に身を守る唯一の武器である鉄砲だけは手放せない。父は訳を説明して納得して貰った。さあ、いよいよ出発だ。村の一人ひとりに丁寧に礼を言って、庭に出た。村の婦人や子供たちも出て来て見送ってくれる。

「道中、気をつけて無事にね」

「また興安に戻ったときには、この村を訪ねてちょうだい」

「奥さんも、体を大事にしてね。子供たちも頑張って歩くのよ」

「もしも何かあったときは、私の名前を使っていいわよ、いつかは帰って来てね」

「安全を祈っていますよ。どうかご無事で、幸運に恵まれますように」

みんなが手を振って見送ってくれる。何て心の温かい人たちなんだろう。自分たちの親戚を送り出しているような心遣いに頭が下がる。何人かの娘たちは途中まで送ってあげようと着いてきた。

ところが、庭先から道路に出た途端に、さっき出発したばかりの蒙古人の案内人が息せき切って戻って来たのだ。

村の中に入ってくると、いきなり馬を四頭供出するよう命令口調で強要している。案内人は屈強な若者で、武器を片手に馬小屋のほうに勝手に入り込んで早くも二頭を引き出そうとしている。村の人にとっては大切な財産である。訳もなく勝手に差し押さえられてはたまったものではない。

「何をするんだ！　勝手に馬を持ち出すことは許さん！　やめろ！」

「訳はあとで話す、二頭だけはどうしても必要なのだ、そこをどけ！」

えらい剣幕で両者が争う。これはまずいことになった。怪我人が出そうなほど荒れている。だんだんに騒ぎが大きくなって、とても収まりそうもない。父は見て見ぬ振りをする訳にもいかず、困ってしまった。仲介に入ったところで、解決しそうな雰囲気でもないし、どちらかに味方をする訳にもいかないのだ。この場がどう収まるかはわからないが、一旦挨拶をして村を出たのだから、一刻も早くこの場を去りたいのが父の本音であったろう。

騒動に巻き込まれてしまっては面倒だし、蒙古人を相手に話してみたところで、和解するとは思えない。日本人が乗っているという馬車はここに来ていないから、定かなことはわからないが、何か重大な問題が発生して、困っているのだろう。考えられることは、まる二日間も走り続けたために、馬の疲労が激しくて既に限界を越えているのか、あるいは馬が怪我をして走ることができないのかも知れない。

馬車に乗っていた避難民にとって馬は重要な移動手段になっていると想像できる。だが他人の村に入って、強奪するような真似はしてほしくない。しかも武力で威嚇するなど、如何に日本が支配している満洲といえども、そんな好き勝手なことをしたら、反日感情は高まるばかりだ。

屋敷の外で立ち聞きしていると、傷ついた馬と交換するとか、金銭での交渉もしているようだが、まったく聞き入れる様子もなく、両者とも興奮して争っている。自分たちがこのまま農道を行くと、この先で日本人の馬車と遭遇することになる。

話し合い次第では、村の人と日本人の間で一悶着起きそうな雲行きであった。日本人の一行と会わないで、別のところへ早く脱出したほうが無難だろう。だが、知らぬ半兵衛を決め込んで動き出すにはあまりに気が引ける。

見送ってくれた婦人たちや長老も、すぐ側で成り行きを見守っている。何とか丸く収める方法はないものかと父も思案しているが、適当な解決策も浮かばなくて困り果てていた。

そんなところへ長老が寄って来たので、てっきり仲介を頼みに来たと思い、父は困惑していた。ところが、意外にも「あなたたちには関係のないことだから、早く行ってしまいなさい」と言う。進退に窮していた父は、これ幸いと喜んで「謝謝《シエシエ》」と礼を言い、畑の中へと隠れて出発した。

あんなに親切にしてくれた村の人たちに対して、何もしてあげられなかったのは、とても心苦しかった。僕たちの心は痛んだ。村の人たちは本音では、同じ日本人同士なのだから、父に話をつけてほしかっただろう。

それなのに何もできず、ただ傍観することしかできなかった。だからといって間に入って、双方が納得できる解決法があっただろうか。

同胞の避難民も必死の願いごとで、やむにやまれぬ最後の手段であったのかも知れない。何とも割り切れない後味の悪さを残して、村をあとにせざるを得なかった。

　昨日に続いて熱い日差しが照りつけているが、まったく人気《ひとけ》のない草原を行く僕たちにとっては、とても平穏で長閑《のどか》な日でもあった。葛根廟《かっこんびょう》の襲撃事件を、九死に一生を得て脱出した僕たちは、翌日にこれまた予期せぬ旧知の恩恵をこうむり、お腹を満たして歩いていた。

　元気も回復したし、僕たちはまるで遠足にでも出かけるように溌剌《はつらつ》とした気分であった。見渡す限りの草原である。なだらかな起伏がどこまでもどこまでも続いて見える。果てしない草原には、目印となるようなものがないので、どのくらい歩いたのか距離感覚が掴《つか》めなくなる。平坦のように見えていながら、実際には起伏があって、小高い位置にいるはずなのに周囲のほうが高く見える不思議な現象が続いている。低地を歩いていたつもりなのに、いつの間にか高いところに出ていた。あるいは斜面を下りたはずなのに、頂上を歩いているといった具合なのだ。

　僕は兄に聞いた。「ねえ、この山はどうなっているのかな。不思議だと思わない？」

　兄が首を捻る。「面白いよ。低いほうへ向かっているのに、いつの間にか高いところにいるんだから」

「そしてさ、どの山も全部同じような形をしているんだよ。変なところだね」

「あたしも、こんな不思議な経験は初めてだよ。今までに見たことも聞いたこともないのでさっぱり訳がわからないよ」と母も言い出した。

父も首を傾げる。「これじゃあ、下っているのか上っているのか見当がつかん。皿をひっくり返したような丘ばかり随分並んでいるもんだなあ。実に不思議な地形だよ」

炎天下を長く歩いていると、自然に汗が出て、その分だけ喉が渇くから、どうしても水がほしくなる。だからいつの間にか水筒の水が空っぽになっていた。

「こう暑くては、水がなくてはどうしようもない。これから先は低いほうを目指して水を探すことにしよう」

「こんな草原に水なんかあるのかね」と母が聞く。

「あるよ。満洲は川の多いところだから、低いところを探せば水はあるさ。こんなに草が生えているんだから水気はあるはずさ。まあ、ゆっくり探しながら歩こうや」

父は達観したような口ぶりで話した。

僕は父の言葉に頷けなかった。「岩場みたいなところなら清水が湧くのはよくあることだけど、こんな草っ原に水なんか出るとはちょっと考えられないよ」

「いや、砂漠にだって水は出る。こんな草っ原だって下のほうは石っころの多い、砂利みたいな土地なんだよ。まあ、そのうちに見つかるさ。とにかく高いほうへ行ったら水は見つからないよ」

父は平然と話した。それにしても、こう暑くては参ってしまう。外套《がいとう》を着たまま、真夏の太陽の下を歩くのだからたまったものではない。脱いだところで手に持って歩くことになる。それなら着たままのほうがまだましである。

どこまで歩いても同じような地形が延々と続いて、出発したときの元気はどこへやら……。だんだんと無口になり、疲れも出てきて、ただぼんやりと歩くだけになってしまった。鳥もいなければ、動物の姿を見ることもない。大きな木もなく、虫の声さえ聞こえない。

緑一色に包まれていた。大平原の彼方には緑の地平線が浮かんでいる。黄色くて粟粒《アワ》のような花を沢山つけた雑草を見つけたので「粟花」と呼んでみた。白い花を咲かせ恥ずかしそうに揺れている可憐な草花も見つけた。

緑一色の大地にタンポポの丸い綿帽子や、紫色の桔梗の花が時々顔を出している。オレンジ色の鬼百合が群生しているところもあった。大小様々な彩りに溢れた草原の美しさは、まさにメルヘンの世界といえるだろう。

ここには戦争の傷痕もなく、人々のいがみ合いもない。短い夏を存分に楽しむかのように草花たちは百花繚乱《ひゃっかりょうらん》となって、草原いっぱいに息づいている。真夏の日差しをいっぱいに浴びて、緑を競い、時にはお色直しをする。

時には、見事な虹が天空に架かり、さらに大地を慰めてくれるのだ。

僕たちはいつまでもどこまでも歩き続けている。今日の逃避行には、はっきりした目的がない。ただひたすら東南を目指して無言のまま歩くだけだ。五時間も歩いたが水は見つからない。

飲まず食わず、休まずでは疲れが増してくるだけで、みんなの歩き方にも力が入らなくなる。だらだらと、ふて腐れたような足取りで、あてもない広野を歩いていた。

「父さん、疲れたね。少し休んでから行こうよ」

「そうだな。大分歩いたから、このへんでひと休みすることにしよう」

父は溜め息をついて腰を下ろした。

「潔が眠ってしまうと重いんだよ。それにこれだけの弾は結構な重さになるもんだ」

そう言って、襷《たすき》掛けにしている弾倉帯を肩から下ろすと地面に置いた。

草は三十センチ以上も丈があるので、手足を伸ばして横になると、顔が隠れてしまうほどだ。青空を眺めながら、澄んだ空気を胸いっぱいに吸い込んだ。

「新京まで歩くと、あと何日ぐらいかかるの？」

「そうだな、真っすぐに歩いている訳ではないから、この調子で行ったら三十日ぐらいかかるのではないかな……」

「ええっ！」と母が驚きの声を上げた。「一カ月もかかるのかい、冗談じゃあないよ。足がもたないよ」

「いや、そうは言っても途中でどこかの駅に出るのが目的なんだ」

父はのんびり空を見つめながら話した。

「今は人里離れたところを歩くのだから仕方がないさ。ソ連は市街地を目指して進むだろうから、何も危ないほうへ向かうことはないだろう。だから俺たちはゆっくり歩いて行くのさ」

「でも、こんな草っ原ばかり歩いていたんじゃあ、食べるものはどうするの？」

「何とかなるものだよ。捕まるとか、殺されることを思えば、こんなところのほうが安全じゃあないか」

「人っ子一人通らないこんな場所じゃ、心細いったらありゃしない」

「人が通らないから馬も見当たらないな。その代わり戦車もこないし、匪賊《ひぞく》だっていない」

「あんたは馬鹿なことばっかり言って……。人がいないところじゃ、水もなくって、食べるものもないから、そのうち干上がってしまうよ」

兄があたりを見回しながら言った。「こんなに草が生えているのに食べられそうな草は意外とないんだね」

同じ場所にいるのに、それぞれ考えることはまちまちだった。

母は話題を変えた。「今朝のあの部落のことだけど、結局、馬を持ち出したのかね」

「あんなに強引なことをすれば、しこりを残して解決は難しいだろうな。どんな善良な人だって、あんな言い方をされたら感情的になるよ。日本人だけで生活している訳ではないのだから、自分勝手なことをしては結局、自分に跳ね返ってくるものさ。それがわかるくらい冷静にならなきゃいかんのだ」

「日本人だってみんながみんな悪いわけじゃあないのに、あんなことがあれば結局、日本人全部が悪いことになってしまうだろうにね。困ったものだわ」

「日本の開拓団が入ったところでも、二束三文で現地の人から土地を取り上げて、外部に追いやられた農民もいたらしい。街を造るときでも苦力《クーリー》を集めるのに相当強引な方法を使ったと役所の人に聞いたことがある。中国の知識階級は、何が五族協和なんだと怒っている人がいると思うよ」

「だけど日本人だって満人のためになることもやっていたんでしょうに……」

「鉄道は誰もが重宝していると思うが、学校や病院なんかは日本人のためにあるようなものだし、役所ができて、警察や憲兵隊や軍隊が入っても、治安が良くなるのは表向きで、実際には満人たちに随分と犠牲を強いてきたと思える節がある」

「物でも金でも、沢山あるときなら良かったのだろうが、戦時体制になってしまったから仕方がなかったのかね」

草むらに腰を下ろした父と母が延々と話をしている。

兄も僕に話しかけてきた。「いくら歩いても街や畑が全然見えないのだから、満洲って広いんだね。山だってあっちのほうには全然見えないし、平野がどこまでも続いている。満洲はでっかいんだよ。日本の三倍以上もあるんだぜ」

兄は起き上がって大地を見渡していた。

母は再び顔を曇らせる。「そんなところをどうやって逃げるんだか、あたしは心配でしょうがないよ。これから先、蒙古人やソ連に会わないで行こうなんて……できるのかしら」

「大丈夫だよ。東南に向かって行けばそう心配することはない。ソ連や蒙古に向かっている訳ではないんだ。この満洲には日本人が沢山いる。新京は日本人の街みたいなものだ。それまではこうしてのんびり、野山を行くのが一番いいのさ」

父は自信ありげに話している。

横になって長々と話を聞いていたら何だか眠くなってきた。

「そろそろ行くとするか」

父の言葉に促されて、みんな立ち上がって土埃を落としている。

歩き始めてしばらくすると兄が言った。「ひと休みしてしてから歩き出すと、休む前より余計に疲れを感じるもんだね。身体が重たくて足がパンパンだよ」

今日中にどこまで行くという目標もないから、家族だけの逃避行はのんびりしたものだ。仮に目標を設けたとしたら気が遠くなるほど、遥か彼方の地点になっていただろう。

炎天下の中で水を探しながら歩いて行くうち、いつしか太陽も西に傾き、草原一面が赤く染まった。今日は部落を出てからここまで、爆音を聞くこともなく平穏に日が暮れようとしている。今晩はどこか適当な場所を見つけて、野宿をしなければならないだろう。暗くなってくると疲れと空腹がさらに増していった。

「夜になると方角もわかりにくくなるから、今夜は早めに休むことにしようや」と父が言う。

「そうだね。急ぐ旅でもないし、あんまり動くと腹が減って困るから……」と兄も言う。

「さっきから藪蚊に追いかけられて、痒《かゆ》くてしょうがないよ。どこまでもついてくるんだもの」と僕はタオルで藪蚊を払いながら文句を言った。

「さあ、このあたりでどうだ。この木の下なら少しは落ち着けるだろう」

小さな木の下に五人は一枚の毛布を敷いて横になった。

興安街を出てから二回目の野宿は、星明かりを眺めながら僕は今朝の食事のことを思い出した。

「お腹が減ったね。お腹がグーグー鳴っているよ」

兄が呟《つぶや》く。「もっと沢山食べておけば良かった」

「粟のご飯じゃ握れないから、おにぎりにして貰《もら》う訳にもいかなかったしね」

母が笑いながら言った。「そんな図々しいことは言えないよ。あんなにご馳走になっていながら、もう少しくださいなんて」

「この分では、明日も食べるものがないかも知れないよ。人家のないところを行くんだから。明日は目が回っちゃうかもね……」と僕は言った。

「飯はなくても、命があればいいじゃあないか。一日や二日どうということもないさ。もう少し経ったら慣れてくるよ」と父は平気で言ってのける。

「腹が減るのに慣れてもいいけどさあ……せめて水だけでもほしいね」

「誰だってそうさ。でもそんなことばかり言っていてもしようがないから、明日は朝から本気で水を探そうや。まあ、こういう話はこれぐらいにして早めに寝ようや。よく寝れば疲れもとれて楽になるからな……」

着ていた外套を上掛けにして、帽子を顔の上に乗せるとたちまち眠りについてしまった。

身体を揺り動かされたので、目を覚ますと東の空が明けていた。ぐっすりと眠っていたので夢を見る暇もなかったらしい。

「もう朝になったの、早いな……」

「そうだよ。とっくに明るくなっていたんだよ。よく眠れただろう。朝方は冷えてくるし、夜露が上がってくるから横にならないほうがいいぞ」と父に言われて仕方なしに起き上がった。

周囲を見回すと、昨日と変わらない大平原の真っ只中に、五人の家族がぽつんと取り残されており、緑の草原となだらかな丘陵だけが続いて見えた。

「暑くならないうちに歩いておこう。昨日は早めに休んだから今日はいくらか楽だろう」

支度ができて歩き出そうとしたら、父は思い出したように、肩から弾倉帯を下ろしている。

「こんなにいっぱい弾を持っていてもしようがないなあ。五十発もあれば十分だろう。片方の弾倉帯はここに置いて行くことにしよう。軍隊じゃあないんだから、そんなに使うこともないだろう」

「いらないからって、そんなところに置いて行くのも変だけれどね」と兄が混ぜ返す。

「あとから来た人が見つけたら、使えるものかい？」と母もからかうように言う。

「こんなところは誰も通らんよ」

父はそう言ったものの、何となく名残惜しそうでもあった。

僕たちは太陽を正面に見て出発した。

「こんな天気だと方向を間違えることもないから、楽でいいよ」と父は先頭に立って歩いている。

草むらだから、たちまち朝露に濡れて、足もとや外套の裾が冷たくなった。

それでも今日は晴天だからすぐに乾いてくれるだろう。この広い大地に、自分たちだけしか存在していないことを改めて不思議に思う。きれいに澄んだ空気は、どこからともなく朝特有の匂いを運んで来て、沈みがちな僕たちに生気を呼び覚ましてくれる。

「今日こそは水を探し出さないといけないね。ねえ、父さん」

「そうだよ。水さえあれば食べるものがなくても一日や二日は生きられるものだ」

父は意識して低いほうへ向かって歩いて行った。だが探しているときにはどういう訳か目的のものは見つからない。

二時間以上歩いてからようやく湿地帯を見つけると、父は早速水の出そうなところを銃剣で掘り起こしてみた。土をどかしながら三十センチほど掘ってみたが、水はなかなか湧いてこない。

「少し時間をおいてみるか。普通はこれくらい掘ると水は滲み出してくるものだが……」

待つ時間が惜しいとばかりに、そこを離れて別の場所をもう一度掘り始めた。

僕はいつ水が滲み出してくるのか、じっと穴を見つめていたがちっとも出てこない。銃剣では思うように掘れないこともあってか、結局水は出なかった。ほんの少しだけ水らしいものは出ているのだが、飲み水にするほどは溜まらない。

「こういうときに雨でも降ってくれれば、すぐに水は溜まるのだけれど、これではいくら待っていても駄目だろうな。三日も天気が続いているのだからどうにもならんよ」

父は恨めしそうに空を見上げていたが、やがて汗を拭きながらほかのところを探すことにしようと言い出した。

「骨折り損になってしまったわね」と母も諦《あきら》めたような口ぶりだったが、いつまでも同じ穴を見詰めている。本当は、もう少し掘ってみれば何とかなるのではと、恨めしそうな目付きをしている。言葉と態度は違っているようだった。

この湿地帯には所どころに穴を掘った跡が点々と残っていた。以前にここを通った遊牧民や、野戦訓練を終えた兵士たちが同じことをやっていたのか、あるいは馬賊といわれる盗賊の一味が馬に水を飲ませるために立ち寄った場所かも知れない。そんなことを想像しながらこの湿地帯をあとにしたのだった。

それにしてもいよいよ腹が減ってきた。丸一日何も食べずに歩いたのだから足の力も抜けてくる。ここは食べものか水をどうしても手に入れなければならない。低いほうを目指して水を探して歩くのだが、不思議なことに決して低いところではなく、いつの間にか高いところを歩いていた。

地形がおかしいのか、それとも目の錯覚によるものか誰もが同じように思っている。変だ、変だと言いながら同じような草原をいつまでも歩き続けた。

「これだけの広い草原にどうして生きものがいないのか不思議に思わない？」と僕は父に聞いた。

「林がないからね。木の実がない、動物はいつかないと思うよ」

「だってこんなに草があれば、草食動物がいてもよさそうなものだけど……」

「こんな雑草だけで生きていけるのは、牛や馬や羊ぐらいのものだろう。だけど牛や馬は家畜だからね。野生のものは今はいないんだよ。もっとも家畜を狙う狼は結構いるけどね」

「それじゃ、草を食べる象や兎はどうしていないの？」

「兎は日本にはいるけれど、満洲では見たことがないよ。昔はいたのかも知れないが、狼にやられてしまったのではないかな。象は暑いところの動物だからここにはいないよ」

「蒙古の人がラクダで旅をしている絵本を見たことがあったけれど……。ここには蒙古人がいるけど、どうしてラクダはいないんだろう」

「あれは砂漠に強い動物だから、砂漠地帯に多いのだと思うよ。満洲にもいるけれど、放し飼いに見えても実際には家畜みたいなものだから、野生のラクダというのはやっぱりいないのさ」

兄が茶々を入れた。「ラクダはコブに水を蓄えることができるんだってね。こんなときにラクダになれたら、とっても楽だ、ラクダ……ハッハッハッ」

それから父は真顔になって言った。「砂漠にだって水の出るところがあって、そのあたりには必ず鳥やほかの動物たちが集まってくるものなんだよ」

「それはわかるけれど、砂漠に水が出るくらいなら、この草原にも水が出てもいいはずだよね。ずっと見ているけれど、このあたりには鳥も見かけないし、動物もいない。そうすると水はこのへんにはないということになるんじゃないのかな?」

「うーん、確かにいないな。どういう訳か探すときに限ってなかなか見つからないんだよな。この満洲には大きな川が何本もあって、そこに流れ込む水源はこうした草原の中にいくつもあるはずなんだ。満洲は地下水も豊富で普通の窪地をちょっと掘るだけで簡単に井戸ができるほど水が湧く。まあ、そのうちに見つかるから一生懸命歩くんだな」

父と話しながら長いことのんびりと歩いた。

履き慣れた運動靴のお陰もあるが、砂利道と違って、柔らかい草原の上を歩くので足に豆を作ることもなかった。午後になると空腹のため、身体の力は抜け、思考力も鈍って話をする気力も失せてしまった。やっぱり畑のある人家を目指すほうが正解だったのではないだろうか。畑さえあれば、茄子や胡瓜《キュウリ》、西瓜《スイカ》、玉蜀黍《トウモロコシ》、瓜や砂糖黍《サトウキビ》など何か食べられるものがあったはずだ。こんなに生えている草の中に、なぜ人間が食べられる草がないのか不思議でならない。

草原には硬そうな茅に近い雑草しか生えていないのだ。茹《ゆ》でたら、あるいは食べられるかも知れないが、あいにくと鍋もなければ、水もない。

病人のようなうつろな目で歩き続けているうちに汗さえも出なくなっていた。日が西に傾きかけた頃、父が先方を指して言った。

「あそこに木が見えるだろう。あの木の向こうは低くなっているからきっと水があると思う。みんなも見えるだろう」

「えっ、どこに、どこに見えるの」と僕は声を上げた。

「たぶんあそこには水はあるよ。さっき鳥のようなものが飛んでいたんだ」

「今度はあってほしいな。もう喉が渇いてからからなんだ。唾も出ないよ」と兄も言う。

「本当だよ。こんなに暑いんだもの、汗が出なくて塩が噴き始めたよ」

「腹ペコだし、もうくたくただ。目が回っちゃうね」

「誰だって腹が減っているんだから、腹が減ったと言うのはよそうや」と父は勝手なことを言っている。

方角のことなどお構いなし、水を求めてひたすら歩いた。

もしかして水があるかも知れないという微《かす》かな期待を抱き、みんな一心不乱に歩く。もはや夢遊病者としかいいようのない足取りになっていた。一時間近く歩いて、ようやく目的の木にたどり着くと、そこにはきらりと光る水面が現れた。

「やっぱりあったね。良かった。水だよ！　水があるよ」と僕たちは走り出した。

少しでも早く行って水を飲みたい。これで命をつなぐことができるぞ。誰もが目を輝かせていた。

水源は直径五メートルほどあって、水面はやや汚れていたが、そんなことはどうでも良かった。両手ですくい上げて飲む水はたとえようもなく最高にうまかった。何回も何回もすくっては飲み干した。みんな喉を鳴らして水を飲むことに没頭しているのだが、目だけが笑っている。

「良かったね。水はうまい！　これだけあったらいくらでも飲めるよ」と僕は大はしゃぎした。兄も笑顔満面であった。「水筒にもいっぱい詰められるし、これで安心できる。万々歳だ」

お腹がたっぷんたっぷん音を立てるくらい水をたらふく飲んだ。水源を離れてあたりを眺めたら、すぐ側に格好の木があった。西日を隠す日陰ができている。

「うまい具合に日陰があるな。休むには丁度いいから、ここでひと休みしようや」と父が言う。生き返ったような気持ちになって、それぞれが木の下に集まって横になった。

「朝から歩き通しだったから、ここでひと寝入りして行こうか」

父の意見に全員が賛成した。眠ることは食べることに次いで最高に幸せを感じる時間だ。

一時間ほどしたら父はみんなを起こした。

「もうすぐ日が沈むが、今日はこれから頑張って夜も歩かなければならない。昼間は水を探していたから、行くべき方向を逸《そ》れてしまった。このまま歩いていては食うものに困るから、畑の見えるところまでは行くことにしよう」

丸一日歩いても家や畑が全然見えないのだから、満洲の草原は本当に広い。休憩した場所で存分に水を飲めたこともあって、あれほど空腹に悩まされていたのが今は何も感じない。空腹に慣れてしまったものらしい。

二つの水筒を満タンにしたから、しばらくは水に困ることはなさそうだ。水源から離れるのはちょっぴり残念だがそんなことを言ってもいられない。目的は新京なのだから、少しでも早く到着できることを考えて歩かなければならないからだ。

「さあ、行こう！　大分道草を食ってしまった分、歩くぞ」

「何も食べないのに道草を食うってなんておかしいね」

「馬や牛を飼っている農家の人が帰り際に寄り道をすることを言うのさ」

「へえ、そうか。明日は道草ではなくて本物の飯を食いたいね」

父や兄とそんなことを話しながら歩き始めた。

暗くなるまでに、あそこの尾根までは行こうと元気を出して出発したのだが、すっかり日が落ちて、長く尾を引いていた自分の影もすっかり消えてしまった。

父が体を両手で確認しながら首を傾げている。

「これは参ったな。大事なものを忘れて来てしまったよ」

「何よ、大事なものって」と母が聞いた。

「あれだよ……あの鉄砲の弾の入った帯を、そっくりあの水源に置いてきてしまったんだ」

「ええっ！　なんてことよ。もう、おっちょこちょいなんだから」

母も驚いて今通って来た、遥か先の大地を振り返っている。

「何だか軽いなあと思っていたんだよ。どうも変だと体を触って見たら両肩とも弾倉帯がないんだもん、びっくりしてしまったよ」

「びっくりしたもないもんだよ。軍隊だったらどうするんだい」

母も半ば呆れ返っていた。

父は「弱ったなあ」と照れ臭そうに言い、みんなの顔を見回しながら、どうしようかと考え込んだ。弾が五十発も入っている真新しい弾倉帯をそっくり忘れてしまっている。

両肩に襷掛けで百発の弾を持って興安街を出たのに、こんなに必要ないだろうと途中で片方の五十発を置いてきた。そして残りの五十発をさっきの水源に忘れてしまったのだから話にならない。もうすぐ暗くなってしまうし、今から戻るには距離が遠すぎる。急いで尾根を目指したのに、戻っては意味がない。

「あんたがしっかりしてくれなければ困るのに……。まったくお笑いだよ。今から戻るなんてことはできないでしょう。今夜は頑張って歩こうなんて言っておきながらさ……」

母は今さらどうにもならないと、くるりと向きを変えて歩き出した。今、鉄砲の中には五発だけ弾が入っているが、もしも撃ち合うような場面になったらそれだけでは心もとない。それに雨でも降って濡らした場合に果たして使えるのかどうかもわからないのだ。

幸い手榴弾を三発持っているから、万一のときにはこれでしのぐことができるとは思う。仕方がない、やっぱり諦めて行くとするか。父も苦笑いしながら歩き出すしかなかった。弾を持っているときは重たく感じたものだが、全部なくしてしまうと今度は物足りない。それだけでなく、寂しいやらがっかりするやら複雑な気持ちになったようだ。父の落ち込みは理解できたが、僕は戻ることにならなくて良かったと思った。引き返していたらさらにお腹がすいてしまうからだ。

夜になって周囲が闇で閉ざされると自然と無口になり、黙ったまま前の人について歩くだけになってしまった。

今晩も野宿をすることになるのだろうが、夏だから天気が良ければそれほど苦にはならない。家族だけの露営なら恥も外聞も気にすることなく、気楽に過ごすことができる。

いろいろなことが頭をよぎる。

途中で出会った臼木さんは本当に蒙古人の家に行けたのだろうか。ウラハタに残った可哀相なチビは仔犬にお乳をやって元気に過ごしているだろうか。ここにチビがいたら、僕たちはもっと楽しく歩けただろうに……。

死んでしまった美津子はやっぱりここにいなくて良かったんだよ、きっと……。

新京までこんな状態で、本当にたどり着けるのだろうか。あと何日かかるのだろう。子供が無事に歩き通せるのかどうか。何も食べずにあとどれくらい体がもつだろうか……。

この草原で突然誰かに会うことはないものだろうか。昨日も今日も飛行機が飛んでこなかったけれど、もし飛んで来たらどこにも隠れる場所がないな……。

父がやっと声を上げた。「このへんで少し休んで行くか、みんなも疲れているだろう」

兄が言った。「そうだね。休もうよ。暗くてどれくらい歩いたのか見当もつかないしさ」

「黙って歩いていると張り合いがないものだね。頭の中は心配事ばかりで、何も解決しないし、つまらないものだよ」と母が言い出した。

「まあ、仕方がないな。見えない敵と戦っているようなものだよ。明日は明日の風が吹くさ。明るくなれば気も晴れる、どうだ、このへんでいいだろう。どこを選んでも代わり映えしないから、ここにしようや」

父が腰を下した場所に、家族五人が集まった。

これで三回目の野宿になる。睡魔があっという間に襲ってくる。星の光の下で草木も眠っているかのようだった。静寂さの中で空気を震わせる寝息だけが、僕らが生きている証しになっているように思えた。

何もかも忘れて、ただひたすら眠ること。それが今は最高に満ち足りた至福の時間なのである。目を覚ませばまた歩かねばならない。歩けば空腹に苛《さいな》まれ水不足を嘆《なげ》く。着るものは限られ、身体を洗うこともできない。

住む家もなく、行く目的も定かではない。明日への希望より明日の不安のほうが先に立つ。こんなときの唯一の慰めが睡眠であり、眠れることだけが生きている証しである。

何者かに襲われることなど考えもせず、深い眠りに落ちていく。それが心身を癒してくれる。

ふっとさわやかな夜風が僕の頬を撫でた……。


空が明けていつものように起こされた。空は青く澄み、白い雲がたなびいていた。大空と境界を成す雄大な地平線は絵に描いたような美しさであった。

「朝だぞ、今日も天気は良さそうだ。さあ、元気を出して頑張って行こう」

見渡す限りの大草原に向けて、大きく背伸びして深呼吸をした。

たった一つになってしまった荷物のリュックを背負い、お尻の草を払い落とす。

「忘れ物をしないようにな」と父が言い出したので、みんなは誰のことを言っているのだと父を見ながら含み笑いをしてしまった。

支度ができると、今日もまた道なき道の草原を歩き始める。しばらく歩いてから、僕は大便をもよおし、誰もいない野山で初めての野糞《のぐそ》をたれる。昨日もその前の日も何も食べていないのに、どうゆう訳か糞だけはいっぱい出てきた。後始末をしたくても、紙がないので近くに生えている手頃な葉っぱを使って、お尻を拭いた。急いでみんなのあとを追いかけた。

「待っていてくれてもいいのに……」と拗《す》ねてみたら、母に「そんなに遠くまで行きはしないよ」と言われてしまった。

お腹のものを出したら、既に麻痺していたのか、あるいは慣れてしまっていたのか、あまり感じていなかった空腹感を呼び起こしてしまった。その途端に力が抜けていく。

いつしか太陽も高く昇り、樹木のない草原地帯を歩く僕たちには、かんかん照りの直射を避ける術《すべ》がなく、暑さの中をふらつきながら歩いた。

何とか直射日光を避けたかった。このままでは体力の消耗が心配される。どこかで木陰か物陰に入って小休止したいが、一面の草原ではそれらしいものが見えない。暑くても身に着けている外套や帽子は、身体を直射から守る意味で大事な役割を果たしている。

水筒の水は早くも底をつき、喉の渇きがさらに激しくなって誰もがクラクラと眩暈《めまい》を起こしていた。歩き方もだんだん遅くなり、思考力もなくなっていく。いくら歩いても同じような草原が続き、変化のない草の上を黙々と歩いた。

父の背中で眠ってしまった弟の潔が、汗びっしょりで湯気を立てていた。それに気がついた母がよく見ると、潔は帽子を被らず直射日光をまともに浴びて眠っていたのだ。

「あれっ、潔の帽子は？　二つも被っていたのに……。首にかけていたタオルもないじゃないか」

父も立ち止まって後ろを振り返って見たが、やっぱり帽子もタオルもない。どこかで落としてしまったものらしい。

「この暑さで帽子がないのはまずいね。タオルもないと蚊を避けるのも苦労するよ。夜になって寝るときにも困るだろうし……」

母の言う通り、確かに困るなと誰しも思った。

「どこに落としたのだろうか……。まだそのへんにあるんじゃないかな。宏生《ひろお》、ちょっと戻って探してきておくれ。これから先が長いからね」と母は兄に言いつけた。

父は今から戻ったところで見つけ出せるかわからないし、帽子がなくても何とかなるだろうと考えたようだ。しかし、急ぐ旅でもないし、この暑さでは帽子もあったほうがいいと考え直した。自分は潔をおぶっているし、鉄砲を担いでいるから動きにくい。やっぱり宏生に行ってもらうのが一番いいだろう。ここで宏生が戻ってくるのをじっとして待っていても時間が惜しいので、ゆっくり歩くことにした。

兄の姿が見えなくなって二、三十分経っただろうか。どこまで行ってしまったのか、なかなか帰ってこない。

「見つからなければそんなに遠くまで行かないで、すぐに帰ってくればいいのに、どこまで行ってしまったのかね」

母はだんだん心配になって来た。どこまで行ったら引き返すという判断が、やっぱり子供にはつかなかったのだろうか。立ち止まって振り返ってみても、兄はちっとも姿を現さない。父もだんだん心配になって来たようだ。「歩いて来たところが道だったら誰にもわかるのだけれど、こんな草の上だと真っすぐに行ったつもりでも方向感覚が狂い出し、自分のいる場所がわからなくなることもあるだろうな」と呟いた。

それじゃ、少し戻って、みんなで呼んでみようということになった。

「ヒロちゃーん！」

「宏生、どこだ！」

「ヒロちゃーん！　こっちだよ！」

「宏生！　聞こえるか！　こっちだぞ！」

何回も何回も大きな声で呼んでみるが、少しも反応がない。声がどこかに吸い取られてしまうようで、遠くまで届かないのだ。

両手を口に当ててメガホン代わりにもう一度呼んでみる。

「ヒロちゃーん、こっちだよ！」

「おーい！　ヒロオぉ！　ヒロオぉ！　聞こえるか！」

大きな声を出しているつもりなのだが、声はどこかに消えてしまう。腹が減っているので声が響かないようだ。向こうから呼んでくる気配もない。

それから一時間ぐらい経過した。いくら大きな声で呼んでも、さっぱり反応がないので母は心配になり、「あたしが捜してくるわ。ここまであたしたちも戻って来たのだから、そのへんにいるはずだから」と言って一人で草原の中に分け入った。

帽子の一つや二つはどうでもいいが、長男が帰ってこないとなると、これは放ってはおけない。父はゆっくりでも歩き出したのが間違いだと反省し、今度は歩かずにここで待つことにした。潔を下して、母の向かった先を目で追っていた。

どの方向を見ても同じような丘が続いている。目印になるようなものがないので、途中で迷ってしまったのだろう。でも、今度は母さんが行ったから大丈夫だ。そんなに遠くで離れた訳ではないし、近くまで行けば声も届くからきっと会えるだろう。まあ帽子は小さいから無理としてもタオルぐらいなら見つけて帰ってくるに違いないと期待を寄せて待っていた。

この草原の視界は二百メートルぐらいである。平坦に見えても実際は尾根や丘の陰に回ってしまうので視界は意外と悪いのかも知れない。しばらくじっと待っていたのだが、声を出してないとお互いの位置がわからなくなってしまうと思いつき、ここでも声を上げて呼んでみることにした。

「おーい、ヒロちゃーん！　こっちだよ!!」

「宏生！　聞こえるか！　おーい、宏生！」

僕は心配になって父に言った。「ここから見ていても、ちっともわからないね。望遠鏡があったら良かったのにね」

それにしても声が続かないのは、きっと空腹のためだと思う。

太陽はほぼ真上にいるからどっちが西か東かわからない。草原だと呼んでも響かないのだろうか。呼んでも反応がないと、声を出しているのが馬鹿らしくなってしまう。

一体どこへ行ってしまったのだろう。父はいらいらしながら別の不安を言い出した。「何だか母さんも遅いけれど……。おかしいな、こんなに遅くなるはずはないよ。この分だと母さんも迷ったんじゃないか」

「ええっ、どうして？」

「もう随分時間が経っているんだよ。こんなに遅くなるなんてどうかしている」

「ヒロちゃんと会っていれば二人だから大丈夫だと思うけれど、もし会っていないでまだ捜しているのなら、やっぱり迷ってしまったのかなあ」

僕も何だか不安になってきた。

「会えればすぐに戻ってくるはずなんだよ。会えないから奥へ奥へと行ってしまうんだ。あんまり深追いすると駄目なんだよ」

まさか……本当に母さんもはぐれてしまったのかな。そんな、そんなことは信じたくない。だって、すぐそこに行っただけだよ。あの尾根を曲がって、あそこで消えたのだから、あの辺にいるはずだよ。帰ってくるさ……だけど遅いなあ。もう帰ってもいい時間だが……。

僕は草原をじっと見詰めているが、なかなか姿が見えない。どうしたんだろう、心配だ。

「しょうがないな、二人とも……。どこへ行っちまったのか」

父は苛立ちながら見回している。目印がなくてはどっちの方向だったかわからなくなってしまうのだろう。そうだとすれば目印の代わりに音で合図すれば、それで方向を察知することができるかも知れない。鉄砲の弾は五発しかないので、それを撃つ訳にはいかない。もし撃ったら敵が来たと思ってさらに遠くへ行ってしまうだろう。それに敵に知られて、こっちが攻められてしまう恐れもあるから鉄砲は使えない。ほかに音を出せるものはないから、ここはやっぱり声を出して聞き分けてもらうのが一番だ。そうだ、呼ぶことが今は一番必要なんだ。よし、それならまた大きな声を出して呼んでみよう。このままでは向こうでも困っているはずなんだから。

「母さーん！　ヒロちゃーん！　こっちだよ！」

「おーい！　宏生！　おーい！」

「母さーん！　ヒロちゃーん！　おーい！　ヒロちゃーん！」

何回呼んでも返事はないし、姿も見えない。「さっきまで太陽が真上だったから、方角はわかりにくいのだが、もう大分西に傾いている。東のほうに気がつけば何とか合流できるはずだ。うまく気づいてくれるといいのだが……」

困ったな。どうしたんだろう。今度は僕たちは動いていないのだから、あの尾根に沿って、こっちに戻ってくるはずなんだけど、見ている先からはまったく姿を現わさない。

兄がいなくなって一時間が経ち、母が捜しに行ってさらに一時間が経っている。二人とも帰ってこないなんてそんな馬鹿なことがあるはずがない。一体どうしたことなんだろう。

「母さーん！　母さーん！」

ありったけの声を出したら、急に悲しくなって来た。もしかしてこの草原で母と会えなくなってしまうのだろうか。呼びたくても声が出ない、胸が苦しくなって声にならない。

待てども一向に現れない二人に、父は痺れを切らしていた。

「この分ではいくら待っても、帰って来そうにないから父さんが捜しに行ってくる。ここでは目立たないから、もう少し高台に移動するんだ」

そう言って小高い丘を見つけて、そこに鉄砲を突き立て、白い手拭いを鉄砲の上のほうに巻きつけた。

「お前たちはここを絶対に動いてはいかんぞ。この鉄砲を目印にして父さんは捜しに行ってくるからお前たちはここで横になって待っていなさい。そんなに遠くには行かないで帰ってくる。心配しないでいい、大丈夫だから……。もしも誰かほかの人に見つかるようなことがあったら、じっとして少しでも長くここにいられるようにするんだ。父さんが帰ってくるまでの辛抱だ。そのくらいはできるだろう、満吉は四年生なんだから。わかったね、動くんじゃないよ」

父は僕と弟に言い聞かせて丘を下りて行った。

父の姿が見えなくなると、急に心細くなってくる。今度は本当に帰ってくるだろうか。誰かに見つかってはいけないというので今度は声も出せなくなってしまった。飛行機の音なんか聞こえたらどうすればいいのだろう。戦車なんか出てこないだろうな。それより父さんも帰ってこなかったらどうしよう。

兄がいなくなり、母も父もいなくなって、弟とたった二人きりになると寂しくていたたまれない。弟は今にも泣き出しそうでとても辛かった。僕は弟を抱き寄せるように、じっと我慢して待ち続けた。父の後ろ姿が見えなくなると、息をするのも苦しいほど胸が詰まってくる。

　こんな普通の草原で一人消え、二人消え、また父が行ってしまうと、僕と弟だけがこの大地に取り残されたような恐怖を感じるのだ。

　父が帰ってくるであろう一点だけを、いつまでもいつまでもじっと見続けている。僕だって本当は大きな声で呼んでみたり、立ち上がって遠くのほうを眺めたり、草原の中を捜したりしてみたい。でも今はそれをすることもできない。僕のいるこの丘が誰かに見つかってしまったら取り返しのつかないことになる。誰もいないはずのこの草原に、白い布を巻いた鉄砲があるのはかえって敵の目に着きやすいのではないかと心配にもなる。

「まだ父ちゃんは帰ってこない？」と弟が心配そうに聞く。

「うん、まだ見えないね。そんなに遠くに行かないと言っていたからそのうちに帰ってくるよ」

「マンちゃんは怖くないの？」

「誰か知らない人がくれば怖いけど、誰もこないから今は平気だよ」

「母ちゃんは見つかると思う？　早く帰ってこないかな……」

「見つかると思うよ。きっと見つかるさ」

　自分に言い聞かせるように返事をしてみたが、正直のところ不安でいっぱいだ。

　見つかるとしたら、こんなに時間がかかる訳がない。もうとっくに合流しているはずなのだ。

「どうせ横になっていなくちゃならないのなら、少し眠ろうか、キヨちゃん」

「ぼく、眠くないよ。母ちゃんがくるまで待っている……」

「眠くないの？　待っていてもいつになるかわからないから、少し目をつむっているといいよ」

「でも、ぼく待っているよ。向こうから帰ってくるんでしょう」

「うん、あっちのほうから帰ってくると思うよ」

僕は眠ってしまいたかった。そのほうが何も考えなくて楽だからだ。それでも両親がいなくなっては落ち着いて寝ることなんかできない。

母さんもどこへ行ってしまったのだろう。そんなに遠くまで行ったはずはないのに……。それにしても父さんも遅いなあ。まだ見つかっていないのかなあ。いつまで待たせるんだろう。耳を澄ましてじっと音を聞いているのだが、風に揺れる草の動きが聞こえる以外に、何も聞こえない。

もしかして父さんも帰らなくなるなんて……。いや、そんなことはない。必ず帰ってくる。絶対帰ってくるさ。だが、もし帰ってこなかったら、僕も捜しに行かなければならないだろう……。いや、ここを絶対に動いてはいけないと言っていたから、やっぱりここで待つしかないのか。

我慢していればきっと帰ってくるさ。母さんかヒロちゃんか、どっちか必ず一緒に帰ってくる。僕は信じて待つことにした。しかし、何となく不安は拭い切れない。待つ身にはとても時間が長く感じられて辛かった。ヒロちゃんがいなくなってからもう四時間近く経っていると思う。どうして誰も帰ってこないのだろう。不思議なことがあるものだ。

こんなに見渡せるほど広い草原に、人が吸い込まれていくものだろうか。

長い長い時間を待つうちに、ようやく父の姿が遠くに見えて来た。捜しに向かって行った方から真っすぐにこっちへ戻ってくる。この鉄砲の目印がよく見えているのだと思う。父は一人だけで歩いてくるから、母も兄も見つからなかったらしい。

　僕は立ち上がって父を出迎えた。

「駄目だ、見つからんよ」

　父は首を振って「これ以上どうにもならん。手のうちようがない」と肩を落とした。

「人間の歩く範囲なんて、そんなに遠くまでは行けないものだが、方向が違ってしまうとどうにもならんのだよ。全然手がかりもない」

　父は汗を拭きながら僕たちを見ていた。

「いろいろ考えてみたが、いつまでもここに留まっていたら、みんな飢え死にしてしまう。これだけ捜して見つからないのは、とんでもない方向へ行ってしまったとしか思えない。こんなところではぐれてしまうなんてあってはならない話だが、これも運命としか考えられん。愚図愚図していては全滅してしまうかも知れないから、もうこれ以上は諦めて出発するしかない」

　父は鉄砲を地面から抜き取ると、弟の手をとって東に向かって歩き出した。

　僕は慌てている。本当に母や兄を置いていってていいのだろうか。母や兄とここで生き別れになることが運命だとしても、僕の心は動揺し、落胆の色は隠せない。父が捜すのはもう限界だと言うのだから僕にはどうしようもない。

　今朝まで一緒だった母とこんな形で別れてしまうなんてとても信じられない。身体は父について東に向かっているのだが、心は西を向いたままであった。心残りで後ろを振り返っても、そこには人影はなく、傾きかけた西日だけがやけに大きく大地を照らしていた。

沈みがちな子供たちの心を感じとっている父は、目標を一点に集中させるべく言う。

「もうこれ以上、何も食べずにいると生きていけなくなる。これから先は何でもいいから生きている動物を探して歩くことにしよう。蛙でも蛇でも何でもいい。見つけたらすぐに捕まえるから一生懸命に探しながら歩くんだよ」

そうか、僕たちは昨日も今日も何も食べていないんだ。その前の日に部落でご飯を食べてからもう三日間も食べていない。途中で水を飲んだけれど、このままいったら野垂れ死にすることだってあるかも知れない。

ようし、探すぞ、元気を出して……と思うのだが、少し歩いただけで力が抜けてしまう。身体がふぁっとして浮かぶような、よろけるような足取りになっていた。これからは飢えとの戦いだ。こんなに広い草原だから、生きものは必ずいると思うのだが、探して歩くとなるとなかなか見つからない。せいぜいバッタが跳び出すくらいのもので、目的の動物は全然現れてくれないのだ。

行けども行けども、同じような草原が続くだけで、北満の広野は果てしなく無限に続いていた。その大地に雄大な赤い夕日が落ちて、草だけが風で波打つように揺れていた。

一軒家の主人

父と弟の三人だけになってしまった僕は、飢えをしのぐために、何か生きものを捕らえようと目を皿のようにして草原を歩いている。三日三晩何も食べていないのだから、体力はそろそろ限界に近づき、歩けなくなるかも知れない不安があった。

母と別れてしまい、家族がばらばらになった僕の心は複雑に揺れ動いている。だが、疲労と空腹で思考力は断片的にもなっていた。目的とする街があるわけではない流浪《るろう》の旅になっている。飲まず食わずで体力が落ち、母との別れによる落胆がますます行動力を衰えさせた。

突然、前を歩く父が振り返り、僕たちを手招きした。

「いたぞ！　蛇だ、蛇がいた」

「えっ、本当に？　あっ、いた、いた、本当だ」

今までやっと歩いていたのに、急に元気になって僕たちも蛇を追いかけた。

蛇は気配を感じてするすると草むらの中を逃げ回っていく。父は逃がすものかと追いかけて、とうとう捕まえた。体長は六十センチぐらいでそんなに大きなものではないが、僕にとっては、この草原で初めて見る動物だ。

父は捕まえた蛇を大きく振り回し、頭を強く叩きつけて気絶させた。そして蛇の口を開いて、そのまま皮を剥《む》いていく。淡いピンクがかった白身だけとなった。父は銃剣で蛇の頭を切り落とした。

「さあ、これで準備はできた。どこかで焼いて食べることにしよう。満吉、これをポケットに入れて持っていきなさい」と僕の着ている外套《がいとう》の大きなポケットに蛇をねじ込んだ。蛇は頭がないのに、ポケットの中で動き出すのだから気持ちが悪い。

「うひゃー、変な感じだよ。出て来てしまいそうだ、中で動いているんだ。大丈夫かな……」

「出て来そうになったら、押し込めばいい」

父は簡単に言うけれど、ニョキニョキと暴れるから気持ちが悪いことこの上ない。押し込めといったって皮を剥かれた蛇を触ったり掴《つか》んだりはできないよ。早くおとなしくなってくれよと祈るばかりである。

父は焼いて食べると言っているが、どんなふうにして焼くのか、初めてのことなので興味が湧く。

「父さん、どこで火をつけるの、早くしてよ」

「どうせなら、あと一匹探してからにしようや。それにしてもマッチを雨に濡らしたままだから、うまく火が点くかどうかが心配だよ」

「マッチがなかったら火打ち石でも点けられるけど、ここには石っころもほとんどないよね」

「どうしても火が必要なときには、木を使って何とかなるんだよ。まあ、あとで考えるけれど暗くならないうちに、もう少しだけ歩いておこう」

父は、たった一匹の蛇でも捕まえてからは、得意気な顔つきになっていた。

「日本だったら林が沢山あるから、兎がいたり、リスや猿とか猪なんかも出てきたりするんだよ。山鳥や雉《キジ》なんかも結構いて、鳥の卵を狙う蛇も山にはいたものだ。この満洲には木が少ないから鳥や動物が意外に少ないんだ」

父が話しているうちにポケットの中がおとなしくなってくれたので僕はほっとした。蛇を焼くのはしばらくお預けとは残念だった。早く次の一匹が出て来てくれないかなあと思いながら歩いていると、草原全体の景色が変わってきたのに気づいた。どうやらこの先に畑らしいものがあるようだ。

「向こうに畑が見えて来たよ。このまま行くと部落に出られそうだ」

父の言葉に何となく希望が湧いてきた。部落に入れば水が貰《もら》える。食べものにもありつける。どんな部落なのか早く見たいものだ。

畑の作物は高粱《コーリャン》らしく、背が高いので向こう側が見えない。どんな部落なのか、見えない分だけ不安もある。どんな人が住んでいるのだろうか。満人の部落だとは思うが多少の警戒も必要だから緊張もした。

今日で三日も食べていないから、部落を避けて通るような余裕はまったくなくなっている。誰でもいいから人に会って、少しの水でもマッチでも何か貰えたらそれでいい。不安を抱きながら少しずつ畑に近づいて行った。

畑と草原の境に妙なものが停まっている。よく見ると小型の戦車が壊れたまま放置されているのだ。日の丸のマークが見えた。日本の戦車がこんなところを走っていたのはいつ頃のことなのか、戦車は錆びて朽ち果てそうな惨《みじ》めな残骸と化している。

絵本で見たことのある豆タンクと言われた頃の古いものだと思う。

それにしてもソ連の戦車と比べたらあまりにも小さいので驚いた。大人と子供くらいの違いがあり、小型トラックと大型バスほどの差があるのだ。何年も前から置いてあるらしく、戦車の周囲には草がぼうぼうに生え、とても昔日の面影は残っていない。

畑の中をどんどん進むと、やっぱり家が見えてきた。建物や庭の状況から察するとやはり満人の家のようだ。部落と思っていたのだが家は一軒しか見当たらない。

父は銃を肩にかけたまま、弟の手を引いて家の正面に立った。白い犬が早速出て来て、遠吠えするかのように顔を上げて吠える。

家の中から四十歳ぐらいの男の人が出て来て、父をじろりと見つめた。

父は満語が達者だから、軽く会釈すると主人に打ち明け話をした。そこへ奥さんらしい人が出て来て話に加わると、たちまち打ち解けた様子になり、家の中に招き入れられた。

僕たちは井戸端で水を夢中になって飲んでから、家の中に入った。この家では既に夕飯の支度が始まっていたらしく、竈《かまど》には赤々と火が燃えていた。

父は早速、僕のポケットからさっき捕まえた蛇を取り出して、竈の隅のほうにそっと入れる。

主人は僕たち親子に同情してくれて座敷に上がるといろいろと話し出した。

「すぐにご飯ができるから少しだけ待っていればいい。長い道中を歩き通して大変なことだったでしょう。もう大丈夫だからゆっくり身体を伸ばして休みなさい。それにしても子供たちが良く頑張って歩けたものだ。本当に偉い。大したものだ」

ここの夫婦には十五、六歳の少年がいるらしいのだが、今日は本家の村に行って留守にしているらしい。滅多に人もこない一軒家なので、子供がとても珍しいらしく僕たちを自分の子供のように可愛がってくれた。

「三日も食べていないなんて信じられない。それにこの広大な草原を歩くなんて本当に疲れたでしょう。今日はご飯を沢山食べて泊まりなさい。ここなら安心して眠れるし、お母さんは明日捜せばいいでしょう。お母さんとはぐれてしまったなんてそれは大変でしたね。きっと明日は見つかりますよ」と人懐っこい話し方で僕たちに同情してくれた。

満語で話しているので僕にはわからないが、父は主人の温かい言葉に感謝して心から喜んでいる様子がありありとうかがえる。

そこへ奥さんが、にこにこしながらお膳を運んで来た。

「さあ、できたわよ。熱いから気をつけて食べてちょうだい。おかずは何も用意していないから、ご馳走という訳にはいかないけれど、ご飯だけは沢山あるからたんとお食べよ」

僕は運ばれた黄色い粟《アワ》のご飯をふうふう吹きながら、あっという間に丼一杯を平らげた。奥さんは僕たちが食べるのを見て目を丸くした。

「さあさあ、もっと食べて元気を取り返してちょうだいね。ここにたどり着いて本当に良かった。家のないほうに行ってたら、もっと苦労するところだったものね」

夢中で食べた一杯目のご飯には、おかずなんか必要なかった。

二杯目のご飯が盛られたときには、棒葱にどろどろの生味噌をつけて、おかずにした。棒葱は齧《かじ》りつくとかりかりと音を立てた。

生の白菜も馬鈴薯《ばれいしょ》のスープも味わう余裕もないまま、胃袋の中にすっと消えていった。ここの夫婦はいつも二人だけで暮らしているらしく、滅多に来客がないから、人に会えるのが最高に楽しいと話している。父はすっかり打ち解けて、いろいろな話をしていた。

近くに戦車が棄てられたのは、五年ほど前のことで、そのあと見物人が来て騒いだのに、今では見にくる人もいないようだ。

父が日本人の話を聞いたら、こんな話をしたらしい。

奥さんの実家であるとき、日本の官憲に嫌疑をかけられ困っているときに、親切な日本人に助けて貰ったのだそうだ。それ以来、日本人に感謝しているとのことだ。親戚の子供は日本人住宅で働いているが、とても良くして貰っているという話や、日本の兵隊がこの家に立ち寄ったときなどは、いつも砂糖や缶詰などを置いていくそうである。行軍の途中とかに井戸水を汲みに立ち寄ることが時々あるのだそうだ。

今まで会った日本人はみんな親切な人ばかりで、ありがたいことだと話していた。僕は勧められるままに三杯目のご飯を食べて、動けなくなるほど満腹になった。大満足である。

お茶を出されて世間話をしている最中に、父はふと思い出したように「そうだ、大事なことを忘れていたよ。つい話に夢中になっていたものだから」と言って笑いながら座敷を下りると、竈のところに行き、中を覗き込んでいる。

ここに来たとき、竈に入れた蛇を思い出したのだ。僕も気になって竈の中を覗いてみた。蛇は竈の片隅で真っ黒な炭の塊になっていた。もう蛇だかどうだかわからない残骸である。

父は「いやあ、これは惜しいことをした。折角持って来たのに炭になってしまったよ。アッハッハッハ」と笑っている。

僕は腹いっぱいになってたので、蛇なんか食べなくて良かったと思いながら、父と顔を見合わせて笑ってしまった。

主人は「こんなところに入れたのなら、一言言ってくれれば私がご馳走になれたのに……」と一緒になって笑った。

ここの主人は張栄《チャンロン》さんという名前で、十年近くこの家に住んでいる。ところがこの一週間ほど何かと物騒なことが起きて、最近は住みにくくなったというのだ。何が起きるかわからないので近くにある実家の部落に合流する予定なのだとか。実家は二十キロぐらい離れているが、そこは二十軒の農家があって百人ぐらいが住んでいる部落なのだという。

何が物騒なのかというと、今まで見たことのない盗賊や匪賊《ひぞく》に類する中国人が出没するようになったためである。また蒙古人の言動とか、日本人の動きも目立つようになった。銃を振りかざしたりする緊張した場面も何回かあって、夫婦二人だけでの生活は不安でたまらないという。今日などは僕たちが一緒なので、かえって安心だとまで話していた。

怖い思いをする相手は大概中国人で、彼らには何かを奪われてしまう。日本の軍隊が通りかかると、水を補給するのに我が家の井戸を使うのだが、その都度、軍手やメリケン粉を置いていってくれたという。それなので自然と日本贔屓《びいき》になってしまったのだとか。

僕たちは三日も続いた野宿から、久しぶりに家の中で手足を伸ばすことができて嬉しかった。心からくつろげる安心感が先にたって、申し訳ないことだが母や兄のことを忘れてしまっていた。それよりも道中の疲れで、眠くてしょうがなかった。

奥さんが気づいて「子供たちは早めに寝たほうがいいでしょう。いま布団を敷いてあげるからね」と、部屋の隅に丸めてあった布団を敷きながら「明日になったら、母さんを捜せばいいから、今晩はぐっすり眠ってね」と親切に言ってくれた。

こんなに親切にして貰えるなんて、予想もしていなかった。僕たち三人にとっては地獄で仏に会えたような気分で一夜を明かすことができた。父は夜遅くまで、張さんといろいろの話をした結果、もう一日だけ世話になりたいと申し入れしたところ、張さんは快く引き受けてくれた。

床に就いてからも張さんが教えてくれた周辺の地理を頭に描いて、許された一日で母や兄を捜すべく、明日の行動を考えているうちに、いつしか父も眠りについていた。

明け方早くに、父は昨晩、張さんから聞いた三軒の民家を訪ねるべく、一人で南へ五キロの道を急いだ。張さんから最近は空き家になっていることが多く、誰もいないか、あるいは日本人が仮泊《かはく》しているかも知れないと聞いたのだ。もしも日本人の一行がいるなら、母や兄の消息を確かめるつもりだった。情報交換もできるし、何か心当たりがあるなら知らせてくれるよう頼むこともできる。

最初の一軒目は塀に囲まれており、日本人が仮泊していた。やはり北のほうから避難行動している一行で、開拓団らしく壮年の男女と子供たちが二十人ほどいた。彼らも新京を目指していた。ソ連の参戦以後は続々と日本人が南へ向けて避難している状況を彼らから聞かされた。自分たちと違って馬車が二台あるのは羨ましい。

もう一軒の家に立ち寄ったが、ここは早朝に出発したらしく、誰もいなかった。大体の様子がわかったので、あとの一軒は立ち寄らずに張さんの家に戻った。自分たちの住んでいた興安街だけではなく、どこも同じように追い詰められた状況にあるようだ。北満には既に関東軍の姿はなく、市民だけが丸腰で自らを守らなければならないほど、戦況は不利な状況にある。

父が戻っても、僕と弟の潔はぐっすり眠っていて、起こされてもなかなか目が覚めないでいた。朝になっていることなどまったくわからないほどよく眠っていた。

一晩中、蚊や蠅にたかられてしまい、顔が腫《は》れぼったくなっていた。冷たい井戸水で顔を洗うとようやく目が覚めた。馬小屋では二頭の馬が仲良く並んで草を食《は》んでいる。白い犬も僕たちを歓迎してくれるように尻尾を振って近づいてきた。

家の中に入るともう朝ご飯が用意されている。奥さんが愛想よく「さあ、ご飯ですよ。みんなで一緒に食べましょう」と声をかけてくれた。

母や兄がはぐれてしまったことが頭をよぎるが、僕たちはまるで三人家族であったかのような普通の朝を迎えていた。

今朝は馬鈴薯の油炒めがとても美味しく、スープと生野菜もついて、朝餉《あさげ》にはもったいないようなご馳走であった。

奥さんの自慢の料理を平らげてから、両家が談笑しながら朝のひと時を過ごしていた。太陽が燦々と窓辺に注ぎ、濃い緑の高粱畑が美しく、素朴な農村風景が目に映える。

父は何とかして昨日の原野の中にいるだろう母と兄を捜す方法を思案しているが、あまりに広大すぎる。張さんも心配して相談にのってくれている。

馬に乗って捜しても二日か三日かけないと捜し切れるものではないらしい。想像以上に広い土地を歩いて捜すなど、正気の沙汰ではなく、不可能に近いと張さんは言う。父はだんだんと絶望的になってきた。

実は張さんは実家のある部落から早く合流するようにと催促されていて、本当は今日にでも引っ越しをすることになっていたのだ。一日ぐらいはどうということもないから、日延べして明日にでも引っ越ししようと考えていたようだ。

「大島さんたちは気にせずに自分たちのやれることをやってください」と言ってくれるが、実は状況はかなり逼迫《ひっぱく》しており、「一軒家での暮らしはとても危険だ」と、張さんは本音を語っていた。

張さんの親切に甘えて、もう一日お世話になることになったが、父は心苦しい様子だった。

「それとは知らずにわがままをお願いして本当に申し訳なく思っています。お陰様で元気も取り戻せたし、これ以上迷惑をかける訳にはいかないので、そろそろ支度をします。張さんも予定通り進めてください」

「いやいや、いいんです。心配しないでいいんです。夫婦二人だけでは物騒なことが多いと話していたので、大島さんたちがいてくれるならあと一日くらい何でもないことです。今日はゆっくり荷造りをしますから、大島さんたちも休息して好きなように過ごしてください」

「それなら、引っ越しの荷物運びを手伝いますよ。何もしないでご馳走になりっぱなしではとても気がすみませんから」
「そう気にしないでください。明日は馬車で行くのですが、大島さんも一緒に私の田舎へ行きませんか。村に行って少し様子を見てから新京に向かったらどうですか。田舎なら心配することも大騒ぎすることもありません。気にしないで一緒に行きましょう。家内も賛成していますから安心してください」と張さんが勧めてくれるのだ。

そんな話をしているときに、犬がけたたましく吠え出した。窓から様子を覗う。畑の道から何者かが二頭の馬に乗って、この家に向かってくるのが見えた。武器を手に、大声を上げている。張さんは咄嗟《とっさ》に「大島さん、早くオンドルの下に潜って！」と言い出した。何か危険が迫っている様子だ。

満人の家は南に出入り口があり、ほかに裏口らしいものはないから逃げ出すことはできない。驚いて僕も急いでオンドルの下に潜った。オンドルは中国大陸特有の床暖房のことで床下で火を燃やせるように広く煉瓦《レンガ》造りになっているのだ。

張さんは外に出て井戸のあたりで話をしている。隠れている僕たちは気が気ではない。

オンドルの下は七十センチくらいの高さがあって、火を燃やす焚き口からの煙道《えんどう》が奥まで続いているので隠れるには絶好の場所だった。

父は鉄砲を手に、外の様子をじっと聞きながら場合によっては加勢に出る準備をしている。

何か大きな声で早口に喋っているのは中国人らしく、途中から水を汲む音が聞こえてきた。そのうちに張さんが入って来て、声をかけた。

「大島さん、大丈夫だから出て来ていいよ」

「えっ、もういいのですか。突然でびっくりしたけれど大事に至らなくて良かった」

僕たちは狭い煙道から代わる代わる出た。

さっき顔を洗ったばかりなのに、誰の顔も灰や炭で黒く汚れている。

「大島さん、急いで今の人たちの馬車に行って確かめたほうがいい。一行の馬車に子供たちとはぐれてしまったという婦人が乗り合わせて家族を捜していると言っている。もしかしたらあなたの奥さんかも知れない。すぐに行って来なさい」

「何ですって。まさか、そんなことはないと思うけれど……。それなら確かめて来ます」

父は半信半疑ながら、外で待っている案内人について行った。案内人は水を汲み終えて張さんに「謝謝《シエシエ》」と礼を言い、父を伴って馬車のほうへ引き返した。

父の後ろ姿が高粱畑の中に消えて行くと、僕も弟も不安で心細くなってきた。この広い荒野では予期せぬ出来事が続いている。日本人は大挙して南へ移動しているというし、張さんもこのところ物騒なことが起きて落ち着いていられないという。昨日は僕の家族が次々と草原に消えてしまった。

今もまた、馬車で南下する一行の中に、家族とはぐれたという人が乗っているとかいうことだ。父が出かけて行ったけれど、帰ってこれなくなるようなことはないだろうか。

今の僕らには帰るところもなく、また行く当てもない流浪の民になり下がっている。その現実だけでも怖いのに、次々に起きる予期せぬ出来事は得体の知れない魔物の仕業のように思えてならないのだ。僕と弟だけが残されて、父が連れ去られてしまうのではないか。今度は大丈夫なのだろうか。

張さん夫妻は、僕たちを安心させるためか、時々話しかけてくれるのだが、僕は満語がよくわからない。父の帰りをじっと待つしかないのだ。

張さん自身もこの家を放棄して、実家へ行こうとしているし、また誰かほかの人がこの家に向かって来たら、もう一度オンドルの中に隠れるしかないだろう。何が起きるかわからないほど、世情が混乱しているので、誰も落ち着いていられないのが実態のようだ。

父が出かけてから大分経つのに、ちっとも帰ってこない。間違いなく帰ってくるのだろうか。今か今かと、父の去った畑の道をじっと窓から眺めている。それからしばらくして、父はようやく畑の中に姿を現し、急いでこちらに向かって来た。しかも女の人を伴っている。

「あっ、母さんだ。母さんが帰って来た！」

僕と弟は庭に駆け出していた。

「母さん、母さん！」

畑の道で抱き合って泣いた。

昨日はあれだけ捜しても、どうにもならなかったのに今日になったら会えた。嬉しい。何て運が良かったのだろう。母は馬車の一行に発見されていたのだ。

もう会えないのかと思っていたのに、無事に帰って来てくれた。本当に良かった。

僕たちにも母さんにも熱いものが込み上げて、互いに涙して再会を喜び合った。

母は家の中に入ると、昨夜からのことを話し始めた。三日間食べるものがなく、空腹と疲労で次第に脱力感に襲われて参っていた。夜になると今度は恐怖感が加わり、絶望感で完全に自分を見失っていた。もう、これ以上歩くことは無理だと判断し、草むらの上に腰を下ろしたら途端に方向を失い、諦《あきら》めと悔悟《かいご》の念に苛《さいな》まれていた。

生まれてから今まで、自分の周囲には必ず人がいて、動物がいて、家があって、道があるところばかりだったのに、今の自分はどうして独りなのだろう。人っ子一人通らないこの荒野であと何日生きられるのか。そんなことばかりが脳裏をよぎるようになってしまった。

過去のことが走馬灯のように頭を巡り、とても休息できるような状態にはしてくれない。宏生《ひろお》のことも、美津子のことも、満吉や潔のことも、そして故郷の親兄弟のことが瞼《まぶた》の裏に浮かんだ。こんなことになるのなら、あの葛根廟《かっこんびょう》で自決してしまえば良かったとも思った。明日になって足が思うように動かなかったら、この原野で飢えと渇きのために倒れてしまうだろう。情けないやら悔しいやらで眠れなかった。何でこんな遠い満洲まで来てしまったのか、子供たちと生き別れになってしまう自分の不運を嘆《なげ》いていた。

せめて夫と二人の子供だけでも無事に新京へ着いていてほしい。あたしも運良く生き延びられたらいつかは日本に消息を知らせることができるだろう。あれこれと考えが浮かんでは消えていく。

いつしか東の空が明け始め、はっと自分を取り戻すと、再び現実の世界に戻される。このまま、じっとしていても仕方がない。休み休みでいいから命の続く限り、東へ向かって歩こう。そう考えて足を引きずりながら何時間か歩いた。こんなに喉が渇くのなら自分の尿を口にすれば喉を潤せるのではないかと真剣に考えながら歩いている。

ふらふらになりながら、ただ一心に東へ向けて歩いていると、遠くのほうに馬車の一隊が通り過ぎようとしているのが目に止まった。

あれっ、あれは本物の馬車ではないか。びっくりした。人がいる、馬車が通る。もしかして神様の使いか？ これは大変だ、この機会を逃したら永遠に人に会えなくなってしまう。あたしは馬車の人が誰であろうと気にもせず、夢中で声をかけた。

「おーい、助けて！ ここへ来てちょうだい！ お願い、あたしを乗せてくださーい！」

力の限りに叫んでいた。

先導する案内人があたしに気がついて、あたしのほうに寄って来たときは、ああ、これで助かると我を忘れて走り出していた。助けられた馬車には、あたしたちと同じように新京を目指している日本人が乗っており、お陰であたしは救われた。本当に運が良かった。馬車の一行はあたしの知らない街の人たちだったが、やはり野宿をしながら三日も走り続けているという。

水筒の水を一口いただけただけで命が繋がったと思った。乾パンをいただいて口にしたとき、ああ、やっぱり人間は一人で生きていけるものではなく、みんなの助け合いがあって生きていられるのだと痛感した。

母が感謝の面持ちで長々と話しているうちに、お昼の時間になっていた。

張さんの奥さんは、引っ越しの荷物を解いて食器や鍋を取り出して、またも食事の準備に取りかかってくれた。

神の引き合わせなのかも知れないが、こんなに親切な張さんのお陰で母と再会することができたのだ。無事でいられたことだけでも最高なのに、今こうして食卓を囲んで話をしているのだから、これ以上幸運なことはない。

葛根廟ではほとんどの家族が傷ついたり死に別れたり、あるいはばらばらにされてしまったのに、僕たち一家だけが無傷で助かった。それだけでも奇跡なのに、はぐれてしまった母と偶然が重なって再会を果たすことができた。兄にはまだ会えず残念だが、今は母との再会を喜ぶばかりだ。もう二度と離れ離れにならないように、これから先は一体となって大事に行動しなければならないと誰もが心に誓っている。

僕たちは張さん一家の引っ越しの荷造りを手伝うことにした。庭に出せるものを運び出し始めたが、まだ荷馬車も来ていないし、今日出発するつもりはないらしく、のんびりしている。

お昼の片付けが終わったばかりだというのに、奥さんは休憩してお茶にしましょうと言う。急ぐ必要のない引っ越しだから、いたってのんびりしているのだ。

大豆を味付けした煮豆をお茶請けにして、お茶が出る。思い思いに腰かけて農業の合間の休憩を楽しんでいるような風景だ。張さん一家がどうしてこんなに離れた一軒家に、たった二人だけで住むようになったのか、そのいきさつを、面白おかしく身振り手振りを交えて奥さんが話している。きっかけは、些細なことであったが、予期せぬ方向に展開していくものだと言う。あとから考えると、何であんなことが人生を変えるのか不思議な偶然も多いと言う。数奇《すうき》の出会いや、あとで説明できないようなすれ違いの話で張さん夫婦は盛り上がっていた。

そのとき、庭にいる犬が吠えた。おや、また誰か人が来たのかと、僕たちはさっと身を起こして、物陰に隠れながらそっと窓から畑のほうを眺める。

犬はじっと先方を見据えるだけで動こうとしない。

張さんは出入り口のところで、静かにじっと見守っている。畑の道路に人影が現れた。たった一人で、タオルのようなもので体を扇ぎながら、とぼとぼと重そうな足取りで歩いてくる。ふらつくような足取りで、力なく歩む姿が遠くから見てもわかるような歩き方だ。

今にも倒れそうである。よろけながら一歩一歩近づいてくる。どうやら子供のようだ。

じっと様子をうかがっていた父が急に大きな声を出した。

「おい、あれは宏生ではないのか！」

母もぐっと身を乗り出した。宏生であってくれたら……。

「あんた、やっぱり宏生だよ！　宏生だ、宏生が戻って来たんだよ！」

僕たちは歓喜して一斉に土間に飛び下りた。

僕も声を上げる。「本当だ。ヒロちゃんだ！」

父も母も夢中で駆け出した。

「安生、宏生、よく頑張ったな、宏生！　よくぞもちこたえてくれた！」

「ここでお前と会えるなんて……。母さんはどれだけ心配したか……。宏生、よく頑張ったね」

張さんの家の中庭で親子は感激の再会を果たした。

張さん夫婦も感激して目に涙をためながら眺めている。四日間も何も食べなかった兄は、父に倒れかかるように声を出して泣いていた。

「怖かったよ……。うわーあ……死ぬかと思ったよ」

僕は井戸端にあったアルミのお碗に水を入れると、急いで兄のところに持って行った。

きっと喉が渇いていると思ったからだ。兄は一気に水を飲み干した。五年生の兄は一人で野宿し、一人で東南を目指して丸一日かけて歩き通して来た。畑が見えてきたとき、この先には必ず人家があると信じて、どんなことがあろうと絶対にたどり着くんだと、そればかりを心に決めて歩き通したという。

奇跡は奇跡を呼んで、ついに一家は全員が合流した。何という幸運なことだろう。神様が作ったドラマみたいだ。たった一軒しかない張さんのこの家は、まるで魔法の家でもあるかのように、絶望の一家を救ってくれたのだ。これで全員が揃った。まさに夢のようだ。

きっかけというものは些細なことから始まって、予期せぬ方向に転回し、あとから考えると何であんなことが人生を変えるのかと不思議に思うと言った張さん夫婦の話を、そのまま地でいくようなドラマが展開されたのだ。ありえないこと、信じられないことが再び起きたのである。

張さんの奥さんが慌てて声を上げた。

「ご飯よ、ご飯の用意をしなくてはね。何て今日はいい日なんだろう。すぐに用意するから」

そう言いながら残りの粟のご飯を茶碗に盛りつけてくれた。

「今晩はみんなでお祝いをしなければならないわ。今までもいろいろなことがあったけれど、今日みたいな嬉しい日はなかったわよ。ねえ、あなた」

奥さんは我がことのように喜び、張さんもこれで安心して明日は村に帰れると、大喜びであった。あれほど捜しても見つからなかった二人が、二十四時間後に自然と集まって合流してしまったのだ。誰もが感激に浸っている。今までの苦労がいっぺんに吹き飛んでしまった。

何日も続いた野宿から、今夜は久しぶりに家の中で寝ることになり、家族全員が枕を高くして床に就いた。

一夜が明けた。昨夜の話し合いで僕たちの家族は、ひとまず張さんの部落へ一緒に行って、そこから再び旅に出ることとしたので、今朝は早速荷物を馬車に積み込むことから始めた。

部落は幸いにも方向が東南にある。部落までは二十キロ。馬車が使えるので僕たちも大助かりだ。みんなで荷物を積み終えると、張さんは二頭の馬を馬車に繋ぎ、これで出発の準備がすべて整った。

「さあ、出発しよう。ほかの荷物はまた取りにくるから残して置いても大丈夫だよ。さあ、みんなは後ろに乗って。落ちないように気をつけてね」

そう言って張さん夫婦は車台に乗り込んだ。手綱を大きく揺すって「へい、ちゅっ、ちゅっ」と馬の尻に一鞭《ひとむち》くれた。

天気は良いし、家族は揃ったし、食事もご馳走になり、その上馬車で旅ができるのだから、最高に気分のいい朝がスタートした。

これから行く部落はどんな人が住んでいるのだろう。きっと子供も大勢いて、仲良く遊べるに違いない。鶏もいっぱいいるというから、もしかしたら卵も食べられるぞ。

騎馬の四人組

　実家のある部落は野菜も豊富にあって、季節の果実も美味しく食べられると張さんが言っていた。馬車に揺られながら、顔を見合わせている僕たち家族は、誰もが浮かれた気分で旅をしていた。葛根廟《かっこんびょう》からここまでの旅路には道がなかったのに、ここはさすがに村へ通じるだけあって、一本の道が長く長く続いている。

　草原の両側に咲く野花を眺めながら、鼻唄交じりで話をしている僕たち家族と、楽しそうに語り合う張さん夫婦と調子を合わせるように、二頭の馬も仲良くパカパカと軽快に走っていた。

　しばらく進んだところで、前方から四人の騎馬が現れ、民兵らしい人が銃をかざして近づいて来た。軍服ではないが、物々しい服装で張さんの馬車に「停まれ」の合図を送っている。僕たちにも用があるような素振りなので、不思議に思った。別に怪しいものでもないはずなのに何だろう？

　僕は怪訝《けげん》な顔で四人の騎馬兵を見ていたら、張さんと何やら長く話したあと、父に向かって近づき、命令するような口調で声をかけてきた。張さんとの話し合いの中で、父が武器を持っていることを知った騎馬兵は、父に武器を渡すよう求めているのだ。

　銃を一丁持っていたことは確かである。しばらく躊躇《ちゅうちょ》していた父だが、仕方なく渡そうと考えた。ここで誤魔化そうとしても張さんに迷惑をかけることになりそうだ。大事な銃だが、この際素直に応じるしかないと判断した父は、荷物の間から銃を取り出して差し出した。

銃を受け取った騎馬兵は、銃弾を持っているだろうと詰問してくる。父は何を言っているのかわからないと、とぼけたような仕種をしたのだが、相手が大きな声で怒鳴り出した。相手は四人なので怒らすと面倒である。

「嘘を言うとためにならないぞ！　わかっているのか！　隠し立てしないで早く全部出すんだ」

「銃だけではないだろう。ぼやぼやしていないで早く出せ！　ほかにもまだあるはずだ」

後ろにいる兵士まで口を出したので、険悪な状況になってきた。

父はもうこれ以上隠し通すことはできないと思い、手榴弾を三発持っていることを打ち明けた。手榴弾は危険な武器なので安易に扱ってはならず、暴発を防ぐために特に気をつけて大事に持って来たものだ。今回の引っ

越しの際、うっかり硬いものにぶつかっては困るので、張さんの了解を得て、積み込んだ大樽の穀物の中にしまい込んである。

仕方がないから父は大樽の蓋をとって、手榴弾を探し出すために中を掻き回していたら、四人組が大声を上げて四散した。慌てて遠くに離れると、銃を構えて何か叫んでいる。

どうしたのかと思ったら、手榴弾を草の上に置いてから、馬車に乗れと言っているのだ。ああそうか、手榴弾を投げつけられたらそれこそ一大事だ。四人とも立ちどころに吹き飛んでしまう。それに気づいたから慌てて離れて行ったのか。一定の距離をおいて、注意深くこちらに銃を向けたまま、また怒鳴った。

「静かに置け！　よそ見をするな！　真っすぐ歩いて、そのまま馬車に乗れ」

最初に出会ったときから、危害を加えそうな雰囲気ではなかったし、張さんと長話をしたあとのことなので、父は相手の言うことを聞くつもりでいた。

四人組は武器を取り上げると、父にいろいろと質問をしている。

そして話が終わると張さんに向かって用はすんだから出発してもいいと合図した。四人組が去り、馬車が走り出すと何だかすごく不愉快になってしまった。どういう理由にしろ、勝手に他人のものを取り上げるなんて許し難い。まるで強盗に遭ったような気分だ。それに張さんも中国人同士の所為だったためか、今回は何もかばってくれずに黙って武器の提出に協力していた。

僕は何となく裏切られたような、割り切れない気持ちで馬車に揺られている。

出発したときは歌でも唄いたくなるような、晴れ晴れした気分でいたのに、この出来事のために一遍に様子が変わり、誰もが黙りこくってしまった。

考えれば考えるほど後味が悪くてどうしようもない。どうして大島家が狙われたのだろう。あの四人組は民兵のような感じで普通の匪賊《ひぞく》とは違うようだ。軍服は着ていないが、仲間内では規律があり、持っている武器や襷《たすき》掛けしている弾薬の装備など、どう見ても単なる民兵ではなさそうだ。

母は気持ちが治まらず、父と今の状況について話し始めた。

「今のは兵隊でもなさそうだが、どういう組織の人なのだろうか？」

「ちょっとわからないが中国にはいろいろな組織があるようだな……。日本はアメリカやイギリスを相手に戦争をしていたんだが、ソ連も参戦してきただろう。これで世界を敵に回して戦っている訳だ。この満洲では当面の敵がソ連だとばかり思っていたが、実際は違うんだよ。日本人が大挙して南下を始め、関東軍の姿が見えないとなれば、土着の中国人の中には敵愾心《てきがいしん》を日本に向ける輩《やから》が出てきても不思議ではないのさ。蒙古人の反乱だって、日本の強制的統治に対する反感の表れでもある。この満洲だって心底には中国人の民族意識があって当然だよ。考えて見れば支那に始まった大陸戦争は終結を見ないまま、世界大戦に向かってしまったのだから大変なことなんだよ。ドイツやイタリアの同盟国は既に敗れ、日本だけが世界から砲火を浴びせられる立場になって追われている。だから中国人だって本当は敵対関係にあると考えるべきではないかと思うのさ」

父の話に納得した訳ではないが、危機感だけは改めて強く感じた。今日は何日なのか、暦が誰にもわからなくなっている。葛根廟の事件は八月十四日だった。あれから何日かの野宿を重ねて、中国人の家にも何日か泊めてもらった。

不愉快な出来事を黙って見過ごして来た母には、少しずつ時間の流れのようなものを感じられるようになっている。この数日間の不思議な出会いや運命を振り返りながら目をつむっていた。重苦しい馬車の上で揺られるまま一時間も走ると再び畑が見えて来た。

やがて馬車は張さんの部落に到着し、出迎えた大勢の人たちによって荷物が下ろされていく。僕たち一家が紹介されると、客人として通され、村長さんをはじめ多くの人たちが歓迎の挨拶に訪れた。ここでも予期せぬ親切に戸惑いすら感じるほどだった。

父は来訪する部落の有力者に心から礼を述べていた。

「今までも張さんには大変お世話になっています。この上、皆さんのご厚意に接して私たちは本当に感謝しています。お礼の言葉もありません」

休息の間に母は張さんの奥さんを捜した。肌身離さず持って来た、お金の一部をどうしても張さん夫妻にお礼の気持ちとして差し上げようと考えているのだ。

しかし、張さんの奥さんは受け取ろうとしなかった。

「そんな心配はしないでちょうだい。大島さんたちはこれからが大変で、いろいろと出費が嵩《かさ》むから大事に持って行ってください。私たちが少しでもお役に立てたのなら、それは過去に私たちが日本人から受けた好意のお返しです。私たちにもいつかはお礼のできることがあればと念願していたことですから気にしないでください。苦しいときはお互いに助け合えば、共に喜びを分かち合えることになるのですから」

そう言って断り続けていたのだが、最後は無理矢理に握らせて受け取って貰《もら》った。こんなにも世話になって、何のお返しもできないままでは、気持ちの収まりがつかない。劇的な家族再会の恩人であり、空腹で倒れそうなところを救って貰い、今また新京へ一歩近づく馬車での旅をさせて貰った。部落の人は大島家を親戚縁者のように面倒を見てくれた。こんなにありがたいことはない。

やがてお昼になり、昼食を終えた僕たち一家は再び出発の準備をしていた。これ以上のんびりしている訳にはいかない。目的の新京へはまだ何日もかかるのだ。

部落の人たちと雑談しているところへ、どうした訳か日本の兵隊が一人迷い込んで来た。軍服を着て、鉄砲を持ったこの兵隊さんは満語が一言も喋れないため、会話ができなくて困っている。

仕方がないので父が間に入って話を聞くことになった。この兵隊さんの話では、二日ほど前に原隊とはぐれてしまい、一人になってからは方向も掴《つか》めず、食糧も使い果たして困っているとのことだ。この先一人で原野を行動するのは不可能なので、部落の農場で働かせてほしいというのだ。

名前は大浜上等兵といい、満洲に配属されて間もないために言葉はまったくわからない。従って日本人以外の人と話をするのは、この日が初めてのことだという。

所属する隊は数日前から南下を始め、大浜上等兵も共に行動していたのだが、用便のため隊列を離れた。草深い原野だから身を隠すには好都合だったが、のんびりと用をすませていると、いつの間にか原隊がいなくなっていた。

慌てて追いかけてみたが、三十人もいた小隊はどこにもいない。忽然と荒野の中に吸い込まれてしまったかのようであった。何キロも見渡せる広大な平原なのに、まるで隠れんぼでもしているように仲間がいなくなり、大浜上等兵は一人ぼっちになってしまったのである。

父も母も大浜上等兵に同情している。自分たちもつい二日ほど前に同じ体験をしたのだから、心情がよくわかるのだ。地形が似ていると兵隊さんでも迷ってしまうものなのかと、僕も不思議に思いながら聞いていた。

大浜上等兵は二日も経過してしまったので、これから原隊に合流することは考えられず、逆にほかの軍隊に見つかることが怖いのだという。制服を着た兵隊が一人だけで原野にいたのでは脱走兵として処罰されてしまう恐れがあったのだ。

「そういうことなら私たちと一緒に新京まで行くことにしましょうか」

父は大浜上等兵の身を案じて、部落に残るよりは自分たちと同行するほうが安全だと考えたのだ。

「すみませんね。この先、大島さんに迷惑をかけないように行動します。ただ私は独り身なので、途中でお別れすることもあると思います。そのときはどうか悪く思わないでください。勝手な言い分ですが、それまでは一緒に連れて行ってください」

その言い方に何か引っかかるものがあったが、父は了解したようだ。

「それにしても大浜さん、その軍服姿では道中が目立つ。原隊に復帰する可能性がないのなら、服を着替えたほうがいいと思うが」

「そうなんです。自分もできれば着替えたいと思っているのです」

「それじゃあ、部落の人に私が頼んであげましょう」

部落の人は快く引き受けてくれて、大浜上等兵は早速着替えた。「この姿ならどう見ても中国人なのに、一言も満語が話せないなんておかしいですね」と自分で笑っていた。

もう三時近くになって、真上にあった太陽も少し西に傾き始めた。いつまでもここでお世話になる訳にもいかなし、「大浜上等兵」から「大浜さん」になって腹ごしらえもすんだところで出発することになった。

村を囲むように緑の畑が広がり、東には小高い丘陵の中腹に続く一本の農道が見えた。

部落の大人たちが外に出てくる。村長さんや張さん夫妻をはじめ多くの人たちに見送られて、丘のほうに歩き出すと突然、後ろのほうから銃声が三発鳴り響いた。

久しぶりに聞いた銃声に、何事が起きたのかと緊張をしながら振り返った。すると部落の若者が走って来て、裏山のほうに逃げなさいと大声で叫んでいる。僕たちが銃で狙われているらしい。僕たちは驚いて丘を駆け上った。

丘に続く畑の中に早く身を隠すしかない。

ダ、ダーン！　銃声がこだまする。

部落の若者が一緒になって走る。「早く早く」と追い立てるように後押ししている。

振り返ったときにちらっと見えた追っ手の影は、馬賊と思われる数名の騎馬隊に見えたが、あっという間に距離が縮まって、早くも部落の中央まで入って来ていた。

ダ、ダーン！　ダ、ダーン！　僕たちをめがけて発砲している。足がもつれて思うように動けない。慌てて物陰に伏せるようにして身を隠した。今度は恐ろしくて動くことができなくなった。

銃声と共に、怒鳴り声まで聞こえてくる。かなり近くまで迫って来たようだ。

どうして僕らが襲われるのか、馬賊の狙いがわからないだけにとても不気味だった。

馬賊の頭領らしき人が「戻れ、戻るんだ！」と大きく手を振って、僕たちを呼び戻そうとしているのが、ここからでもよく見える。

さあ、どうしよう。このまま畑の中に逃げ込んだところで、逃げ切れるかどうかはわからない。相手は数人いるし、馬を使って追いかけてくるから逃げ通すことは無理かもしれない。しかも相手は銃を持っているし、こちらは何も武器を持っていないのだ。

誰か一人でも捕まったり、傷ついたりしたら取り返しがつかなくなってしまう。一緒について来た部落の若者が「戻れと言っているがどうする？」と父に聞いた。これ以上は逃げられないと判断してのことだろう。

戻れと言われても僕らが狙われる心当たりがないだけに不安は増すばかりだ。

ここで戻ったなら、ただではすまないような不吉な予感がしてならない。

困ったことになったな……。変な事件に巻き込まれてしまいそうだ。

「何のことかわからないけれど、自分が行って来ましょうか」と大浜さんが言い出した。

「えっ、大浜さんが行っても言葉が通じないから困るでしょうし、相手も納得しないでしょう。それに何を怒っているのか、わからないとかえって混乱を招くでしょうし……」

父もしばらくの間、相手の出方を見ようと考えている。

よく見ると、馬に乗って追いかけて来たのは、どうも見たことのある連中のようだ。ああ、そうだ。張さんの馬車で移動してくるときに行き合った四人組の民兵のような気がする。それにしても何を怒っているのだろう。あのときとはちょっと様子が違うが、確かにあの連中に違いないようだ。大きな声で喚《わめ》いているのが聞こえた。

「仕方がない。戻ろうや、このまま逃げ通せるとも思えないし、部落の人に迷惑をかけてもまずいだろう……」

裏山の中腹まで来ていたが、父の決断で仕方なく下りていくことにした。部落に入る沿道には大勢の人たちが集まっていて、心配そうにこちらを見ている。

「何を怒っているんだい」

「何か血相変えて追いかけて来たようだぞ」

「どうしたと言うんだい、何が起きたんだ」

「追いかけられるような、悪いことでもあったのか」

「こんなところで銃を撃つなんて……」

部落の人たちが心配している声が直に聞こえる。

ほとんどの部落民が僕たちを遠巻きにしながら、ぞろぞろと着いて来た。

民兵たちと僕たちの間で何か重大な行き違いがあって、事と次第によっては大変な問題になりそうな雰囲気を感じているのだ。

民兵たちはかなり興奮していて、血相を変え今にも殴りかからんばかりに喚き散らしていた。恐る恐る僕たちは民兵たちの前に近づく。

「とまれ、そこを動くな！」

馬に乗った民兵の隊長らしい男が声を上げた。その男には見覚えがあった。やっぱり張さんの馬車で移動中に会った四人の騎馬兵だ。今は三人であった。彼らであれば、僕たち一家が武器を持っていないことは知っているはずだ。

「そこに座れ！」

僕たちは仕方なく、そこの膝をついた。

「お前は何者だ。さっきはいなかっただろう」

大浜さんの顎を銃で突き上げた。驚いた大浜さんは答えに窮している。民兵の一人が周囲の見物人に場所を広げるよう大きな声で指図した。隊長が目を吊り上げて大声で父に罵声を浴びせた。

「お前はさっき嘘を言ったな！　お前のお陰

で仲間の一人が撃ち殺された。この大嘘つきの馬鹿野郎め！」

興奮の収まらない隊長は手を震わせて銃を構えた。「大事な同志を失ったからには、お前たちを生かして通す訳にはいかない。今から銃殺にするから覚悟しろ！」

「何だって？　ちょっと待ってくれ、私は嘘など言った覚えはない。何のことを言っているんだ。ひどいことを言わないでくれ」と父はむっとして言い返した。

「ふざけるな！　とぼけようとしても駄目だ。銃殺にしてやる！」

「ちょっと待ってくれ、何で私が殺されなければならないのだ。私には身に覚えのないことだ。訳を聞かせてほしい」

「お前なんかに訳など説明する必要はない。この豚野郎！　みんな少し下がれ」

見物人が驚いて後退りを始めた。

騎乗の兵士三人が銃を向けたので、正面にいた人たちは慌てて場所を移動している。

「私は何も嘘など言っていない。知っていることを全部話してあなたに協力したのにどういう訳なんだ。あなたの同志が撃たれたというが、どこで何が起きたんですか？」

父はひざまずいているが、両手で話を聞いてほしいと哀願している。

「お前はこの部落の南にある家には、日本人はいたが武器は持っていないと言った」

「はい、その通りですよ。確かに開拓団の一行が泊まっていました。だが武装した人なんか一人もいなかった。それは確かです」

「嘘を言うな！　お前は俺たちをたぶらかした。武器を持っていない者がなぜ俺たちを襲撃するんだ。相手は何発も撃ってきたんだぞ。この大嘘つきの日本人野郎め！」

民兵の一人がガチャと銃に弾丸を装填して高く掲げ、馬の向きを変える。

「こいつの話なんか聞く必要はない。同志はもう帰ってこない。この日本人を生かしておく訳にはいかん！」

隊長は父の肩を蹴りつけた。

「お前なんか死ぬのが当たり前だ！　許さん、一人ずつ銃殺にするからそこへ並べ！」

「待ってくれ、ちょっと待ってくれ。本当に私が嘘を言ったのなら殺されても仕方がない。だが私が見たときには確かに開拓団の民間人が二、三十人いたんだ。女や子供がほとんどで銃や武器を持っている人は見なかった。本当なんだ。信じてほしい。私は中国人に感謝することはあっても恨みを持つようなことは一度もなかった。だからあなた方に嘘など言う必要もないし、考えたこともない。これは本当なんだ」

父も憤慨した口調で真剣に説明している。

だが、隊長は怒り心頭に発していた。「駄目だ！　同志が殺された以上、お前の言い訳なんか聞きたくない。全員射殺するから横に並べ。もう一切話は聞かん」

すごい形相で睨まれ、銃が向けられた。

僕たちはすっかり狼狽《ろうばい》して、並ぶどころか後退してしまった。父が一人説明するだけで、横にいる母も大浜さんも何一つ抗弁できないし、証明することもできない。

「早く並べ！　ぐずぐずするな！」

隊長は父に馬を寄せて、銃床で父の肩を突いた。「お前が一番だ。これで目を隠せ！」汚い汗ばんだ手拭いのようなものを投げつけてきた。もう逃げ出すことはできない。話も聞いてくれない。完全に窮してしまった。絶体絶命だ。いよいよ殺されてしまう。どうしたら真実が解って貰《もら》えるのだろうか。身に覚えのないことで殺されてはたまらない。

あまりにも残念だ。無念だ。何か方法はないものだろうか。このままでは悔いが残る。

父は最後の最後まで死んではならないと言い聞かせて来たが、これ以上は手立てが見つからない。ついに観念しなければならないところまで追い詰められてしまった。

「信じて貰えないのは残念だ。同志を失ったあなた方の気持ちもわかる。だが、真実が認められないで殺されるのではあまりに理不尽だ。どうしてもあなたが殺すと言うなら仕方がない。だが……私一人にしてくれないか。ほかのものは罪がない」

父は覚悟して、最後の声を振り絞るように隊長に訴えた。その声は震えている。

父の目と隊長の目が合った。だが、隊長は怒った顔つきを変えず、お前の話なんか聞きたくないという態度のままであった。今さら何を言うかという態度で睨んでいる。

部落民たちはどうなることかと固唾《かたず》を飲んで見守っていた。のっぴきならない土壇場を沈黙が支配する。民兵が射撃位置に移動していく。

老婦人が隊長の前に歩み出て、まあまあと手で抑えるように話を始めた。「この人は真実を言っているように思うよ。ちょっと私の話を聞いてほしい。ここで一つの過ちがあったとして、二つの過ちを重ねたら、それは大変不幸なことだよ。何とか許してやる方法はないのかね」

緊迫した雰囲気の中で、老婆の語り口が雰囲気を変えてしまった。まわりにいる人々の中からも「そうだ、そうだ、その通りだ」という声が漏れ始めた。

民兵のうち二人が馬から下りて、部落民に訴え始める。「問答している場合ではない。こいつの言葉を信じて俺たちが南の家に近づいたら、いきなり発砲してきたんだ。まるで待ち伏せしているようにな。不意を突かれて同志は弾に当たって死んでしまった。我々が迂闊《うかつ》だったのかも知れないが、この男の言うように武器を持たない民間人だったら、撃ってくる訳がないではないか」

もう一人の民兵も拳を上げる。「我々四人を相手に、現に撃って来たんだ。どうしてこの男の話を信じられる？」

父にふと考えが浮かんだようだ。

「私があの民家へ行ったのは、昨日の朝の六時頃だった。あなた方が行ったのは今日の一時頃の話だろう。私の会った開拓団の人は一夜泊まりの避難民であったことは確かだ。もしかすると、あのときの一行は既に去って、ほかの誰かが家に入っていたのではなかろうか。それしか私には考えられない。私の見た民間人なら、決してあなた方を敵対視するような人ではなかった。これは本当なんだ。信じてほしい」

隊長はほんの少し沈黙したが、おもむろに言葉を発した。

「我々はこれ以上無駄な時間を費やしている暇はない。死んだ同志のためにも我々は黙って引き下がる訳にはいかないのだ。我々は理不尽ではない。この日本人の話も聞いた。だが、それは無罪の証明にはなっていない。一人の命が奪われた以上、無罪放免には絶対にできない」

そして一呼吸ついてから隊長はさらに続けた。

「これから最後の結論を言おう。私と仲間の寛大な慈悲によって、子供たちだけは特別に解放してやる。だが、それ以外のものは全員銃殺刑に処する。これが結論だ！　今から処刑を始める」

そう言って射程距離をとるため、数歩下がって銃を向けた。部落の女性が僕たちを連れ出してくれた。射程方向にいた人たちは急いで場所を変えた。

緊張の空気が張り詰め、今まさに父母との今生の別れにならんとしている。ドキン、ドキンと心臓が大きく波打ち、僕は呆然と立ちすくんだまま、身動き一つすることもできない。

急に悲しみが込み上げて、目の前が霞んで何も見えなくなってしまった。もう止めることはできない。とめどなく涙が溢れて、胸が締めつけられるように苦しい。いたたまれなくなった僕は大きな声で「うわ！」と泣き出していた。「嫌だ！　父さんを撃たないで！　誰か助けて！」

今まさに発射せんと引き金に指がかかった。もう絶体絶命だ！

そのとき、銃口の前にさっきの老婆が飛び出した。

「ちょっと待ちなさい！」

民兵たちは驚いて老婆を見る。

「過ちがあったならば、あなた方も取り返しのつかないことになるんだよ。ここは大事なところです。少しだけ私の話を聞いてほしい」

まわりは静まり返り、老婆に注目する。やがて老婆は穏やかに話し始めるが、その一言一句に周囲の人たちは頷き始める。

「そうだ、婆さんの言う通りだぞ」

「こんなところで殺し合ってはいかん！」

「罪のない人を殺したら、殺した人が罪になるんだぞ！」

「中国人はやたらと人は殺さないものだ」

「どうしてもやるのだったら、人民裁判でもやってからにしたらどうなんだ」

「誰にも殺す権利はないはずだ」

「真実がわかってからにしろ！」

「子供たちをどうするのよ。そんなに悪い人ではないのよ」

「早まってはいかんぞ、罪つくりはやめろ！」

部落の婦人たちも次々に声を出して、「やめろ、やめろ」と騒ぎ出した。だが、隊長は銃で狙いを定めたまま、引き金に手をかけていた。老婆は「やめなさい」と、隊長の腕にすがりついて銃を下ろさせようとしている。

腕に手をかけられた隊長は思わず老婆を見返した。邪魔をしないでくれという目つきだ。

老婆はじっと隊長の目を見据えた。

「あなたは今までに、何人の人を助けることができたか思い出せるかね。殺すことはいつでもできるが、助けることはそうあるものではない。あなたが思い留まって助けることができたなら、あなたは大勢の味方を作ることになるんだよ。この人は嘘を言っているようには思えない。この場はこの婆に免じて助けてやってくれないか……」

老婆の目は慈しみに溢れていた。

銃を持つ腕を抑えられた隊長は、周囲の目と声が、老婆に加勢していることを感じて、そっと銃を下ろして仲間の同志二人に目をやった。

野次とも声援ともつかぬ声があちこちから飛んでくる。「助けてやれ！　我慢も大切だぞ！」

隊長は仲間の民兵に目配せして銃を下ろすように指示を与えた。しばらく瞑目《めいもく》していた隊長は、やっと目を開いて話し出した。「このお婆さんがそんなに言うのなら、私は銃を収めることにしよう。だが死んだ同志のことを思うと私は断腸の思いだ。同志よ、許してくれ……」

部下に目をやり、土下座している父母と大浜さんを見てから、周囲の部落の人たちを見回した。

「騒がしてすまなかった」と詫びの言葉を述べた。

部落の人たちの間に安堵のどよめきが起きる。「おう、やった！　よくこらえた。立派だぞ」

隊長は銃を肩にかけ直すと口を開いた。

「私は欧樹林《オウツーリン》という者だ。この場は婆さんに免じて全員を解放してやる」

そう告げると、何もなかったかのようにさっと馬に跨《またが》った。父も母も大浜さんもぐったりとしてすぐには立ち上がれない。急な展開に僕は訳がわからないまま、いつの間にか泣きやんでいた。

婦人たちが大勢寄ってきて「良かったね」と優しく声をかけてくれる。

ああ、本当に助かったんだ。許して貰えたのだ、死ななくて良かった。父は土下座したまま「謝《シェ》謝《シェ》」と騎馬の三人に礼を言うと、部落の人たちにも深々と頭を下げた。命拾いした父は立ち上がろうとした。だが、前のめりに大きくよろめいてしまった。

一時間以上も、膝詰めで必死に命乞いをしていたので、平衡感覚を失っていた。よろめく身体を、側の人が手を差し伸べて支えてくれなければ、立ち上がれないほど身体は硬直していた。

立ち去ろうとしていた欧樹林隊長は、思い出したように振り返って言った。「お前たちは南を目指して行くんだったな。これからの道中にも何が起きるかわからない。この先、安全に通れるように、これをやるから身に付けて行くといいだろう」

隊長は自分の右腕に付けている腕章を三つに切り裂いて渡してくれた。何を意味しているのかわからないが、これを付けていれば安全に通れるのだと、わざわざ父に分け与えてくれたのだ。

さっきまであんなに恐ろしい顔で絶対に許さんと怒鳴っていた隊長が、なぜか別れ際に僕たちの行く先を思いやって親切にしてくれる。どうして急に変わったのかはわからない。

部落の人たちの親切にほだされたのか、あるいは罪滅ぼしのつもりだったのだろうか。息詰まるような緊張から、解き放された部落民の顔にもほっとした安堵の色が浮かんでいた

殺意という興奮から覚めた隊長は、ほのぼのとした表情を浮かべていた。隊長は二人の部下と早口で何事か告げると、馬に一鞭《ひとむち》くれて走り去った。この赤い布切れが何を意味しているのか、そのときはわからなかった。あとになって中国共産党の「労働」を意味する腕章であったことが判明する。

人はなぜに

民兵の後ろ姿を見送った父は、部落の人たちに何度も礼を言ってからすぐに旅立つ準備に取りかかった。とんだ災難から解放された僕たち一家は再び新京へ向けての逃避行が続いていくのだ。部落の婦人の中には、僕と弟の手をとって「しっかり歩いて行くのよ。はぐれないように頑張るのよ」と励ましながら一緒になって裏山の途中まで見送ってくれた親切な人がいた。命の縮まる思いをした僕たち家族と大浜さんは夕暮れの丘を急いで歩いている。少しでも早くあの忌まわしい出来事から遠ざかりたかったのだ。

緑に囲まれた畑道を抜けて、一段落したものの、どうしても今の一件が頭から離れないでいた。母が言った。「いやあ、びっくりしたよ、本当に。助からないと思っていたもの。あたしは……」

父も心底恐ろしかったのだろう。「俺だってこんな事件になるなんて思ってみなかったさ」

「何かの弾みというのかな……。危うく一家離散になるところだった」と兄も言う。

「大浜さんもとばっちりをくって、とんだ災難だったね」と母が言う。

「自分は何がどうなっているのか、全然わからないので驚きましたよ。あんなところで殺されたら何のために故郷を出て来たのか、悔やんでも悔やみ切れないところでした」

「それはそうだよね。戦地へ向かったのに原隊とはぐれて、荒野を彷徨《さまよ》った挙げ句、見知らぬ部落で見知らぬ大島一家と巡り会い、訳のわからない事件に巻き込まれて命を取られたのではたまったものではないからね」

母はここまでの歩く道すがら、ずっとあの老婆のことが頭から離れない。

「だけど、あのお婆さんは偉い人だね。他人のことなのに身体を張って必死に止めに入ってくれたんだよ。誰にもできないね、あんなことは……」

「本当だよ、あと一秒でも遅れたら今頃は命がなかっただろうね」

父は頷きながら、そのときのことを語った。「『この人は本当のことを言っている』と断言していたよ。俺も聞いていてびっくりしたのだが、『過ちを重ねることはいけないよ。真実とは一つしかないものだから軽率には決められないものだ。ただの感情で決めてはならないんだよ』なんて冷静に話すんだもの。こっちは風前の灯火《ともしび》で、息もできないくらいだったが、あのお婆さんの落ち着いた物腰には本当に恐れ入ったよ。そういえば『あんたは人を助けたことが何回あるかね？』と聞いていた。『殺すことは簡単でも助けることはそう数あるものではない。もし、ここで助けることができるなら、あなたは多くの友人をつくることになるんだよ』なんて諭《さと》しているんだ」

「へえ。そんなふうに言っていたのかい」と母は感心しきりだ。

「そうなんだよ。とても普通には言えないことだよな」

もう完全に殺されると、父は覚悟していた心臓の鼓動が高鳴り、思わず胸に手がいった。

「目をつむったら最後、絶対に撃たれると思って、俺は相手を睨み返していたんだ」

「大島さんは顔面蒼白で、汗を流していました。自分は助からないと直感して震えが止まらなかったんです」と大浜さんが言う。

父は「よく助かったもんだね」と言う。

「同志が撃たれた以上は絶対に許さん、と怒り狂ってましたね」

「それを誰一人傷つくことなく、全員許されるなんてね。身の毛もよだつとは、こんなことを言うんだろうね」

「助かったのはすべてあのお婆さんのお陰だね」と母が言った。

「中国人の人柄なんか、自分はまったくわからないですが、今の出来事に自分は感動してしまいました。お婆さんは我々だけではなく、部落の人も、そしてあの民兵たちも救ったように思うんです」と大浜さんも感心するばかりであった。

「大浜さんは軍隊での戦闘経験はあるんですか？」と父が聞いた。

「満洲に来てからはそんな場面に出くわしたことはありません。やっぱり闇雲に殺してはいけないと思います。さっきのように助けることができるなら、自分もそうしたいですね……」

「撃ち合いになったらそうもいかんでしょう。だけど、縁《ゆかり》も所縁もない日本人のために身体を張って助ける人がいるだなんて信じられない行為だね。自分たちもそうありたいものだね」

父はそう言いながら張さんのことを思い出していた。決して裕福な生活ではないのに、大島家の一家が再会するまで、心を砕いて世話をしてくれた。何の得もない通りすがりの難民にましてや異国の人に対して、どうしてあのような慈愛溢れる態度で接することができるのだろうか。

到底自分には真似のできない立派な行為だと、感服せずにはいられない。張さんだけではなく、欧樹林隊長の態度にも敬服すべきところがある。同志が撃たれて、仇を撃つために引き返しながら、村人の強力な説得に決意を曲げて銃を下ろしているのだ。そのときに発した言葉が心に残るのだ。「再び帰らない同志を思うと、私は断腸の苦しみである」と天を仰いで同志のことを偲《しの》んでいた。

ただ、父にも引っかかる疑問が一つだけあった。本当に日本人があの四人組を一方的に撃ったのだろうか。日本人が危害を加えられたのだったら、反撃することもあるだろう。突然襲いかかって殺し合いになるのなら誰も止められない。如何《いか》に戦時態勢とはいえ、もう少し双方に思慮があっても良かったのではないかと思えるのだ。

いきりたっていた隊長が、私や村人の話に耳を貸すことなく、その場で射殺したら隊長の心は果たして晴れたのだろうか。大人だけでは飽き足らず子供までも銃殺したところで、死んだ同志が帰ってくる訳でもない。流した血が部落民の心を痛め、死体を片付けたあとも、互いに割り切れない不信感だけが残り、後味の悪い結果になっていたであろう。

張さんは私たちの一家を救い、幸運な巡り合わせを心から喜んでくれた。それが予期せぬ突然の事件に巻き込まれてしまった。折角、馬車で自分たちの本家まで連れて行った直後のことだ。

こんなところで、客人が全員射殺されたとしたら、張さんの親切や善意はすべて水泡に帰してしまう。それどころか罪人を連れて来たことで部落の人たちに迷惑をかけてしまうのだ。そうなったら張さんの立場はあまりにも空しく、いても立ってもいられない気持ちになったはずだ。結果としてお互いに疑心暗鬼の不快感を抱くことになってしまうのだ。騒動が起きれば、誰もが冷静に判断する力を失ってしまうものである。

そんな中であの老婆をはじめ、部落の人たちが声を一つにして「殺してはいけない、過ちを重ねてはいけない」と叫び合っていた。

助かった自分たち一家の喜びも大きかったが、願いが聞き入れられた部落の人たちの喜びもこの上ないものだっただろう。

部落の人たちの願いを聞き入れた隊長も偉かったと、今にして思える。その決断が大勢の人々の心まで救うことになったのだから。ほかの民兵もきっと納得してくれただろうと思う。

もしもこのとき、大人たちの諍《いさか》いで銃が発射されていたなら、僕たちは残留孤児となって、それぞれが別の運命をたどっていったであろう。

逃避行の中で生死を分ける最大のピンチを逃れることができたのだ。僕たちが残留孤児になったかも知れない大事件はこれで三回目である。一つは葛根廟《かっこんびょう》事件での惨劇、次に草原ではぐれた丸一日、そして今度の銃殺事件に巻き込まれたことだ。

人の運命はどこでどう変わるのかまったく予測がつかない。この事件ももしかしたら子供がいたから助けてくれる結果もあり得るのだ。ほかにも父や大浜さんが真剣に謝ったから許す気になったのか、あるいは馬車ですれ違った際に張さんと長話をしていた何かが糸口となって許すということになったのもあり得たのだ。

父の誠実な言葉が老婆の心を打ち、それを見守っていた部落の人たちの目が民兵の心を怯《ひる》ませたという場合も考えられる。運命はいろいろな選択肢で編まれているといえよう。

畑の中の道を進みながら、事件に関わった人々の心について様々な角度からの話が続いた。

「あのとき張さん夫婦は、どういう訳か、あの現場にはいなかったよね」と兄が言う。

「あまりの剣幕で隊長が怒っていたから、本当に殺されると思って見ていられなかったんだと思うよ」と母は言う。

「いや、日本人と共謀して同志を撃たせたような嫌疑をかけられる立場にあったから、長老が匿《かくま》って外に出さなかったのかも知れない」と父が答えた。

一軒家で大島家が再会したことを知らない大浜さんが「日本人同士が助け合うのならわかりますが、異国の人でも同じ人間同士として、躊躇《ちゅうちょ》なく行動できる中国人は偉いものですね。自分はとても感動しました」と言う。

「開拓団の人が撃ったのか、別の人が撃ったのかはわからないが、人が狂気を持っていることは事実でしょう。その一方でこの大陸の空のように、広くて澄み渡った心を持つ人がいるのも事実なんだね」と父も感嘆の言葉を口にした。

「自分は戦争をするために大陸へ来たのですが、中国人を相手に戦うことがなくて本当に良かったと思っています」

「乞食同然の生活をしている中国人でも、お金には不自由していない豊かな中国人でも、度量が大きいという点では同じだと思うよ」

母は父の言葉に頷いた。「あのあと子供たちの手をとって途中まで送ってくれた若い女の人なんかも、まるで自分の身内を送っているような親切さなんだから、本当に立派な人たちだわね」

母はふと思いついたように疑問を呈した。「でも、あんなに怒っていながら、最後は簡単に許してくれたけど、本当に仲間が殺されたんだろうか。日本人を処刑する口実にあんな芝居をしているってことも考えられないの？」

父はいやいやと首を振る。「そういう考え方が日本人的な狭い了見なんだよ。中国人は何千年の歴史の中で幾度も大きな戦いをやっているが、皆殺しにするような殺戮の戦いはやっていないんだ。人間が大きいというのか大陸的というのか、清濁《せいだく》あわせ飲む器量の人が昔から多いのだよ」

いつの間にかすっかり日が落ちてしまった。ずっと畑が続いているので自分たちがどこを歩いているかがわからなくなる。このまま歩いて行くと、再び人家に出てしまうことがありそうだ。今日は人家を避けて何とか無事に通り抜けてしまいたかった。

夜になってから、うっかり部落に入ってしまうと相手が警戒して騒ぎになる恐れがある。畑の中を逃げ惑うような事態が起きると、六人がばらばらになる危険性もある。そうなっては大変だ。空が暗さを増すたびに僕たちの緊張も増していった。

しばらくすると、丈のある高粱《コーリャン》畑の前方が開けて、広い段々畑に出た。

「あの畑は蔓ものがあるみたいだ。もしかすると西瓜《スイカ》か瓜の畑かも知れないぞ」

父の言葉にみんなの期待が膨らんだ。

立ちどまって畑を見渡すと、何となく甘い匂いが漂ってくる。

「まだ熟してはいないだろうが、少し採ってこようか。今のうちに腹ごしらえをしておいたほうがいいからな。お前たちはそこで待っていろよ。俺がちょっと行ってくるから」

そう言って父が畑に下りて行った。

あたりを気にしながら畑の中に潜り込むと、手探りで葉っぱの下を探っている。やがていくつかの小さな瓜を抱えて父が戻って来た。

父が抱えてきたのは甜瓜《マクワウリ》だった。まだ青くて未熟なものばかりだった。

「あと二十日も経つと食べ頃だろうが、これでも食べられそうだから少し食べておこうや」

瓜の泥を拭い、瓜と瓜をぶつけて割ると、中からぷーんと青臭いながらも瓜の匂いがしてきた。

「少し早いのが残念だけど、贅沢を言っている場合でもないから我慢しよう。これだって少しは水分もとれるから上等だよ」

父は笑いながら齧《かじ》りついている。

僕が食べた瓜は、特に味もなく水気も感じない未熟な胡瓜《キュウリ》みたいなものだった。それでも何か口に入ると、気持ちも落ち着いて元気も出るからありがたい。

今度は兄が「僕も採ってくるよ」と張り切って畑に下りていった。

草原の中を彷徨《さまよ》うのとは違って、目的のある行動だと勇気も出てくるらしい。兄の動きは敏捷《びんしょう》であった。

僕たちは段々畑を上がって腰を下ろし、何気なく遠くを見ていると遥か彼方に薄ぼんやりと灯りが揺れていた。やっぱりこの近くに人家があるのだ。ここで見る限り、危険はなさそうなので、腹ごしらえをしながらしばし休憩することにした。

「八月も末に近いにしては、少し実りが遅いような気がするね」

「こんなもんじゃあないのかな。九月になって一斉に収穫するのが普通だよ」

「そうかね。玉蜀黍《トウモロコシ》も西瓜も甜瓜もサトウキビも、今食べられそうなものが何もないなんて、不思議なものだよね」

「確かにそうだよな。人参も白菜も大根や茄子なんかもないしね。高粱と玉蜀黍ばかりだから驚いてしまうよ」

「普通の野菜は農家の近くでしか作っていないみたいだね」

夜風にあたりながら、僕たちは久しぶりにのんびりと雑談を交わしていた。

何事もなければ、普通に明日がやって来て、平凡な一日が当たり前に過ぎていく。それなのに、この一週間は何と慌ただしかったことか。いつ死んでもおかしくなかったのに、こうして生きながらえていることを不思議に思いながら、しばし感慨にふけっていた。

この先のことを考えると、今までと違った不安が浮かんでいる。

いくつかの瓜をポケットにねじ込んだ。いよいよこれから夜の逃避行を急がなければならない。

「さあ、そろそろ出発しようか」

父の声でみんな腰を上げた。

真っ暗なので離れ離れにならないよう手を繋いで畑の奥に向かって歩き出そうとしたら、大浜さんが変なことを言い出した。

「大島さん、いろいろ考えたのですが、この先は皆さんと一緒でないほうがいいように思います。これから先、どうなるかはわかりませんが、自分はここで皆さんと別れようと思います」

突然の申し出なので父も驚いている。

こんな真夜中に、畑の中で別れるというのだから僕たちは呆気にとられた。

「自分は独り身だし、一人で生きるのは何とでもなると思います。原隊とはぐれたときから自分は中国人の村で働いてみようと決めていました。実は集団行動が苦手で、皆さんと一緒に行動していては、いつか迷惑をかけてしまうように思うんです」

「まだ出発したばかりではないですか。何も迷惑なんてありません。こちらのほうが心配をかけたり迷惑をかけたりしていたのに、どうしたんですか、突然に……」

「自分はもともと百姓育ちですから、こんな大地で暮らすのは性に合っているんです。言葉が不自由ですが、足腰は鍛えているから自信はあります。大島さんは道中お気をつけて。無事で目的を遂げてください。自分は今来た道を引き返してみます。本当にお世話になりました」

訥々《とつとつ》と話す大浜さんの決意は固いようだ。止めてみたところで変わるとは思えない。残念なのは途中で別行動すると言われたのが、何か裏切られたような妙な気分になってしまうことだ。もともと父は家族だけで行動する予定だったから、反対する理由は何もない。

「そうですか。力強い味方ができたと喜んでいたんですが、それほど決心しているのなら仕方ないですね。この先の運命は誰にもわかりません。そうと決まったら、お互いに命を大切にしましょうや。今日のような事件に遭わないように幸運を祈ります。何事も辛抱して、身体を大切にしてください。それじゃあ、ここでお別れしますよ。どうかお元気で、ご無事を祈ります」

ここで大浜さんとは別れることになった。

大浜さんと会ったのはお昼過ぎのことだったから、わずか一日のお付き合いだった。それにしても何か割り切れない。一人歩きが性に合うのかも知れないが、中国語が話せないのに、村に帰って大丈夫なのかと心配だ。さっきの村に帰れるかどうかさえもわからないのである。うっかり原隊とはぐれてしまうような人が、土地勘もなく知人もいない村でやっていけるものだろうか。

それでも村に戻りたいと言うのだから、余程あの村が気に入ったとしか考えられない。本当に不思議な兵隊さんだった。

大浜さんが去ってから、僕たちはまた元の五人家族に戻り、畑や草原の中を歩き続けることになった。長いこと畑の中を歩き続け、ようやく畑が途切れて平原が開けた。

父はここで足を止めた。「今晩はこの畑の中で寝て行くことにしよう。明るくなったらこの草原地帯を歩くことにするんだ。草の上で寝るより畑の畦《あぜ》で横になるほうが身体が休まるし、丈のある高粱で身を隠せるから何となく安心して眠れるよ」

そんな話になって、草原から少し引き返し、畑の窪みで野宿の一夜を明かすことになった。日中は焼けるような暑さでも、夜明け前になるとかなり冷え込む。土の上に直に寝ると寒さで震えてしまいそうなものだが、真夜中まで歩き続けた僕たちは、寒さを感じる暇もないほどぐっすりと眠ってしまった。

朝日が昇ると、早速歩き始める。持っていた手荷物は次々に減って、今ではタオルの入った手提げ一つに水筒しか残っていない。興安街を出るときには、リヤカーを使うほどの大荷物だったが、鞄もトランクもリュックも風呂敷包みも全部失ってしまった。

父は持っていた小銃を弾や銃剣と共に手放している。手榴弾もない。弟の帽子やタオルも戻ってはこなかった。もうこれ以上は落とすものはないであろうし、忘れてしまうこともないだろう。土に汚れた外套《がいとう》や紐のなくなった運動靴も身に着けているからこそ、なくすこともなく役に立っているのだ。ただ、何といっても心細いのは護身用になりそうな、刃物や武器を持っていないことである。それがこれから先の道中の不安材料であった。だが、それを口にしても詮ないこと。今はただ運を天に任せて歩くのみである。

大草原の中に入ってしまえば当然人家はなくなり、これから先は水や食べもののことを心配しながら歩かなければならない。一時間や二時間歩いたところでどれほどのものか。この大平原は限りなく広いのでまったく変化がない。

炎天の草原に飛び出すバッタと草むらの中に働く蟻を見ながら、ただぽつねんと歩く。

自由気ままな家族ハイキングなら、このあたりで弁当を広げて、愛犬のチビを相手に遊べるのに……と想いを巡らせながら歩いていた。あの葉っぱで草笛をつくったり、押し花用の花を摘んだり、絵日記のための絵を描いたり、紙飛行機を飛ばしたりしているだろう。

しばらく歩いていると、後方から何か追っ手が来ているような気配を感じて、何気なく後ろを振り向いて驚いた。ロバに乗った人たちが僕たちを追いかけて来ているのだ。

「大変だ！　満人が襲ってくるぞ、早く逃げるんだ、急げ！」

父は弟を背負うと、僕の手を引っ張って一目散に駆け出した。満人たちは二メートルもありそうな長い棍棒や草刈り鎌などを手に追いかけてくる。

「止まれ！」「待て！」「逃がすな！」と口々に叫んでいる。

どうして追われるのかわからないが、捕まってはそれこそ大変だ。追っ手の数は十人ほどだ。しかもロバに乗っているからすぐにも追いつかれてしまいそうだ。藪を目指して無我夢中で走った。

すると突然、足が水に浸った。目の前は大きな川であり、濁流がごうごうと音を立てて流れている。

追っ手はロバから下りて、僕たちを追いかけてくる。「逃がすな！　あそこだ、あそこにいるぞ！」

父は僕の手を引っ張って川の中へぐいぐいと進んでいく。母も兄も遅れては大変だと必死になって泳ぐように川の中を進む。

川の底は葦《あし》や水草の根が縦横に這《は》っていて、とても歩けるような状態ではない。父に手を引かれていなければ流されてしまうだろう。目や耳に水が入る。嫌というほど水を飲まされて息もできない。川がだんだん深くなって胸の上まで水に浸かると、もう歩くこともできない。

追っ手は僕たちが飛び込んだ水辺にいて、大きな草をなぎ倒して、僕たちを捜している。

僕の手が父の手から離れてしまった。

「あっ、待って」と、父は流れにのみ込まれそうになった僕を掴《つか》まえて「声を出すな！」と告げた。

そしてさらに深みのほうへ向かって行く。

首のところまで水に浸かり、ついに背泳ぎの形で父から引っ張られるようになった。

口や鼻に水が入って苦しい。父の手に掴まり、川の中ほどまでくると葦の根が横たわっているところに足が届き、何とか体勢を立て直すことができた。

母も兄も、すぐ側で立ち止まっている。太くて丈夫そうな葦はうっそうと生い茂っており、僕の倍以上の丈があった。

ここなら身を隠すには絶好の場所かも知れない。満人たちは川に入って来たようだ。僕たちを捜している声が岸辺のほうから聞こえる。

「あっちの方に逃げたぞ！　誰か先回りして捕まえろ、逃がすなよ！」

僕たちは太い葦に掴まったまま動きを止めた。

ガチャッ、ガチャッと金属の当たる音や、怒鳴り声がすぐ近くで聞こえる。

この先はもっと深くなっているのか、向こ

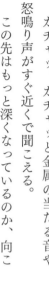

う岸までどれくらいあるのか見当もつかない。僕の心臓はドキドキと脈打つばかりである。あたりが急に静かになった。僕たちが動き出したら捕まえようとして、じっとこちらの様子をうかがっているようだ。

川の流れる音だけがやけに大きく聞こえる。父は首まで水に浸かりながら、我慢するんだぞ、しばらくの辛抱だ、動いてはならん、じっとしていろよ……と目で合図してくる。

もう七時を過ぎている頃だから、やがて日が落ちる。こうなれば我慢比べだ。幸いなことに水はそれほど冷たくないので、体は何とかもつだろう。川はごうごうと音を立てて流れているので、少しくらいの音は掻き消えてしまうだろう。繁みの中にすっぽり潜り込んだので、簡単に発見されることはなさそうだ。

僕らが動き出さないため、痺れを切らした満人たちが何事か叫び出した。

葦の葉が揺れ動くたびに、人の声が近くなったり遠くなったりしている。時々、足に魚が当たる感触があった。一時間は過ぎたと思うが満人たちは僕たちが出てくるのを待つ気でいるらしい。今度は反対側の岸辺から満人の声が聞こえて来た。どうやら先回りした追っ手が対岸に到着して挟み撃ちの態勢をとったようだ。両側から僕たちの動きを監視しているのでは、迂闊《うかつ》に動けない。

「いたぞ！　こっちだ！」

怒号のような声と共に満人たちが移動を始めた。

ついに見つかったかと一瞬、肝を冷やした。しかし、満人たちは上流のほうへ向かって行った。どうやらまだ見つかってはいないらしい。

だんだん夕日が西に傾き、もう少し我慢すれば暗くなる。それまでじっと辛抱するしかない。あと一時間の我慢比べだ。

満人たちは上流と下流を行ったり来たりし始めた。対岸からの怒鳴り声が恐ろしくて身体が震えた。

満人たちの声は次第に小さくなっていった。諦《あきら》め始めた人もいるようだ。

「おかしいなあ、どこへ行ってしまったのだ。あのまま泳いで向こう岸まで行ってしまったのか？」

「それは無理だろう。子供がいたんだ。そんなに速く動ける訳がない……」

対岸でも二、三人の声がする。まだ粘っているようなので油断はできない。

今度は川に向かって石を投げ始めた。パシャン、ポシャンと石が水面に落ちてくる。石はどこに落ちてくるかわからない。頭を防ぐことはできないのでどうしようもない。

葦は丈が高いので身を隠すにはいいが、上空を飛んでくる石の位置を見定めることはできない。防御が不可能なので、それこそ運を天に任せるしかないのだ。

また、満人の話し声が聞こえてきた。

「やっぱり逃げてしまったらしい」

「流れが速いから流されてしまったのだろう。それにしても一人も見つからないなんて変だな。泳げる訳でもないだろうに、俺には信じられん」

「結局下流に流されてしまったんだよ。声も聞こえないし、それしか考えられん」

「それにしても逃げ足の速いやつらだ。不思議なこともあるものだ」

「逃げられる訳がない。魚じゃあるまいし、水の中を潜ってなんか行けないよ」

まるで、魚釣りでも楽しんでいるような言いぐさだが、こちらも満人たちの話し声が聞こえるほうが安心できるようにもなっていた。

ここまで頑張ったのだから、もう捕まる訳にはいかないぞ。あと少しの辛抱だ。それにしても彼らはどのあたりから僕らに目をつけたのだろう。目的は何なのか、お金を奪おうとしているのか、それとも着ているものを奪おうとしているだろうか。あるいは何かの恨みを晴らすために僕らを追って来たのか。

父も同じようなことを考えていた。昨日、民兵に追われるまで、会った中国人はみんな親切に味方してくれた。いきなり凶器を持って襲いかかる暴徒の真意がわからない。この分だと何とか助かりそうだが、この先、同じようなことが起きないとも限らないのだ。

僕たちに恨みを持っての行動だろうか。捕まったら万事休すだ。そのときは我々の運命もそれまでと諦めなければならない。やっぱり人家のないほうへ向かうのは正解だったのだ。

激流に揉まれているうちに、頭も朦朧《もうろう》としてきた。すっかり暗くなって、満人たちの声も聞こえなくなり、流れの音だけがひときわ大きく感じるようになった。

「よし、行こう。もう大丈夫だ」

父が川を渡り始めた。僕たちも父に続く。

「岸に上がってからも、灯りが見えたら気をつけろよ。待ち伏せしているかも知れないからな」

父は注意深く葦の葉を掻き分けながら進んで行く。

僕は川底に這った草の根を踏み外さないようにしながら恐る恐る川の中を進む。途中で水にのみ込まれそうになったが、どうにか対岸にたどり着いた。

長時間水に浸かっていたので、運動靴の中の足もすっかりふやけてしまい、顔や手も血の気を失い、みんな病人と同じような状態になっていた。

周囲を見渡したところ、もうどこにも人の姿はない。どうにか逃げ切れたようである。

僕たちは脱いだ服を絞り始めた。緊張感から解き放たれた父は笑みを浮かべている。

「しばらく風呂に入っていなかったから、丁度良かったじゃあないか」

「でも、洗いすぎて身体中がふやけてしまったよ」と兄はシャツを脱ぎながら身体を見せた。

「こんなに足がふやけたんでは、長く歩くのは無理だろう。今夜は早めに休んでおくことにしよう。しかし、こんなに濡れたままでは横になることもできないか……」

兄は苦笑いを浮かべた。「でも、濡れて横になれないことで悩めるくらいなら良かったよ。誰かが捕まったり、川に流されていたら、そんなことを言ってもいられないでしょ」

「それはそうだ」

僕は空腹を嘆いた。「もう腹ペコだよ。今日も一日何も食べなかったからね。こんなことなら、昨日の甜瓜をもっと食べておけばよかった」

兄は少し得意気であった。「僕があとから採ってきた瓜を食べられたのだからありがたく思ってくれよな。あれがなかったらもっと腹が減っていたんだから」

父が言った。「この先に畑があれば、何か食べものにはありつけるんだがな……。しかし、畑は危険なんだよな。さっきみたいなことがまた起きないとも限らんし……」

「心配ばかりしていてもどうしようもないよ」と母が開き直ったように言う。「じっとしている訳にもいかないのだから、歩いたほうがましじゃないの」

「そうだな」と父は頷いた。「濡れていたものも体温と夜風で乾くだろう。頑張って歩くとするか」

僕たちは暗闇の中を歩き始めた。ゆっくり大地を踏みしめて歩く五人の姿は、傍目から見れば、まるで影絵のように美しくもあっただろうが、実際は家族全員の気持ちが塞ぎ、重々しい歩みでもあった。

次々に起きる事件を母は心配して、何かに呪われているようだと嘆《なげ》いている。父は達観しているかのように平然としていた。

「心配ばかりしていても切りがないよ。ここまで無事にこられたのも神様のご加護があったからだと考えたほうがいい。正直なところ、立て続けに恐ろしい目に遭うが、よくもここまでもつことができたもんだ。命拾いの連続なんだものなあ。ハッハッハッ」と笑う。

「こんなことでは新京までたどり着くとしたら、あといくつ命が必要なんだろうね」と母は気に病んでいる。

太陽が昇りきるまで、僕たちは思い思いの姿勢で身体を労《いた》わった。

歩き始めたら休むことができないので、この時間は重要である。

「さあ、じっとしていても飯の時間にならないから、ぼちぼち出かけることにしようか」と父が促した。

「新京まではあとどのぐらいで行けるんだろうね」と母が聞いた。

「そうだな。正確なところはわからないが、もし興安街から列車に乗っていたとすれば、白城子《はくじょうし》のあたりに位置するから五分の一というところかな」

「何だって……。出発してから八日くらい経っているのに⁉」

「そうだな、それくらい経つよな」

「それじゃあ、あと四十日もかかる計算かい？　冗談じゃないよ。とても足がもたないよ」

「いや、新京まで歩き通そうという訳ではないんだ。どこか安全な場所に出てそこから列車に乗るのさ。ソ連が葛根廟《かっこんびょう》を通って先回りしているから、別の路線から乗ることを考えているんだ。そこが安全と決まっている訳ではないけど、ソ連の向かったあとをたどるより、こっちのルートのほうが安全だと踏んだんだよ」

「そっちの鉄道沿いには、日本人の町はあるのかい？」

「北のほうにもいくつか日本人街があるのだけれど、鎮東《ちんとう》の付近にはそういう大きな街はないから日本人は少ないと思うよ。ただ日本人の多くいるところがソ連軍の標的になっている訳だから、日本人の少ない街のほうが安全と俺は考えているのさ」

「理由はわかったけれど、何だか心細い話だね」

「こんな広大な草原では鉄道がどこにあるのか見当もつかないのが難だけどね」

「みんなが無事にたどり着けるといいわね。あれこれ考えて離れ離れにならないよう、それだけを気にしながら歩くしかないわね」

「そうなんだよ。どっちが安全という確証なんかありっこないもの……」

「それにしても気が遠くなるほどの広い草原だね。昔から誰も通らないところなんだろうか」と兄が聞く。

「蒙古の遊牧民なんか、こんな草原で暮らしていたのだろうから、彼らには慣れたものだったろうね。もっとも馬や武器も彼らは持っていただろうし、食糧も持っているから、そのあたりが俺たちとはちょっと違うところかな」

「父さん、今日こそ何か食べる物を見つけなければ困ってしまうね。早く探し当てて食べものにありつきたいよ。野垂れ死にはご免だから」と兄は先頭に立って歩き出した。

そんな話をしているところへ、エンジンの音が聞こえて来たので慌てて近くの木の下に潜り込んだ。音にはいつも脅《おび》えているから、敏感で反応も早い。

しばらくすると音を響かせながら、飛行機が上昇していった。

翼に付けているマークから中国のものとわかり、それなら危険は少ないとちょっぴり安心できた。もしソ連の飛行機だったら、うっかりこんなところを歩いている訳にはいかない。

飛行機は悠然と南へ飛び去って行った。隠れていた木陰から出たものの、やっぱりエンジンの音は気にかかる。飛行機にしても戦車にしても、軍隊が動いている以上、いつ襲われるかもわからない戦時体制下にいるのだ。

隠れることのできない草原の上を歩く僕たちには、真上から狙われたのではひとたまりもない。だからといってここにじっとしている訳にもいかないので、心配はあっても移動していくしかないのである。これ以上の時間の無駄は許されない。

みんなの足は自然に速まり、無口のままどんどん歩いて数時間が経った。

やがて畑らしい深い緑が見えてくると、微《かす》かな期待と不安が交錯し始める。食べものがほしいという一途な気持ちと、事件が起きないでほしいと願う心の葛藤でもある。

青々として濃い緑の茎は高粱《コーリャン》畑か、あるいは玉蜀黍《トウモロコシ》畑なのだろうか。

あそこまで行けば何とか食べるものにありつけそうだ。

ずっと直射日光を浴びながら歩いてきたので、喉の渇きもたまらない。少しでも早く日陰に入って一休みしたいところだ。

ようやく畑にたどり着いてみると、僕の背丈の二倍もある玉蜀黍の畑だった。ここなら身を隠すにも好都合だし、ちょっとした日除《ひよ》けにもなるのでありがたい。

玉蜀黍はやっと穂先の毛が茶色になり始めたところで、収穫まではあと十日ほど必要だが、今の僕たちにはそんな余裕はまったくなかった。何か食べられるものだったら、とにかく口に入れることが先決なのだ。

こんな未熟な玉蜀黍でも、齧《かじ》ってしまえば少しは腹の足しになるのではなかろうか。どれもこれも未成熟なものばかりだが、それでも食べたい一心で大きい玉蜀黍をもぎ取ってみた。

皮を剥《む》くと、甘い香りが鼻腔《びこう》をつき、柔らかい若毛の下には黄色い実が粒を並べて膨らんでいた。

「これを食べて飢えを防がないと身体を保てないから少しでも齧っておくんだ」

父はそう言って次々と皮を剥いている。

どれもあと幾日かしないと食べ頃にはならないのだが、今はそんな悠長なことを言っている場合ではない。生の玉蜀黍を齧るなんて初めてだが、僕は若毛をむしり取って横かじりに噛みついた。

齧ってはみたものの、ブシュッと汁が飛び出して、食べたという感覚はまったくなかった。

生臭いというのか青臭いというのか、皮を剥いたときのあの甘い香りとは別物である。

それでも口内を白い汁で汚しながら、一通り全部齧ってみた。少しも歯ごたえがなく、食べたような気がしなかった。しかし、今の僕には水分の補給も必要だから、こんな玉蜀黍でも沢山齧れば何とか身体のためになるだろうと夢中になって齧った。

見渡す限りの畑は、どこまでも玉蜀黍畑だけで、ほかの作物は見当たらない。満洲の畑はなんて広いのだろう。その広大さには驚かされる。野菜畑があれば、きっと腹の足しになるものが見つかるだろうが、どこを探しても野菜は見つからなかった。

仕方なしに手頃な玉蜀黍を何本ももぎ取り、食べ散らかしたまま移動を始めることにする。方向を変えてほんの少しだけ歩いたところで、意外に早く農道に出た。長い間、草原を歩いていたので、久しぶりに歩く農道の感触はまた格別のような気がする。このまま行くとどこに出るのかわからないが、今はそこまで考えが回らない。

玉蜀黍を食べたといっても、汁ばかりだから何も食べていないのと同じようなものだ。何も食べていないから疲れと空腹で思考力は衰え、ただぼんやりと足を運んでいるに過ぎない。

少し行くと、前方から五人の農民らしい男たちが近づいてくる。今までは、人に会わないほうへと向かって歩いて来たが、当初の方針も次第に崩れて、今では身を隠す気力も失い、逃げ出す体力も失せてしまっていた。相手がどんな人だかわからないが、最初のうちはただ呆然と近づいてくるのを見ていた。だが、父は黙って通過するより、こちらから声をかけるほうが、自然だと考えて道を尋ねる用意をして待つことにした。

近づいて来た男たちは突然腕まくりすると、僕たちを取り囲んで威嚇してきた。そして何事か話しながら、父や母の身体検査を始めて持ちものを確かめている。

母は咄嗟《とっさ》に、懐から金を出して見せると、満人たちは引ったくるように金を取り上げて、さらに父と何事か話していた。

父は困ったような顔をして振り返ると、母に何か告げている。

男たちは子供たちの着ている学童用の外套《がいとう》を脱いで渡せと強硬に詰め寄っているのだ。どうしようもなくなって、兄も僕も外套を脱いで渡すしかなかった。

男たちは金を受け取り、外套を奪うとすぐに立ち去って行った。

今まで物盗りなんかに遭ったことがない僕たちは面食らい、誰もがすごく不愉快にさせられた。いつもは強気の父も、この数日の逃避行ですっかり疲れ果てたのか、今度の事件以降は無口になり、ただ足の向くままに歩いている感じになってしまった。

葛根廟を出たときから父は人家のないほうを目指して歩いて来たが、今は人家のあるなし構わず、ただ漠然と歩くようになっている。

それでも父は歩きながら一人で分析しているようだった。あの戦乱の真っ只中から今日まで不思議とソ連の軍隊に出くわすこともなかったし、空襲にも遭わなかった。ここまで何とかこられたのだから、成功のうちだと思っている。

だけど、今の強盗まがいの出来事を考えると、どうも中国人の行動や言動が腑《ふ》に落ちない。

今までとはまるで違った態度や雰囲気が気にかかる。押し黙ったまま、農道を歩いていると今度は馬車も通れるほどの広い砂利道に出た。

母はさっきの事件の悔しさもあるが、この先の逃避行で家族がばらばらになりそうな予感がしてきたようだ。

「あんた、さっきの男たちにお金を奪われ、もう手持ちがないんじゃないの？」

「ああ、そうなんだ。もう何にもなくなってしまったよ。あいつら針のとれた懐中時計まで持って行きやがった」

それを聞いた母は髪の毛の中に隠し持っていたお金を取り出した。

「あんた、これだけでも持っていたほうがいいと思うから渡しておくよ。靴の敷革の下にでも入れて置けば、そこまでは調べられることはないから、そうしてみたら……」

これから先、人家のあるほうへ行くとなれば、お金は必要になってくるだろう。母は家族のことを考えて父にお金を預けた。

「ねえ、母さん、さっきの満人たちは何で僕たちの外套を取り上げたの？」と兄が聞いた。

「母さんは満語がわからないから父さんに聞いてみなさいよ」と母。

父は、自分たちが畑を荒らした犯人だと決めつけられ、以前の被害も俺たちだと高圧的に言いがかりをつけられて、返す言葉がなかったと説明した。

「実際に畑を荒らしてしまったからな……。今の俺には後ろめたさがあるから、嘘をつき通すことができなかったんだ」

「それは僕だってわかるけれど、どうして外套まで渡さなければならないの？」

「お金を渡したけれど、それでは足りないと……。母さんに農場で働いて貰《もら》うしかないとか、子供を一人置いて行けとか無理難題を言ってきかないのさ」

強引にこちらの非をつかれて、男たちの言いなりにならざるを得なかったのだ。

こんな事件に遭遇したとしても、これから先もやっぱり食糧を求めながら歩くしか方法はない。着の身着のままになってしまった今の家族が、無事に部落を通り抜けることができるのだろうか、あるいは誰かが病気になって倒れることはないだろうかと心配は尽きない。

母は残り少なくなったわずかばかりのお金を、大事そうに髪の毛の中に仕舞込んで、また普段通りに歩き続けた。

右も左も高粱畑ばかりで、僕たちが口にしたいと願っている野菜や果実にはありつけないまま、ふらつく足で一時間も歩いた。すると今度は屈強そうな三人組が現れ、そこでも手を上げさせられた。

道を塞がれてしまった。もう逃げる体力もない。

男たちの命ずるままに手を上げる。父のポケットを探っていた男はすぐにお金を見つけ出し、さっき母から渡されたばかりの大事な虎の子のお金を巻き上げられてしまった。

今度の満人たちはお金だけ奪うと、あとは何にも言わずに畑の奥深くに消え去って行った。ただ呆然と立ち尽くすばかりである。男たちの姿が見えなくなると途端に悔しさが込み上げてくる。

相手は強そうな男だったし、こっちは腹ペコで今にも倒れそうな乞食同然の姿だったから何の抵抗もできないで相手の言いなりになるしかなかったのだ。

それにしても、今日は二回も中国人に会って、しかも二回とも金品を奪い取られた。これで再び父の持つ金はなくなった。外套まで取り上げられて僕たちは完全に意気消沈してしまった。人を見たら泥棒と思え、そんな言葉を聞いたように思う。だが今まで誰もそんな目に遭わなかったから今度のことではとても困惑している。続けて被害に遭ったので母の気持ちは収まらない。悔しいやら憎らしいやら、恨みたい気持ちで父に小言を言い出した。

「あんた、何でお金をしまわなかったのよ、靴の中にでも入れておきなさいとあれほど言ったのに、もう取られちゃって。ちゃんと隠しておけばいいものを……」

確かに靴底だったら、調べられなかったかも知れない。だが、体力の衰えとともに思考力や行動力も落ちていたことも事実だ。何が何だかわからないうちに一文無しにさせられてしまった。

父は母に言われても返す言葉もなく、やっぱり靴底に隠しておくべきだったと今では後悔しているがあとの祭りである。

「俺がポケットに金を入れたのを見ているようなタイミングで現れるんだもんな。参ったよ」

父は苦笑いで言い訳をする。これで僕たちの持ちものはすべてなくなった。汚れたシャツを着ただけのみすぼらしい身なりのまま、やがて夕暮れを迎えようとしている。

今夜もまた野宿をしなければならないだろう。よりによって二回も強盗に遭った不運を嘆きながら、僕たちは身体を休めるべく高粱畑の中に姿を隠した。

そのうちに西瓜《スイカ》畑か瓜畑に出るだろうと、気軽に畑を横切っていたのだが、今度は方角が掴《つか》めなくなって少し不安になってくる。ここは慌てないで、ねぐらを探すのが目的なのだと思い直して歩いていると、遠くのほうで中国人が仲間を呼び集めている声が聞こえた。

暗くなってきたので、どのあたりから人が集まっているのか、何人ぐらいいるのかはわからなかった。目的が何なのかもわからない中で、じっと様子をうかがっていたら驚いたことに僕たちを追いかけて来ていることがわかった。

父は「動いてはいけない」と身振りで僕たちを止める。

少しずつ追っ手が近づいている様子なので、うっかり動くこともできなくなった。白いシャツ姿では、わずかな星明りでも発見されてしまいそうなので、身を伏せて通り過ぎるのを待つしかない。

中国人たちはあたりを確認しながら動いているらしい。

人の声が近くなってくると、胸の高まりで息苦しくなる。今日はどうしてこんなに狙われるのだろうか。僕たちを捕まえるのが目的なのか、追い出そうとしているのか、畑を荒らした腹いせなのか、さらに持ちものを奪おうとしているのだろうか。

暗くなってから追い詰められるのはとても怖い。数人の中国人が声をかけながらだんだんと近づいて来た。相手も薄暗い畑の中で人を捜すのは恐ろしいとみえて、互いに声をかけ合いながらゆっくりと動いているらしい。

時々、大声を出すのは、隠れている人を威嚇する効果を兼ねているのかも知れない。

がさっ、がさっと高粱を掻き分けながら進んでくる追っ手の声に、いよいよ捕まってしまうのかと観念しなければならないほど、緊迫の度合いが高まった。心臓が締めつけられるような恐怖感に襲われた。一人が見つかったら全員が捕まってしまう。走り出して家族がばらばらになるのはもっと辛い。息を殺して耐え忍んだ。

ひたすら祈るような気持ちで、じっと我慢していた。追っ手は少しずつ遠のいているように感じられた。冷汗が顔を伝っても拭うこともできないし、飛んでくる虫を追い払うこともできなかった。長い時間を経てようやく安堵の溜め息をついた。

みんなほっとした表情であった。無事にすんで良かった。本当に良かった。

「もう少し夜が更けてから移動することにしよう。今動いてはまだ危険だ」

父の判断で、しばらくはここで休むことにした。

「どうして僕たちが狙われているの？」と僕は父に聞いた。

「今日は二回も中国人に会ったから、土地の人は日本人が歩いていることを知っているんだろう。畑を荒らされないための警戒かも知れないな」

「畑を守ろうとするのなら仕方がないけれど、物盗りだったらもう何も持っていないのにね」

「何の目的だか見当もつかないが、捕まってしまったらただではすまないだろうなぁ」

母はこんな騒ぎはもう沢山だと言い出す。

「これからも、こんなことが続くのならとても新京には無事に着けないわね。今までは何かしら渡してすましたけれど、もう何も渡すものがなくなってしまったしね。こんな危ない思いをしながら、あと何日家族が一緒にいられるのか、あたしはとても心配だよ」

「心配ばかりしていては切りがないよ。部落は日本人を外敵として追い出そうとすることは考えられるさ。中国人だけで生活しているところは特にそうなるだろう」

「それじゃあ、このへんには日本人はいなかったということかい？」

「うん、いなかったかも知れん。日本人のいない部落にも使役を課すために、軍隊を使ったりして強制的に集めたらしいから、部落民は悪い感情しか残っていないのかも知れない」

「満人たちは安い賃金で働かされていたという話もあるわね」

「それだけじゃない。いつ帰してくれるかわからなかったんだよ。一方的な強制労働だからたまったものではないさ」

「あたしたちが悪い訳でもないのに、あたしたちは捕まったらどうされるんだろう？」

「わからんなあ……。日本人憎しということはあっても、俺たちは子供連れだからそんな無茶なことはしないと思うけれど」

夜の更けるまで、そんな話が続いた。少しは眠っておこうと思うのだが、今日ばかりは興奮していてちっとも眠くならなかった。それに外套もなくなり、今度は直に土の上に寝ることになってしまうから、なんとも落ち着かない。

今日の予期せぬ出来事から、両親の話を聞いていると、僕たちの運命は明日をも知れないようだ。夜中に襲われるような不安もあって、興奮はなかなか収まらなかった。

寝ている間に家族がばらばらになったらどうしよう。これ以上空腹が続いて動けなくなったらどうなるんだろう……。いつしか長い時間が経ち、子供たちに生欠伸《なまあくび》が出る頃、父が出発すると言い出した。「いつまでもじっとしている訳にはいかん。昼間の暑いときは畑で休むことにして、夜のうちに歩いておこう。昼間歩くのは何かと危険がありそうだ」

父は弟をおぶって歩き出した。

畑の中を歩くうちに、偶然にも瓜畑と出合った。ここで甜瓜《マクワウリ》を食べて命をつなぐことができた。最初に瓜を探し当てたときの感触は、川の中で生きた魚を手掴《てづか》みしたときのような、えもいわれぬ喜びがあった。それぞれが三つも四つももぎ取って高粱畑の中で齧りついた。今度の瓜もまだ熟してはいなかったが、そんなことはどうでも良かった。

泥を拭って二つに割り、種のある柔らかい芯までを丸齧りする。とにかく口に入れば何でもいいのだ。

今の僕たちは本能的な飢えとの戦いで、他人の畑を荒らしている罪の意識なんか持ち合わせていなかった。ついさっきまで、不安と恐怖の中にいたことを忘れて、別人のように俊敏に動き回る。はたから見たら山から里に下りてきた山猿が畑を荒らしているように見えたであろう。

腹ごしらえがすむと、再び歩き始めたのだが、さすがに朝までは歩けず畑の中で夜を明かすことになった。眠りにつく頃は時折吹く夜風が、高粱の枝葉をふるわせる以外は何も聞こえない。星も見えない真っ暗な夜だった。

夜が明けると、父は周囲の状況を確かめるべく付近を偵察してきたようだ。

戻って来た父は「昨日採った瓜を全部食べてから出発しよう。余計なものは持っていないほうがいいから」と言う。

「昼間は歩かないで、夜に歩くと言ってたじゃない」と母が聞く。

「昨日見回りに来た連中が今日も捜しにくると困るからな。畑の側には部落もあるはずだから、ひとまずここから離れたほうが安心だ。腹も一応膨れたのだから、畑から出たほうがいいだろう。ここで人に見つかったら畑を荒らしたのを証明しているようなもんだよ」

「そうだね。手ぶらだったら、逃げたり隠れたりするのも身軽に動けるだろう」と兄が言った。

「そろそろ農家の人が仕事を始める頃だから、ぼちぼち出発するぞ」

畑の中は隠れるにはいいのだが、見つかってしまうと面倒なことになる。畑を避けて人に会わないことを考えるほうが賢明かも知れない。警戒しながら歩き始めたら意外に早く草原に出てきた。

これは好都合と見回していたら、彼方に一本の道路がある。その道路に沿って歩くことにした。もはや道路を避けるだけの余裕もなく、直射日光を浴びながら歩き続けた。寝不足と飢えと水不足に悩まされ、疲労困憊《こんぱい》でよれよれの状態であった。

「あんた、もうこれ以上歩くのは無理だよ……」と母が泣きそうな顔で訴える。

「でもな、こんなところで野垂れ死にする訳にもいかんよ。五体満足なのだから頑張って歩くしかない。我慢していれば何とか道は開けるから」

「あと何日で、どこの街に着くのかの目標もないいんじゃ、気持ちも萎《な》えるだけだよ」

「それはそうだが、俺たちには帰るところがないのだし、目的は新京なんだ。戦場から出て来たのだから多少の苦労は覚悟してくれ」

「もうみんな病気にかかったと同じだよ。こんな薄着でこれからどう暮らすのか、食糧もなく水もなく寝るところだってない。金もなくなってしまったし、知っている人もいない新京へ行ってどうなるというの？　あたしはもう限界、これ以上辛抱できないわ」

「そんなに諦《あきら》めるようなことを言うなよ。追い詰められて逃げ場を失った訳ではないし、こうして自由に歩いていられるのだから、そう弱気になるなよ」

「ここまで会った人にはことごとく物を取られたけれど、次のときは何も持っていないんだよ。それこそ取られるものは命だけになってしまったじゃないの」

「それでも命拾いして来たんだ。何かが守ってくれているようなものだ。心配ばかりしないで頑張ってくれ」

「あたしには親子が無事に新京にたどり着くとは思えない。せめて子供だけでも助かるように何か方法を考える時期だよ」

「もうこれ以上は無理だとわかれば、最後の手段として考えるが、今は草を食ってもあと十日は生きられる。もう少し辛抱しよう。満人も悪い人ばかりではないからきっと助かるさ」

「ソ連と戦争が始まったのだから、この先は戦場かも知れないでしょ。あたしは家族がいつかばらばらになってしまいそうな気がしてならないのよ」

「元気を出せよ。子供たちも歩いているんだ。心配していたら切りがない」

「今のあたしたちに鉄砲でもあったら、いざというときの覚悟もできるけれど、いつか動けなくなったり離れ離れになってしまうような気がしてならないのよ。もうあたしはほとほと疲れた。この先、ひどい目に遭うくらいなら、今のうちに命を絶つほうがいいかもね」

「大丈夫だよ。死んだら何もかもおしまいだ。誰も倒れた訳ではないのだから、命ある限り何としても行くのさ。なあ、宏生《ひろお》、お前はまだまだ歩けるだろう？」

「うん、僕は平気だよ。これから先のことはわからないけれどまだ頑張れるさ」

兄は今度畑に出て、食べられるものがあったら一番先に採ってくるよとみんなを勇気づけるが、足取りはふらついていた。

「昨日の中国人は、僕たちの外套を取り上げたけれど、この次は何も渡すものがなくなって困るね」と僕は父に聞いた。

「大丈夫だよ。そしたら満吉を置いていってやる。喜んで受け取ってくれるよ」

父は冗談で言ったのだろうが、僕は一瞬嫌な気持ちになった。父は僕に構わず話を続けた。

「でも変なんだよな。中国人はなぜか威張っている。日本人は道を通さないとか、いずれ捕まるのだからとか、妙なことを言うのが俺には腑に落ちないんだ」

父の話では、中国人の目には関東軍の撤退や日本の民間人の避難が満洲からの総退却に見えているらしい。特に満洲国軍が中国軍に変わったのを知っているかと聞かれたのは、父にとっては青天の霹靂《へきれき》のことで意味不明であった。

もしかしたら関東軍が完全に撤退して、このあたりは無法地帯になっているという意味かも知れない。

「それじゃあ、これからがもっと大変になるんだね。九月になったら夜はどんどん冷えてくるし、野宿なんかとてもできないよ。どうなるんだか困ったものだ」

母は心配が尽きず、精神的にも相当参っている様子だった。

いつもは強気の父にも次第に焦りが見え始めていた。飢えと疲れの上に、六歳の潔をおぶって先頭を歩いてきた。物盗りに出会ったり追われる身になったり、中国人に脅かされ、母からも悲観の愚痴をこぼされている。家族全員一人の落伍者も出さないで目的地へ到達させなければならないのだ。その責務は大きく、相談できる相手もいないから内心では不安でいっぱいだったに違いない。

「今度どこかの部落に着いたら、詳しく様子を聞いてみるよ。それから先のことは、そのとき考えよう。生きるためだから、もう少し辛抱してみんなも歩いてくれよ」

父は人目を避ける方針を転換して、食べもの得るための行動に移していた。

太陽は午後になっても相変わらず強く照りつけ、日差しを避けることのできない草原の僕たちを悩ましている。

しばらく歩くと再び畑が見えてきた。

いよいよ部落が近づいていることを感じながら、疲れた足を引きずって歩いている。

食べものにありつけるだろうか。善い人に会えるだろうか。悪い人だったら今度は何が起きるのだろうか。

身も心もよれよれになりながら、いろいろなことを考えていた。人目を避けたい、人に会ったらすぐに逃げ出したい、何か言われたらその通りにしたい、人と会っても黙って通り過ぎたい、こちらから尋ねてみたい、助けを求めたい、食べものを恵んでくださいと言うかも知れない。

日本人が中国人に対して、物乞《ものご》いする話は聞いたことがない。いつもは僕らが恵んであげる立場だった。そんな僕たち日本人がなりふり構わず、助けてください、食べものをくださいなんて言えるのだろうか。現実には水がほしい、食べものがほしい、休むところがほしい、眠れる場所がほしい、その思いで歩き続けている。

疲れ切って朦朧《もうろう》としていた。砂利道の向こう側から一台の馬車がやって来た。僕たちはぼんやりとその馬車を眺めている。御者台《ぎょしゃだい》には女の人が乗っていた。

父は御者台の女の人に向かって何か話しかけたが、女の人は知らないよという素振りで通り過ぎてしまった。

三十分くらい歩くと、古びた煉瓦《レンガ》造りの塀が見えてきた。そこには何人かの男女が腰を下ろして休んでいる。

ようやく、部落に入ったという実感が湧いてきた。

赤い煉瓦の塀は何百メートルも街全体を囲っている感じだ。こうした城郭のような佇まいは、一般の農村とは違って古くからの市街地らしい。

恐る恐る僕たちは塀に近づき、そこから見える大きな門に向かって歩いていった。門のまわりにも何人かの中国人がたむろしている。古い部族はこうした城郭の中に住んでいて、郊外に出て農作業をしながら、中では自治体の運営や商行為が行われるのが一般的だ。

数人の地元民が僕たちを見つけて、「あっ、日本人が来たぞ」というような目を向けていた。どこからともなく子供たちも集まり始め、僕たちの後ろに着いて来た。

大きな城門の前には門番らしい人がいて、父に何か話しかけてきた。

「あなたは日本人でしょう」

「ええ、そうです」

「どこの街から来たのですか?」

「興安街から歩いて来ました。ところでここは何という街ですか?」

「ここは鎮東ですよ。興安街から来たって……。それは大変な苦労でしたね。見たところ武器は持っていないようですね。このまま中に入りますか?」

穏やかな話ぶりに父は戸惑った。

「中に収容所がありますから、事務所に行って届けてください」

「えっ、今何て言ったのですか? 日本人の収容所と言ったのですか? それは解せません。どういう意味ですか?」

門番の人は呆れたような顔つきで話し始めた。

「戦争は終わったのです。日本は敗けたのですよ。日本軍はすべて武装解除しました。日本人は中華民国の指定する収容所に集められています」

「何ですって? 日本が戦争に敗けたと言ったのですか」

「そうですよ。日本は降伏して戦争は終わったのです」

「そんな馬鹿な。それはいつのことですか? 日本が敗けたなんてとても信じられません」

「日本人はみんなそう言います。戦争はもうとっくに終わったのです。八月十五日に日本は無条件降伏をして連合軍の勝利になったのです」

「ちょっと待ってください。八月十五日と言いましたね。嘘でしょう。そんなはずはない。日本が敗けるなんてとても信じられません」

「中に入ればすぐに信じられますよ。あなた方もお腹が減っているのでしょう? 事務所に届けを出せば収容所で食事も提供されます。どうしますか？　さっきも四人ばかり入っていったところです。これからも毎日のように日本人が集まって来ますよ」

門番は穏やかに説明を続けた。

「あなた方は運がいいのです。ソ連軍に捕まったら、ほとんどの人がソ連行きですからね」

まわりに集まってきた老若男女の中国人が、じろじろと僕たちを見回す。中には口汚く罵《ののし》るものも混じっている。

父は僕たちに言った。

「日本は八月十五日に敗けたんだってよ。信じられるか？　今日は八月の何日になるのだろう？」

父は合点がいかず、首を捻るばかりだった。

しばらくして、大きく溜め息をつくとまた門番に問いかけた。「いろいろ教えてもらって役に立ちました。ところでお役人さん、今日は正しくは何日になるのですか？」

「今日は八月二十四日です。あなた方も早く中に入って届けを出したほうがいいですよ。もうすぐ日が落ちてしまうから、遅くなると食事は明日の朝になってしまいますよ」

「八月二十四日ですか？　本当に……。ありがとうございます……それでは事務所はどこにあるのですか……」

父は独り言のように呟《つぶや》いていた。

「ここから三百メートル先の左側だよ」

「そうですか……八月十五日にね。十五日といえば、葛根廟で襲撃された翌日ではないか。そんな馬鹿な……」

門番の言葉がまともに耳に入らないほど、父は愕然としていた。

あまりのショックで父の身体が震え出していた。父はしばらく空を見上げていた。

「戦争が終わったんだってさ。日本が……敗けたんだってよ」

父の目には涙が滲んでいた。

初めて味わう敗戦の悔しさと屈辱。父の中で何かが折れたようだった。

僕らも言いようのない無念さに、しばし言葉が出なかった。

「もう、これ以上逃げ通せはしないだろう。腹を決めて収容所に行くしかないな。そこには日本人がいるというから、会えばまた活路が見つかるかも知れない。それでどうだろうか？」と父はみんなの同意を求めたが、まだ敗戦が信じられないようで、「俺には信じられん。そんなに簡単に日本軍が敗けるものだろうか」と口にしていた。

僕たちの胸にも様々な思いが去来する。

不敗を誇っていた関東軍が、ソ連の参戦からわずか一週間で敗戦に追い込まれたなんて、どうしても信じられない。

しかも、それが八月十五日だなんて……。

それじゃあ、あの葛根廟で倒れた同胞の霊が浮かばれない。

あと一日だけ違っていたら、無惨に殺された大勢の命が助かったかも知れないのだ。なんて残酷な話なのだろう。あまりにも皮肉な運命ではないか。父だけではなく、僕も兄も、俄《にわ》かには信じられない。

学校の先生は、日本は敗けない神の国だと僕たちに教えてくれた。

勝つための訓練も重ねたし、お国のために惜しみなく物資も供出してきた。慰問袋や千人針で兵隊さんを励まし、勇気づけ、お菓子も我慢して耐乏生活に努力してきた。それなのに今聞けば戦争は終わって、日本が敗戦国になったのだという。

そうだったのか。どうりでこの二日間、道で会った中国人の態度が違っていた訳だ。日本人からものを奪うことは過去にはなかったのに、急に態度が変わっていたのはそのためだったのだ。

言われてみれば、この一週間くらいは銃声も聞かなかったし、飛行機の爆撃にも遭わなかった。戦争中だったら、そんなに幾日も静かな日が続く訳がない。どこかで軍隊に遭遇していたはずだ。

なるほど、戦争が終わっていたという訳か。

今、気がついたが僕たちに着いて来た中国人の子供たちや、周囲の大人たちの態度もやっぱり戦争中とは違っている。奈落の底に突き落とされたような急な展開に、僕らは混乱して冷静さを保つことができなかった。母も呆然と立ち尽くしていたが、ようやく口を開いた。

「それじゃあ、あの一軒家に泊めて貰ったときにはもう戦争は終わっていたのだね。四人組の民兵に銃を取り上げられたあの時点で、隊長は知っていて何も話さなかったのかね」

「あれはもう大分前だよ。僕たちは何も知らずに八日も歩いていたという訳だ」と兄が言う。

「日本が敗けたのなら、みんな捕虜にさせられてしまうの？」と僕は聞いた。

日本の兵隊がいなくなったら、この満洲はソ連兵が支配することになるのだろうか。

父も母もあまりの衝撃に、ハンマーで殴られたようなショックを受けていた。

これで日本に帰ることはできないのではないかという不安がよぎる。いつの間にか門をくぐって城郭の中央へ向けて歩いていた。その足取りは鎖をつけられているように重かった。

どうすればいいのか……。僕たちは驚きと憔悴《しょうすい》に打ちのめされながら歩き続ける。門のところから着いてきた中国の子供たちが声をかけてきた。「ここだよ。ここが事務所だよ」

はっと我にかえって立ち止まる。

事務所に入って手続きをする。記帳をする間も不安と動揺で、父の指先は震えていた。

事務所を出ると中国の子供たちに僕たちは囃《はや》し立てられた。

一カ月前だったら、物乞いをしていたのは中国人だった。これからは立場を変えて僕たちが助けを乞う身になるのだろうか。腹が減ってもそうまではしたくないと、心の隅にはそんな気持ちが入り混じっていた。

事務所から収容所に向かう通りを歩いていると、向こうから中国人が三人連れで歩いて来た。じろじろと僕たちを横目で眺めながら行き違う。急に目を逸《そ》らして立ち去ろうとする。

はてな？　どこかで見たことのある人だが……。

母が一番先に気がついた。指をさして「あっ、あそこで行き合った、あの……」と言い出したら、急に顔色を変えてばつが悪そうに足早に去って行った。

「あんた！　あの男たち、見覚えがあるでしょう。あの三人組のさ」

父も後ろ姿を見ながら「あれは、あの男たちだな」と思い出したようだ。

「昨日の朝、あんたに渡したばかりのお金を取り上げていった連中だよ。だから目が合ったら慌てたじゃないか。悔しいね、ここで会っても何も言うことすらできないんだから」

「あいつらはこの街のやつらだったのか。妙なところで会うものだ。忌々《いまいま》しいやつらだが、どうすることもできやしない」

「こっちが戦争に敗けたから、急に態度を変えたのかね」と母は悔しそうに言う。

「それにしても他人のものを奪うようなまねはしてはいけないよ。世間は広いようで狭いものだ。自分でやったことが恥ずかしくて、まともに俺たちを見ることもできないんだもの。人間には良心があるから今頃、自分の恥を思い知っただろう」

父はそう言ったものの、何の手出しもできない現実を悔しがっていた。

父は手続きをすませると、ようやく落ち着きを取り戻した。気持ちの切り替えもできたようだ。ここまで来たら仕方がないという開き直りと、収容所で食事にありつける安心感が気持ちを楽にさせている。

着の身着のままで、ぼろぼろに汚れた衣服のまま、平屋建ての収容所に入ると、そこには二十人もの日本人が集められていた。どの人もうつろな目で横になったまま、僕たちの動きをただ見つめていた。一部屋に十人ぐらいいたが、あとから入ってきた僕たちの場所はなく、隙間に割り込んで横になれるだけの場所を確保するしかなかった。

兄が場所を確保して母や弟を招き寄せる。

夕方になると、待ち兼ねたご飯が支給された。久しぶりの丼飯だった。僕らは大事に平らげた。

食事が終わると誰の顔にも安堵の色が浮かんだ。

この収容所には十数日間滞在した。僕にとっては平穏な生活であったが、様々な葛藤に苦しんでいる大人たちが大勢いた。

ここまで逃げてくる間に起きた事件が、他人に触れられたくない心の痛手となり口を閉ざしてしまう人が多くいる。

ある日、傷ついた兵隊が数人入って来た。

手や足に受けた銃創の傷痕に、沢山の蛆虫《うじむし》が湧いて白い膿《うみ》の中に何匹も蠢《うごめ》いているのを見た。傷ついてから数日間、何の手当てもされないまま放置された兵隊であった。出血は止まっても、その後は汗と汚れで悪臭を放ち、蠅や蚊が次々にたかっても払うこともできず、化膿して盛り上がった傷痕に蠅が卵を生みつけて、蛆虫の住みかになってしまったらしい。あんなに沢山の蛆虫が動いているのに痛くないのだろうか。僕には不思議に思えてならなかった。

右手も左手も怪我のために動かせなかった兵隊もいた。手の甲に穴が空き、反対側が見えるほど大きな傷を負っている人もいた。

手当てをしてあげたくても、薬もなければ包帯もなく、水洗いすらできる状態ではないのだ。

僕は気持ちが悪かったけれど、隣に座っている兵隊さんにそっと聞いてみた。

「兵隊さん、そんなになって痛くないの？」

「ああ、これかい、こんなふうに白くなってしまったら、もう痛くはないんだよ」

「でも、そんなに大きな虫が動いているから、僕が取って上げようか」

「いや、いいよ。取ってもすぐに出てくるから」と兵隊さんは笑って答えていた。

今日ここで全部取り除いても、明日には同じくらい出てくるんだと言う。

父のように無傷で元気な男の人は、管理人に呼び出されては何か作業をさせられている。

身元調査などが時々あって、女の人が呼び出されると、残った人がとても心配していた。

人の出入りが激しくて、時には疑心暗鬼になったりもした。希望の灯が消えてしまう暗い出来事も次々と起きていた。

特に恐いのは、ソ連の指示で呼び出された場合だ。そのまま戻ってこない人たちもいた。収容所に入れられた日本人は、役人の命令で自由は剥奪されてしまう。軍隊上がりの人たちは、なぜか帰れなくなるケースが多く、出

て行くときには悲愴感さえ漂わせていた。

会う人には「何県の出身ですか?」と故郷を聞いたりするのだが、直接関係のない人は覚えようともせず、ただ聞き流してしまうだけだ。

もっとも聞いたことを書き留める紙もなければ、筆記用具もないからすぐに忘れてしまう。中にはソ連に連行されることがわかっている男の人がいて、自分の名前や行状を何とか故郷に知らせてほしいと必死に頼み込んでいる人もいたが、覚えてくれそうな人は見当たらなかった。

そもそも自分が生きて祖国に帰ることができるかどうかすら、まったくわからない運命にあったのだから仕方がなかったのであろう。

今日はあの人が出て行ったよ。

あの人は帰ってこないような予感がする。

明日はあの人が危ないらしい。

あの女の人は病気になったみたいだね。

氷嚢《ひょうのう》で冷やしてあげたくても氷もないし、可哀相だね。

あの男の人は元軍人だったらしく、調べられるのを随分警戒しているみたいだよ。

きっと心配でたまらないのだろう……。

そんな不安な毎日の中で、何人の人が入れ替わったのだろうか。

ソ連の軍用列車

大人の毎日の話題は、どうしても今日一日の生き方が中心になっているみたいだ。僕たち子供は、遠くに行かなければ街の道路に出てもいいのだが、中国人の子供たちに罵倒されるのが嫌で、あまり外には出たがらない。

ある日、兄は興安街で同級生だった田中君という子に会ったらしいが、いつの間にかいなくなったと話していた。

この収容所に来てから一度だけ、茹《ゆ》でたての玉蜀黍《トウモロコシ》を買ってもらった。その後はお金がなくなって、ほしいものもただ見るだけで、何も買って貰《もら》えなくなった。

収容所に入ってから二十日近く経ってから、僕たち家族にも移動の知らせがあった。

現在ここにいる全員が別のところに輸送されるとのことで、早速身仕度にとりかかる。ここに来てから一緒に生活した人の中には何かと相談できる間柄になった人がいた。

「大島さん、南のほうに行くのだったら安心できるけれど、北だったら困ったことになるわよ」

「前に出て行った人はそれきりだったのよね」

「大島さんのところは子供がいるから、そうひどい仕打ちを受けることはないと思うのよ。私のように独り者はこれから先もずっと心配なのよ。いっそ、怪我でもしていたほうが良かったかしらなんて考えちゃうのよ」

「何を言っているのよ。身体さえ丈夫なら何とでもなるのよ。独り身だったら自分のことだけ考えればすむでしょう。うちは子供たちが病気もしないで何とか生きてこられたけれど、一人でも病に倒れたらどうなっていたか。ここまでこられたのが不思議なくらいで、これから先も一緒にいられる保証はないのよ」

「でも、子供がいるってことは強いわよね。大変だけれど生き甲斐になるでしょ」

「それはそうだけれど、子供とはぐれてしまったり、現地の人に預けたり、途中で病に倒れたり、気の毒な人もいるでしょう。戦争に敗けたのだから、昔のような具合にはいかないのだから、運を天に任せるしかないわね」

懇意になったおばさんと母は、いつまでも心配事ばかり話し込んでいた。

鎮東《ちんとう》には立派な駅もあるのに、僕たちは訳もわからないまま、数キロの道程を歩かされている。今まで見たこともなかったが、新しい中国の記章を付けた制服制帽の兵士が護衛のようにつきまとっていた。

怪我をしている人は大変だと思うが、幸か不幸か荷物らしいものはないので一緒に列を成して歩けている。

日本人の中で代表になっている人と、中国関係者やソ連機関との話し合いも行われている様子だったが、下々の僕たちには何が話し合われているのか知る由もなく、言われるままに長い行列に加わっていた。

九月も半ばになると、夕方の冷え込みは一段と増して、今までの夏着だけではままならないことがしばしば起きてくる。

女の人は麻袋などを利用しながら少しでも寒さに耐えられるよう、それぞれが工夫して身につけられる応用服を作ったりしていた。

目的地にはすぐに到着するものと思っていたのに、いくら歩いても到着しない。大きな広い道路に出るとそこで待機を命じられた。道路は広くて新しいものだったが、自動車などはまったく通らず、荷馬車や人力車なども見えない。

人から聞いた話では、これから舎力という駅に連行され、そこから列車に乗るのだという。しかし、何時間経っても、移動する気配がなく、このままでは野宿することになりそうだった。僕たちは眠くて眠くて、どうしようもなく記憶が途切れてしまう。

気がつくと僕たちは大型のトラックに乗せられていた。しばらくすると目的の舎力に着いたが、駅舎もなく列車の姿もない。

駅とは名ばかりで、駅員もいなければ、ホームや待合場所もない。レールだけの奇妙な駅に留め置かれた。列車の出発時刻もわからず、ただ待つだけの身は辛い。そのまま何時間もじっと待ち続けたが、一向に列車のくる気配もなく、いたずらに時間だけが過ぎていった。

夕方になるまで一日中待って、ようやく貨物列車が入ってきた。プラットホームがなくて、線路から直に乗り込むのだが、車体が高くて子供には簡単に乗り込めない。大人たちの手を借りながら貨車へ乗り込んだ。日本人は三車両に分乗したが、どれも無蓋車《むがいしゃ》なので空が丸見えである。僕の乗った貨車にはシートで覆われた岩のような大きな塊が載せられていた。よくよく見ると、それはソ連の大型戦車だった。隣の貨車には大きな大砲や運搬具などが積まれている。

　ソ連兵の姿はなかったが、戦車の中にもしかして誰かが隠れているような不気味さが感じられた。

　今、乗せられている列車は、ソ連の軍用列車だとわかり、冷たい汗が背筋を走る。あの葛根廟《かっこんびょう》の丘を血に染めた、恐ろしい戦車の横にいるのかと思った瞬間、ぞっとして目を伏せてしまうのだ。

　ソ連兵の姿が見えないことが、かえって不気味さを増す。シートの脇に腰を下ろして出発を待つ間、誰もが不安で疑心暗鬼になっていたと思う。

　全員が乗車したというのに、どういう訳か列車は一向に発しない。誰もが不安だけではなく苛立っていく。乗り込むときには、みんな遅れまいと一生懸命に力を合わせたのに、

こう動かないのでは気持ちがそがれてしまう。

何時間か経ってからようやく扉が閉じられた。いよいよ出発かと歓声が上がる。

汽笛が鳴って、列車が走り出す頃には、すっかり暗くなって周囲は何も見えなかった。時折、貨車の隙間から、村の灯りらしき光が見える。

列車は大草原の真っ只中を走っているらしく、あたりで刈り取られた草の匂いが強く漂っていた。落ち着いてくると、列車の旅に気分が乗って歌を口ずさんでいた。

♪ガタゴトガタゴト列車は走る
右に左に大きく揺れて
ぐいぐい、ぐいぐい列車は進む
夜空に輝く星たちが
僕らを目がけて追っていた
時々煙がたな引いて
僕らと星の隠れんぼ

昨日の夜から野宿になり、今日も引き続いて朝から何も食べていないが、空腹を忘れて列車の旅を楽しんでいる。

僕たちには貨車であろうと、戦車の横であろうと、乗物に揺られているのが喜びであり、身体を横たえる場所さえあれば大満足だった。

大人たちも親しい者同士が集まって、風を避けながら話し込んでいる。

列車は休むことなく走り続け、やがて山腹に差しかかると一気にトンネルに入った。

ピーポー、ピーポー！　汽笛を鳴らしながら列車は大きくカーブして行く。

「早いね、もう山岳地帯に来ているの？」と僕は兄に聞いた。

「満洲は全部草原地帯かと思っていたよ。こんな山なんかもあったんだね」

兄と話をしていたら、またもトンネルに入って何も見えなくなった。

「うわあ！　ひどい煙だ。ごほん、ごほん！」

トンネルの中で吐き出した汽車の煙がまともに貨車の中に入って来た。汗だらけになっていたどの人の顔も、あっという間に黒人に早変わりしていた。

「すごいね。あの人の顔を見てよ、真っ黒になっちゃった」

僕は「アッハッハッ」と笑ったけど、兄が僕の顔を指さして言う。

「何を言っているんだい。お前だって同じだよ、そんなところでぼやぼやしていないで、伏せなきゃだめだよ」

他人のことを笑っている場合ではなかったらしい。

煙の流れ方次第で、呼吸のタイミングを間違うと咳《せき》込んで苦しくなる。

一度要領を覚えると、次にトンネルに入るときは心得たものであった。翌日、どこかの駅にようやく停車したが、我慢していた生理現象の処理に迫られ、我れ先にと貨車から飛び降りていく。

どれくらい停車時間があるのか、次に停まるのは何時間後かなどの情報がないので誰もが困惑していた。ほとんどの人が用足しのために乗り降りした。それだけでも相当時間をとられた。帰ってこない人がいると、列車がいつ発車するのかわからないだけに、気が気ではなかった。

駅舎らしい建物がどこにも見えないので、なぜこんなところに停車しているのか不思議であった。列車は停まったまま、いつまで経っても発車しないので、みんな再び苛立ち始める。

駅員らしい人影もなく、草原の真ん中にただ停まって動かない。お金を出して乗っている訳ではないので、勝手なことは言えないが、もう少し状況がわかるよう説明がほしいと口々に話していた。

およそ二時間もしてから、ようやく列車は動き出したが、大陸の列車運行は信じられないくらいのんびりしていた。

走り出すと列車は速いので、この分で行くとあと丸一日で新京に着くのではないかと、人々の声も明るさを増している。

夕方になって日が西に傾きかけた頃、走っている前の車両から数人のソ連兵がこちらの車両に乗り移ってくるのが見えた。今までは姿がなく、この列車は軍の物資を輸送しているだけの貨車だと思い込んでいただけに、みんな驚いた。

ソ連兵がこの貨車に乗り移って何か話しかけているのだが、何を言っているのか言葉がわからないので余計に緊張してしまう。

一人ひとりの顔を覗き込むようにして何かを確認している様子だった。

「マダムダワイ、マダムダワイ」

何の意味なのかさっぱりわからない。ただ首をすくめて兵士が通り過ぎるのを待つしかない。

子供のいる女の人は、子供をしっかり抱き寄せて身を小さくしている。

女の人はほとんどの人が、トンネル内の煙を利用して、顔を真っ黒にして別人のように変装している。髪の毛を切って男装している人もいた。

隅々まで確かめていたソ連兵たちは、次の貨車に向かって乗り移って行った。何事もなく通り過ぎていったので、みんなはほっと胸を撫で下ろしながら顔を見合わせていた。ひとまず安心したものの、突然ソ連兵が出現したことは不可解であった。

そんなことを考えていたら突然、列車は原っぱで停車した。嫌な予感がした。ソ連兵が戻って来て車内の何名かを指名すると、一緒に車外に降りてしまった。

指名された人は女の人だけで、貨車を降ろされる際には涙を流している人もいた。車内の人は見て見ぬふりをするばかりであった。

うっかり声も出せないような緊迫した雰囲気の中で、誰もがじっと耐えていた。苦労して共に新京を目指して来たのに、こんなところで離れ離れになるとは……。身内の人なのか、それとも知人か友人か、悲壮な表情を滲ませていた。

車内のみんなが列車の発車前に女の人たちが戻ってくることを願いつつ、再びソ連兵が訳のわからない行動に出るのではないかと恐怖に怯《おび》えていた。

相手がソ連だと言葉が通じないだけでなく、戦勝国なだけに命令は絶対服従で逆らうことは許されない。まして残酷非道の行為を目の当たりに体験した人が多数乗っているのだ。

列車は動かなかった。外を眺めてぽかんとしている人がいる。麻袋を被って病人のように横になっている人もいる。丸一日これといった食事もなかった。勝手に貨車を降りることもできないし困ったものだ。

長い時間が過ぎて、外に人の気配がしてきた。見るとさっき降ろされた数人の女の人が戻って来たらしい。男の人が手を貸して高い貨車に一人ひとりを引き上げる。

全員が戻ったのかは、暗くなっているのでよくわからない。帰って来た人を慰めたり励ましたりしている。

労《いたわ》り合って全員で新京に行こうという話し声が聞こえた。重苦しい空気を払拭して、落ち着きを取り戻すと、列車はようやく出発の汽笛を響かせた。

今度はすんなりと走り続けてほしいものだ。

発車して三十分くらいすると、またしてもソ連兵が姿を現し、大声で何かを叫んでいる。

大変だ！　またソ連兵がくるぞ。

みんなが緊張して様子をうかがっていると、兵士三人がこちらの車両に乗り移って、戦車を覆っているシートの上に座った。何を始めるのだろう？　彼らはいくつかの袋を持ち込んでいる。

今度は子供たちを指さしながら、ここへ集まれと手招きしている。兄は恐ろしくないのか、一番先に出ていった。

兵隊は袋の中から、缶詰を取り出して兄に与えた。兄は早く来いという仕種で僕を呼ぶので、ほかの子供たちと一緒になって兵士の前に並んだ。ソ連兵は缶詰のほかに、黒パンやビスケットのような菓子を取り出して、子供たちに分け与えるとそのまま、元の車両のほうへ戻って行った。

僕は黒パンを貰って思わずにっこりしてしまう。

一斤ほどの黒パンを抱えて、はしゃぎながら母の側に戻った。今まで食べたことのないパンだけれど、空きっ腹なだけにすぐにも食べてみたいのだが、それでも一応母に聞いてみた。

「ねえ、これ食べてもいい？」

母は食べなさいと目で合図をしてくれた。

僕はほんの少し味見をする分だけ千切って家族に分配すると、残りのパンに齧《かじ》りついた。

兄もどこからか缶切りらしきものを手に入れて、器用に缶詰を開けると少しだけ分けてくれた。

食べものは全員に行き渡った訳ではないので、貰えなかった子供から羨まし気な眼差しを向けられるのが辛かった。

本当はゆっくり楽しみながら味わいたいのだが、貰えなかった子供たちの手前、急いで食べてしまうしかない。平等に分配するような余裕は持ち合わせていなかった。

だが、どうしてソ連の兵隊は僕たちに食べものを運んでくれたのだろう。ソ連の兵隊は恐ろしいものだとばかり思っていたのに、中には親切で善良な兵隊がいることがわかり、少しだけ見方が変わった。

一緒に乗っていた大人たちもほっとしたようだ。女の人たちが連れて行かれたときは絶望的だったが、今は仄《ほの》かな希望を見出していた。

翌日のお昼頃に列車は待望の新京駅に到着した。駅舎に流れる拡声器のアナウンスを聞いて、みんな拍手喝采であった。

駅舎には蒸気機関車が吐き出す蒸気が勢いよくホームに流れていた。広い駅の中にはいくつかのレールが敷かれており、ほかの列車の音や煙で充満していた。これまでとは違った活気を全身に感じて、誰の気持ちも高ぶっていった。

早く降りないとこの軍用列車はそのまま南下して、どこかわからないところに連れて行かれるかも知れないと急いで飛び降りた。

新京での出来事

興安街を脱出するときから目指してきた新京に着いたのだ。

数カ月の苦難を乗り越えて、念願の新京が目の前にある。大人たちは感慨ひとしおで、感無量の面持ちでホームに降り立っていた。高い貨車から飛び降りて鉄路の砂利の上に集まった日本人は百人を超えていたように見えた。

駅舎のゲートを抜けると、広い大通りが目の前に現れ、さすがに首都を思わせる建物が左右に整然と並んでいる。

その中央には市電が何車両も列を成して並んでおり、前後にはタクシーをはじめ、馬車や洋車（人力車）も並んでいた。

「新京ってすごい街なんだね」と兄はきょろきょろ見回している。「あれ、何だか変な感じだね。電車を動かしているのも自動車の運転手もみんな中国人がやっているみたいだよ」

僕は頷いて「本当だ、何となく似合わない感じだよね」と答えた。

僕たちが今までに見てきた街はどこでも日本人が中心になって全部動かしていたように思う。絵本でも、ラジオ放送でも、映画のシーンでもすべて日本人によって街が動いていたのに、ここではまるっきり違っていた。

駅員も警察官も中国人だ。僕は驚いて目を白黒させてしまった。

父が不思議そうに聞く。「何がそんなにおかしいんだい？」

「だって、日本人でないんだもん」

「そうかもな。お前たちと三年前に新京に来てタクシーに乗ったのを覚えていないか？　この先のデパートにも行ったんだが……」

「はっきりは覚えていないけれど、エレベーターに乗ったのとタクシーが黄色くてもう少し小さいような記憶があるよ。だけど街を動かしていたのは全部日本人だったよ」

「ああ、そうだったね。日本人のための街づくりだったのだから、当時はほとんど日本人だったのは確かだよ。でもこれだけの大きな街になると、現地の人の力が必要なのさ。満鉄も電信事業もホテルやデパートだって中国人がいてなりたってるんだよ。もとはと言えば満洲も中国なんだから当然だろう」と父は教えてくれた。

　駅を出ると、腕章を付けた係の人が僕たち難民を引率して、街の歩道を歩いていく。途中で少しずつ分散されて、宿泊する場所ごとに別れていく。

　僕たちが連れて行かれたところは「紅蘭」という看板の出ているところの二階だった。「紅蘭」という店は宿泊もできるようだが、飲食が本業のようだった。翌日、僕たちは初めて銭湯のような大風呂に案内されて、一カ月ぶりに垢《あか》を落とすことができた。

　最初のうちは父も母も「紅蘭」の仕事を手伝っていたが、僕には平穏で事件もなく食事も普通に食べられていたこの時期のことは記憶に残っていない。

　一カ月くらいしたら、僕たちの住む家が決まったらしく、家族全員で移動することになった。

二、三キロほど歩いて大通りに出たら、二階建ての木造住宅の空き家があって、その二階にある四部屋の中の一間が僕たちの新しい住まいとなった。どういう訳か、その家の一階は封鎖されていた。

荷物らしいものがまったくない僕たち家族は、割り当てられた八畳間に「結構広いじゃあないか」と喜びの声を上げた。

住居が決まり、僕たちは周辺がどんな状況なのか調べ始めた。部屋の窓から外を見渡すと、市電通りの向こう側は公園らしく、そこを往来する人影がちらほら見えた。

父の話だと、そこは新京でも名高い児玉公園とのことで、中には満洲軍総参謀長だった児玉源太郎を記念した大きな銅像が建っているという。

共同炊事場を借りて形ばかりの食事をすませると、早速外に出て新しい家の所在地の再確認と隣近所を覚えることにした。

翌日、冒険心の旺盛な兄と共に、閉ざされたままの一階への潜入を試みることになった。

ひとまず情報を集めるために近所の子供たちと接触を図った。そして友達となった子供たちと一緒にいよいよ潜入を開始する。

最初にやったのは、裏口の壁を破るための道具集めだった。大人たちが仕事に出ている昼間に子供たちで少しずつ作業を進めた。数日後、とうとう壁が破れ、中に潜り込むことに成功した。

入ってみると中は沢山の書籍で埋まっていた。見つけた額縁などによるとここは軍用犬を育成指導する協会の事務所であることがわかった。山積みになっている本を片付けると、その下には麻袋があり、その中にはきれいな五色の飾り珠が一杯入っていた。

その珠は入賞犬に与えられる首輪用のもので、ピンポン球よりは少し小さいが、とてもきれいで可愛らしい。

よく見ると、さらに同じ麻袋を発見した。

「おい、これは俺の分だからな。お前にはそっちのをやるから持って行っていいぞ」

兄は早くも餓鬼大将になってほかの子供たちに命令していた。

発見したセルロイドの珠は、子供たちにとって最高の戦利品だったから、それぞれが大事そうに持ち帰った。

ついでに麻袋も着るものの代わりになりそうだから、一緒に持って帰ることにする。

それからは毎日のように、壁の穴から中に忍び込み、何かしらを持ち帰るようになった。

ある日、階下に下りて秘密の穴に行くと、いつの間にか塞がれていて立入禁止の張り紙が貼られていた。しまった、もう入れない。とても残念だった。僕たちは散々遊んだのだから仕方がないと諦《あきら》めた。

市電の通りの坂を百メートルほど下ると、道は大きく左に曲がり、その角には交番やカフェが並んで見える。その先には百貨店とか、満洲時代の官公庁があるらしいのだが、僕たち子供の行くところではなく、また子供が歩くには遠すぎた。

父は大工なのだが、何一つ道具がないから本業の大工仕事に就くことができない。それでも働き口を探すため毎日のように出かけた。

家族五人が普通に食べていくだけの収入はなく、家族全員総がかりでお金を稼がなければならない状態だった。

もうすぐ寒い冬がやってくる。今までのように夏物で過ごす訳にはいかないのだ。食べものも二、三日分の蓄えは必要だし、厳冬を乗り切るためには暖をとれるものを用意しなくてはならない。僕たちは毎日のように、コークス（石炭の燃えかす）を拾いに鉄路沿いを探し歩いた。コークスは軽いので、かなりの量を僕たちでも運ぶことができる。これから冬に向かうため、大事な燃料として買い取ってくれる組合もあり、手軽にできるアルバイトとして毎日精を出して働いていた。

蒸気機関車が焚く石炭の燃えかすの中に、黒くて軽石のようになったコークスが灰に混じって捨てられている。それを拾い集めて組合に運び込むのが僕らの仕事だ。

新京の駅を中心に周辺の線路伝いを隈なく探し、帰りには大黒様が担ぐような大きな袋を背負って帰ってくる。兄と二人で、幾ばくかのお金に換えては家計を助けた。

毎日やっていると、コークスは段々に減ってくるし、その上、競争相手が増えてきて、思うように集まらなくなってしまった。そうなると必然的に立入禁止の場所まで、危険を承知で潜り込み、コークス拾いをしなければならなかった。

こうなると当然のように係員から追い出され、やがて常習犯としてマークされてしまう。やがて遠くまで行ったり、遅くまで続けるのだが、なかなか成果が上がらなかった。収入が減り、寒さの到来と共に生活は一層厳しくなっていた。衣服も不足し、寝具も不十分だ。ストーブは備えられているのに、焚く石炭を用意することができず、僕たち一家は完全に困窮者に成り下がっていた。

ある夜、廊下で騒がしい足音が聞こえた。何事かと思っていると、いきなりソ連兵が土足のまま踏み込んで来た。武器を持った兵士は押し入れを探り始めた。寝具を片っ端から引っ張り出すと、中を物色している。

僕はびっくりして弟と共に母の側にうずくまってしまった。

ソ連兵は、大声で威嚇しながら部屋中を引っかき回し、仲間と何か話し合っている。

兵隊がぎょろりとこっちを睨んだときには、恐ろしくて体がガクガク震えてしまった。何が起きたのか、さっぱりわからないのだ。

貴重品を探しているようでもあり、あるいは隠れている人を捜している様子でもあった。

やがて兵士たちはくるりと背を向けて、すぐに別の部屋に押し入って行った。

貧乏な我が家からは何も持ち去るものがなく、誰かを匿《かくま》っている訳でもないことがわかったのだろう。

敗戦国の日本人は、ソ連兵の暴挙には何も手出しができず、なすがままに看過《かんか》するしかないのだ。

あとでわかったことだが、そのときの家宅捜査は戦時中の日本軍人や、高級官僚などが市民の中に隠れて生活しているのを戦犯として逮捕することが目的であるとのことだった。

しかし、公式な行動の場合にはゲーペーウー（GPU）といわれる憲兵が立ち入るのが普通なのにあの兵士たちはそんな感じは見えなかった。

新京の日本人は、理屈や理由などは関係なしに、ソ連に関しては常に戦々恐々としていた。男の人は強制労働、女の人は接待に駆り出されるのを恐れていた。

元軍関係者や役人は、一度嫌疑をかけられると即座に司令部に連行され、ほとんどは捕虜となってソ連の本国に送られてしまうという。

検閲と称して突然部屋に押し入る場合があった。女の人だけで生活していると何をされるかわからないので、自衛策を講じていた。建物内にソ連兵が入ってくるのを見かけると、事前に合図を送り、秘密の隠れ場所に逃げるようにしている。常に警戒していたので、枕を高くして休む日は、一日たりともないといってよい。

ソ連兵も女の人を捜すときは、事前に下見をしていて、逃げ場を塞いだり、見張り役を用意するなど周到な準備をしていると、もっぱらの噂である。何しろ武器を持っているし、抵抗する者はその場で射殺することも平気だというから始末が悪い。狙われたら最後、とても逃げ切れるものではないらしい。

ソ連の占領下では無法地帯となり人々の生活も一変してしまう。

勝手気ままに振る舞うソ連兵に対して、日本人は自らを防衛する手段がない。一方的な暴挙に泣き寝入りするしかないのが現実だった。父は十一月頃、仕事から帰る途中でソ連兵の検問にあい、元軍人として連行されそうになった。「私は民間人で軍人ではない」と主張しても、軍人でないことを証明できなければ駄目だと聞き入れてくれない。その頃、父はソ連の司令部で仕事をしていた。

「営繕係の人に会わせろと強硬に申し入れをした。それで放免された。司令部の仕事はただ働きで困ったが、そこで働いていなかったらシベリアに連れていかれるところだった」と話していた。

一九四六（昭和二十一）年の年が明けて、戦勝国のソ連や中国では新年を祝う行事を催していたが、日本人の多くは正月を祝う真似事すらできず、その一日が無事に過ごせるかどうかの、どん底生活が続いている。

寒さが続いているある日、兄が珍しくフランスパンを持って帰って来た。

「あれ、ヒロちゃん、そのパンどうしたの？」と僕は聞いた。

「いいところがあるんだよ。今度一緒に行こう。そのとき教えてあげるからね」と兄が言う。

小さく切った一口のパンだったが、いつも腹ペコの僕たちにはたまらないご馳走であった。

数日後、商人たちでごったがえす露店商通りに、兄の仲間と一緒に出かけてパンの秘密を初めて知ることになった。黒山の人だかりの中にある山積みにされたパンの置き台に近づいて一番先頭に立つのだ。

売り手と買い手がパンの上に手を出し合って、取引が行われ威勢のいい声が飛び交っている。先頭に立った兄は、高く積み上げられているパンの山の中程からパンをそっと抜き取って、上着の下に隠し持って出て来た。

見つかったら大変だが、何しろ目抜き通りといわれる人混みの中である。兄のすばしっこさは、浮浪児の特技であると言ってよかった。

客の中には気がついている日本人もいたようだが、困窮生活で明日をも知れない子供たちの生き方に、黙って見逃してくれた。そんなことを続けて捕まらないことが不思議に思えたが、何回もやっているうちには失敗してしまう。

あるとき、兄はパンを握ったところで後ろから押された。

これはやばい、見つかってしまうと思った兄は咄嗟《とっさ》に声を上げた。「あっ、崩れちゃうよ！」如何《いか》にも台から落ちたパンを拾ってあげるかのようなふりをする。

緊張して見ていた僕は、あまりの要領の良さに呆れて苦笑いした。そんなことがあってからは顔を知られて、同じ手は使えないからパンとは縁がなくなってしまった。

二月頃、急に母の容体が悪くなって寝込んでしまった。実は母は新京に着いてから出産したのだ。近所の人が世話をしてくれるのだが心配であった。母は思うようにお乳が出なくて、赤ちゃんはいつも泣いてばかりいた。

ミルクを買うお金もない。寒さと飢えとの戦いであった難民の僕たち家族には、どうすることもできなくて、赤ちゃんは栄養失調で死んでしまった。その後、母の体調は回復しないまま、ほとんど寝たきり状態だったので、僕たちは代わる代わる炊事や洗濯をしたり、母の看病をした。

父はどうにか本職の大工仕事に就けて、毎日朝早くから外に出ている。その頃、兄は露店商のある人から誘われて、飴玉や煙草の売り子として街頭に立っていた。

商品を入れるための首から提げる木箱や商品を買う資金も貸して貰《もら》い、一日の売り上げの中から利益の一部を受け取っていた。

父の収入が不安定だったので、兄が稼ぐ小銭で家計は大分助かっていたようだ。

三月になって、今度は父が高熱を出して倒れてしまった。

医者にかかるお金もないし、薬を買うこともできない。何の病気なのかさえもわからないのだ。

汗が噴き出し、熱にうなされて苦しそうだ。

やがてうわ言を言い出し、時々大きな声で喚《わめ》いたり、苦しそうな息をしている。

床に伏せっていた母も気が気ではない。

「宏生《ひろお》、朝早ければ軒下に氷柱《つらら》が残っているはずだから取ってきておくれ。熱を冷ますには氷が一番いいから……」

兄は氷柱を取って来て、氷水に浸した手拭いで父の熱を冷まそうとした。何度も手拭いを取り替えては看病を続けたが、父の病状は一向に回復の兆しを見せず、ずっと寝たきりであった。

母が病に伏せって、父まで倒れたので我が家の財政はついに破綻状態になってしまった。昨日までは何かしら食べていたのだが、今日はお粥すら食べられない。

父のうわ言はますますひどくなり、一家の気持ちは重くなるばかりだ。

「あのな、天井の板を剥《は》がすんだよ……。右のほうに壷があるだろう。壷が見えたか？　その中に黄金が沢山入っているから出すんだよ。わかるかい？」

父は急に大きな声で怒鳴るように言う。

「わかったかい。半分はこの家で使っていいのだから、早く出しなさい」

「父さん、天井の板なんか剥がせないよ。何を言っているんだい」と兄は困惑するばかりだ。

「何？　押し入れの中の天井を剥がすんだ。まだやっていないのか？」

「壷なんかある訳がないだろう、父さん」

兄が父のうわ言に答えながら、額の汗を拭きとっている。

「早く取ってこないとなくなってしまうんだよ。半分はほかの人の分だから残しておくんだ。お前たちがいらないのなら、ほかの人が使ってしまうんだ。聞いているのか？」

父のうわ言は一貫して黄金の壺に集中している。

「今、黄金を出さないでどうする？　今が一番必要なときだろう」

父の話は筋が通っている。僕たちは半信半疑ながら、もしかしたら本当のことではないのかと顔を見合わせて考え込んでしまった。

今の家族にとって一番困っているのはお金がないことなのだ。もし本当に黄金があれば、それこそ全員が助かるし、これから先にも希望が湧いてくる。

だが冷静に考えたらそんなことがある訳がない。兄は父の額の汗を拭きながらもう一度聞いてみた。「壺は本当に父さんが入れた

の？」

「そうだよ。あっただろう。半分だけなんだよ。あとの半分は残しておくんだよ」

兄の質問には答えられるのだ。

「ねえ、壺はどんな色をしているの？」

父は大きなため息をついてから答えた。「普通の色をしている瀬戸物だよ」

父は本気で返事をしているのだ。これはやっぱり本当なのかも知れない。昨日から同じことばかり言っているのだから嘘ではないように思う。本当だったらこれはありがたい。父は苦しい生活の中でも家族のために万一に備えて黄金を用意してくれていたのだ。最後の最後まで誰にも洩《も》らさず、秘密にしていたらしい。父はうわ言を繰り返している。

「半分だけは残しておかないとあとの人が困るから、奥のほうにしまっておくんだよ」

「なんで半分なの？」

「半分は預かっているからさ。半分は我が家のものなんだ」

父は秘密を打ち明けたあと、安心したかのように眠ってしまった。

兄はしばらく母の顔を見ていた。母も病の床からそんなに訴えるのだから、一応確かめてみたらと言う。母はそのまま伏せってしまった。

兄はバールを持って押し入れの中に入った。外れやすそうな天井の板を見つけてこじ開けようとする。

よし、これから黄金の壺を取り出してみるか。本当にあってほしいものだ。ギー、ギーと音を立てて板が持ち上がっていく。天井板を外すとものすごい埃が立ち込め、部屋の中までたちまち埃だらけになってしまった。

兄は「ごほん、ごほん」と咳《せき》込んだ。とても天井なんか覗けるような状態ではない。

「壺なんかないよ」と兄が言うと父は目を覚ましたようであった。半眼のまま言った。

「いや、あるんだよ。箱がなかったかい。箱の中に壺が入っているんだよ。黄金がいっぱい入っているから気をつけて出すんだよ」

兄は埃がおさまるのを待って天井の奥まで見回したが、結局は何も見つからなかった。やっぱりなかったのだ。ある訳がない……。とんだ珍騒動である。

父は熱にうなされて三日間も同じことを言い続けていた。これでは父の身体のほうが心配だ。もしかしたら助からないかも知れない。母も寝たきりなので、働くことはできないし、収入も途絶え、食べるものも底をついてしまっている。

兄はこの一カ月余り、売り子の仕事もできず、ずっと家で看病や家事をしていた。僕は食べものがなくても、草原を逃げていたときの過酷な体験のためか、あまり深刻に受け止めていなかった。寝るところがあって家族が一緒にいられればそれで良かった。だが、母は子供の行く末を案じて兄を枕許に呼んだ。

「宏生、聞いておくれ。このままだと全員が飢え死にしてしまう。何とか食べものを手に入れなければ大変なことになる。よその家から食べものを貰って来ておくれ。日本人のいそうな家に行って、こう頼んで見なさい。『母さんが病気で動けないんです。父さんも高熱を出して倒れたので、食べるものがないんです。何でもいいから食べるものを少し分けてください』。そして粉でも野菜でも何でもいいから貰って来ておくれ。家の掃除や洗濯はマンちゃんに手伝って貰うから、お前は外で食べものを貰って来ておくれ」

兄は躊躇《ちゅうちょ》していた。今の危機的な状況はわかるけれど、物乞《ものご》いに行くのは気が引けてしまう。しかし、母の言うことは理解できる。母のためなら何とかしなければならないとも思った。

「僕一人では何だから、マンちゃんも連れてってていいかな」

「そうだね。家にいても何も食べられないし、子供二人で行ったほうが話を聞いて貰えるかも知れないね。今日はマンちゃんも一緒に行っておいで」

母に言われて僕たちは外に出た。二人で物乞いを始めた。

最初の家では、しどろもどろして話を聞いて貰えなかった。次の家では「ないわよ！」とバタンと玄関扉を閉められた。

だんだん玄関扉をノックするのも嫌になってくる。誰もいないとわかったほうがほっとした。人が出てくる気配がすると、尻込みして言葉が出なくなった。

どの家も、よその家を手助けするほど余裕のある人はいなかった。

何の成果もないまま帰るのではもっと辛い。歩いただけ損したような気分になる。話し方は最初より幾分良くなったが、真剣に聞いてくれる人はいない。

とうとう、手にするものがないまま家路についた。家に帰ったら六歳の弟が力なく座っていた。

その日は水だけ飲んで寝るしかなかった。

翌日は勇気を出して兄が一人で出かけて行った。

「おばちゃん、僕の家では母さんが寝たきりで、父さんも病気で倒れてしまったんです。昨日も何も食べていません。何か食べるものを貰えませんか」

興安街にいたときはボーイを雇っていたのに、この変わりようは情けなかった。それでも何とかしないと父さんも母さんも死んでしまう。動けるのは自分だけなのだからと、また別の家を訪ねる。

昼過ぎになっても何も手に入らなかった。

ある家の前でノックしようかどうか迷っていたら、偶然にも家の人が外から帰ったところだった。兄は夢中で事情を話した。

「そうなの、それは大変だわね。私の家にも差し上げられそうなものが生憎ないのよ。でもちょっと待っていて、何か探してみるわね」

このおばさんは兄の話を本気で聞いてくれた。優しそうな人に会えて兄はほっとした。しばらく待っていたら、おばさんは切った南瓜《カボチャ》を持って来てくれた。

「うちにもこんなものしか残っていないけれど、これで我慢しておくれ」

兄は南瓜を手に涙を流したそうだ。二日目で初めて食べものを手にできたのだ。兄は「おばちゃん、ありがとう」と深々と頭を下げてその家を出た。

家に帰ると母が起きてきて、南瓜を煮てくれた。出来上がるのがとても待ち遠しかった。

兄は翌日も物乞いに出る予定だったが、この家の一階の事務所から持ち出した五色の珠のことを急に思い出した。これに糸を通して首飾りにしたら売れるような気がした。そうだ、これに糸を通せば絶対売れるはずだ。

「マンちゃん、手伝えよ。これはきれいなものだから、このままここに置いておくだけではもったいない。違う色の珠を混ぜて輪にするんだ。これなら売れるぜ。俺が全部売って見せるよ、元手はタダなんだから丸儲けだよ」

「わかった。手伝うよ」

僕もすっかり忘れていたが、ピンポン玉より少し小さいセルロイド製のようなこの珠なら確かに売れそうだ。もともと軍用犬の表彰に使う王冠用の珠だからきれいにできている。

これが売れたら食べものでも何でも買えるぞと、二人でせっせとリングを作った。

兄は売り子の経験もあったので、繁華街も知っているし、浮浪児たちとも付き合いがあった。大人の商売の片棒も担いだりして、生活力にも貪欲であった。

「ついでにこの本も売ってしまおうよ」と僕が言った。

「ああ、それはいい考えだ。その辞書は高く売れるはずだよ。大人が煙草を巻くのに辞書の紙が一番いいと言ってたからな。いくらに値をつけようかな」

こうして僕たち兄弟は商売人の仲間入りをした。人混みの目抜き通りに場所をとって適当な値段で売り捌《さば》いた。何しろ元手がタダなのだから勝手気ままに値付けができる。そのお陰で多少の穀物も買えたし、パンや饅頭《マントウ》なども久しぶりに食べられた。だが三日もするともう売るネタがなくなって商売はあがったりになってしまった。父が寝たきりのままなので、兄は五年生ながら大島家の大黒柱として先のことを考えなければならなかった。

　また物乞いに行くのは嫌だ。やっぱり商売がいいと思いながら、前に売り子の世話をしてくれた元締めのところに顔を出した。今日の生活に困っていたので、まず食べものにありつきたくて、物乞いのときのセリフで話してみた。元締めの主人はじっと話を聞いてくれたので、何かくれるのかと思ったのだが、兄の両肩に手を添えた。

「君な、君はこれからもそんな生活をするつもりかい。今は日本人だけではなく、みんな貧乏と戦っている。一度物乞いに成功しても長くは続かない。そんな生活をすると人間が駄目になる。自分で働いて自分で稼ぐ気持ちがなければ、立派な大人にはなれないよ。おじさんが応援してあげるから明日から新聞を売りなさい。朝、四時にここにお出で。君の分をおじさんが用意して待っている。遅れないで必ずくるんだよ。待っているからな」

　資金もないのに全部用意してくれるというおじさんの好意に兄は胸を打たれた。売り子ならできる。誰にも負けないで新聞を売ってみせる。

　母にそのことを告げて、兄は朝の三時に起こして貰った。とても眠かっただろう。四時まで待つ間は足も手も凍りつくかと思うほど冷たい風が吹いていたという。初日も二日目も新聞は捌いたが、儲けはほんの少しだった。パンが一つしか買えない金額だったが、それでも自分で稼いだお金だったから兄は嬉しそうであった。新京に来てから六カ月になるが、学校は閉鎖されたままなので、昼間も時間だけは十分にある。兄は朝の新聞売りが終わると、今度はまた飴や煙草の売り子も始めたので、毎日街頭に出るのが日課となった。

こうして働いたお金で、兄は大豆とかメリケン粉とか高粱《コーリャン》や玉蜀黍《トウモロコシ》の挽き割りなど、何かしら家に持ち帰るので、兄の帰りが楽しみであった。僕はしばらくの間、家の中の雑用やご飯の支度もすることになった。もっぱらお粥を作るのが専門で、少しの材料でも増やして食べるのが絶対条件になっている。主食の穀物がないときには、ジャガイモのスープを作るだけだが、それでも食べられるだけ嬉しかった。

この大陸では豆が大量に採れるので、わりあい安く手に入る。時には大豆をふやかしてから何かと一緒に煮て量を増やしたりした。洗濯のお手伝いといっても、実際には洗剤がないので、ただの水洗いである。洗濯というより、虱《シラミ》取りと言ったほうが合っている。幾日も風呂に入れないので、虱が湧き出して誰の着衣にも沢山寄生しているのだ。縫い目の折り返した裏には、卵がびっしりと産みつけられている。見つけ次第、両手の爪で押し潰すのだが、いくらやっても切りがない。

殺虫剤など買えないし、どうやっても根絶することはできず、身体中いつも痒《かゆ》かった。虱取りは着物ごと釜茹《ゆ》でにするのが一番効果的だった。寝ている両親の着物もたまには熱湯につけて虱退治をしてあげることにした。しかし、三日もするともう着衣にはいつものように何匹もの虱がついていた。人間と虱との戦いは終わることなく続けられていた。

長いこと、熱にうなされて苦しんでいた父が奇跡的に持ち直し、少しずつ回復の兆しが現れると、病の床にあった母の顔にもやっと笑顔が戻ってくる。そして子供たちを労いながら、「もう少しで間違いなく良くなるから辛抱してね」と僕たちを勇気づけてくれた。

体力が落ちてふらふらになっている父には、貴重な卵などを加えて食事をとって貰った。その甲斐あってどうにか危機を脱することができたようだ。その後一週間もすると父はいつものように道具箱を担いで仕事に出られるようになり、家族一同本当に良かったと胸を撫で下ろして喜んだ。

新京でも栄養失調や、高熱の病に倒れたり、あるいは怪我で死んでしまう例が多くあった。父の回復ぶりは近所で評判になり、周囲の人々に勇気を与えることにもなった。

日本の敗戦により戦争は終結したが、半年以上経過しても家族の消息がわからないまま必死に生きている人があちこちにいた。

最愛の夫が戦地から帰らず行方不明であったり、逃避行の最中にはぐれてしまった我が子を捜し求める人、親兄弟の生死が不明でまったく手がかりのない人など、ほとんどの人が何らかの形で家族と離れ離れになっているのが実情だった。

これから先に果たして巡り会うことができるのかどうか。運良く祖国に帰ることができたとしても、父母が達者かどうかはわからないのである。

結婚して間もない夫婦なのに、戦時の混乱で別れたまま消息がわからなくなった夫を捜し求めている女の人が同じ建物に住んでいた。

夜になって仕事から帰ってくると、時々、「コックリさん」という狐の占いを始める。アイウエオの五十音と一二三の数字が書かれている大きな紙の上に、三本の箸を結わえて三脚のようにしたものを置く。三脚の中央に目隠しした人の手が添えられる。

座っている今日の主人が「……の大明神、……の大明神、……の大明神」と三回呪文を唱え出す。そうすると狐が乗り移って、目隠ししている人の手が自然に動き出すのだ。

あと何歩でこの部屋に到着するとお告げがあり、その数だけ箸先が机を突いて音を立てる。そして大明神が到着次第、確かめたいいろいろなことを率直に尋ねるとコックリさんは質問にずばり答えてくれるのだ。

質問をすると目隠ししている人の指が箸を動かして、五十音の字の上をなぞっていく。その一字一字を続けて読むとちゃんとした答えになっている。

「シベリアデイキテイマス」「キタノホウニサマヨッテイマス」「ジユウガッニシニマシタ」と明確に答えてくれるのだ。

「カナラズアエマス」「アナタヲマッテイマス」「アトカラココニキマス」などと答えてくれるのだから愛する人を捜している人は特に真剣になる。

良いお告げが出たときには、部屋全体が震えるほどの歓声が上がり、涙して手を叩き合うこともある。だが、良いことばかりとは限らない。もしも悪いお告げであったら、生きる希望を失ってしまうかも知れないのだ。だから始める前は誰しも神妙な面持ちであった。

「コックリさん」をやるには狐の好物である油揚げを一枚用意しておく必要がある。そして狐が入りやすいように入り口を少しだけ開けておく。そしていつものようにお呪《まじな》いを唱えて拝むことから始まるのだ。

ところが、どういう訳か何回呼んでもコックリさんが現れない日があった。そんなときには決まって戌年《いぬ》の人がいたりする。狐は犬が苦手で寄りつけないのだ。

そんなとき、標的になるのは戌年のヒロちゃんだった。

隣のおばさんが僕たちの部屋に顔を出して、兄に少しの間、隠れていてくれと頼みに来た。隠れるだけで大丈夫だからというので、ちょっと姿を消すと本当にコックリさんが動き出した。やっぱり戌年はいないほうがいいらしい。愛する人や肉親の安否を知りたい人、自分の存在を知らせたい人にとって、通信や情報のままならない状況下で、藁にもすがりたい気持ちで「コックリさん」を頼りにしていたのだ。


五月になって、新京の街路樹が緑色に映え始めた頃、興安街で特に懇意にしていた松岡さんというおばさんと偶然巡り会い、家に案内されてご馳走になった。

おばさんはソ連と戦争になる少し前に興安街を離れ、戦火に遭うことはなかったが、それでも新京での暮らしは楽ではなかったらしい。松岡さんは興安街で世話になった恩返しとして、大島家の力になれればと気を使ってくれるのだが、何しろ日本人はみんな貧乏で、どん底の生活をしている状態だから、これといった手助けはできないのが実情だった。

せめてヒロちゃんと僕に、ジャガイモの炒め料理と茄子の味噌煮を沢山食べて貰おうと腕によりかけて作ってくれたのだ。久しぶりのご馳走で、僕たちの胃袋は底なしだった。思い出話も賑やかなひと時を過ごすことができた。

満腹の腹を抱え、松岡さんの穏やかな人柄を語らいながら家路に着いた。

「また来てね」とおばさんは言っていた。兄と「また行こう」と相談していたら、何を思ってか母に「もう行くのはやめなさい」と止められてしまった。明日の食べものもままならないときだったから、母は松岡さんの厚意に感謝しながらも遠慮したのだと思う。

夏になると、日中の暑さを避けるために児玉公園の大きな木の下には、いつも日陰を求めて多くの人が集まってくる。

そこには毎日のように中国人の少年のアイスキャンデーを売る陽気な声が響いていた。

「ビンゴウ　ビンゴワ　ヨウビンゴウ　ガンボウテンビンゴウ」（アイスキャンデー、アイスキャンデー、甘くて冷たくて美味しいキャンデーだよ）

どの少年も同じような節回しで売り歩いている。

一度くらいはあの美味しそうなキャンデーを食べて見たいと、いつも遠くから眺めている。キャンデーを他人が買う姿を見るけれど、僕たちが買って自分の口にすることはできない。そんなお金は持っていないのだから……。

夕日が落ちるまで、兄はいつも街頭で物を売っている。

「パピロス　シペチキ　ニェナーダ？」

「煙草とマッチはいくら？」というロシア語である。

「アジン　ドアー　トリー　チェトリー　ビャーチ　セミー　オーセミー」はロシア語で1から7までのことだ。

売れ筋は油で揚げた豆のお菓子で、安定した稼ぎになっていた。兄はすっかり市場の人になっていた。僕も市場で兄の商売を手伝うこともあるが、新聞を売り歩くのを日課としていた。

ある日、小便を我慢して夕方まで新聞を売り歩いていた。最後の一枚が売れて今日一日の仕事はおしまいだ。早速用を足そうとするのだが市街地の真ん中ではさすがに憚《はばか》られる。

急いで都合のよさそうな場所まで駆けているうち、我慢も限界に来てしまった。仕方なく適当な場所を見つけて用を足していたら中国人の少年が怒って文句を言ってきた。やむなく、途中で止めて急いで帰ろうとしたら、少年はいきなり僕に殴りかかってきた。

「この日本人の馬鹿野郎！」という意味のようなことを言っているのだろう。

僕も悪いことをしたなと反省はしていた。しかし、我慢に我慢を重ねた挙げ句のことである。

何だ、中国人なんかみんな平気で立ち小便なんかしているじゃあないか。日本人よりずっと品行が悪いくせに、偉そうに文句なんか言ってきやがって。僕は一人ぶつぶつ言いながら家に帰った。

今や中国の少年たちが、日本人の学校だった校舎に通って勉強をしており、我がもの顔で威張ってる。一方の日本人は乞食同然の毎日を送っているのだ。

戦争に勝つと敗けるのでは、こんなにも違うものなんだろうか。

話は少し遡《さかのぼ》って、寒い十二月頃のことだった。

僕は新聞を売り終えて、夜遅く家路を急いでいた。近くにいたソ連の兵隊が、突然自動小銃をぶっ放したので飛び上がるほど驚いた。

ダダダダダ、ダダダダダダ……ダダダダダ、ダダダダダ……。

銃の先端から真っ赤な火を吹き、夜の静けさが破られた。目の前で、しかも至近距離からいきなり撃ったのだから驚いたのなんの。腰が抜けそうになり、完全に足がすくんでしまった。

道路の中央を一人の男が逃げていく。革靴の足音が夜の街角に鳴り響いていた。

別の方向からも銃声がして、男は跳ね上がると、そのまま倒れ込んだ。

僕はその場を逃れるため夢中で街角を曲がった。

そこにはソ連の司令部があり、数人の兵士が慌ただしく動いていた。僕は事件に巻き込まれるのではないかと、胸騒ぎが止まらない。

やっとのことで、事件現場を離れるとガクガクしていた足の震えが止まった。

新京は満洲の首都だっただけに、沢山の人が集まり国籍の違う人種も大勢いる。中にはスパイ活動などを行う不穏分子がいるので、何が起こっても不思議ではなかった。

日本の旧高官や戦犯を捜す秘密警察も、暗躍しているというから世情の緊迫度は戦時中と変わらないという人もいた。

そういえば、ソ連の兵隊は昼間でも平然と銃をぶっ放すことがあって、市民はいつも冷や冷やしていた。

春になる頃、ソ連の兵隊は少しずつ減り始めて、街の自治は次第に中国政府に移されていった。

それによって治安も次第に安定してきた。

ソ連が進駐していた頃の中国人は、同じ戦勝国の立場でありながらソ連兵の横暴さには閉口していた。だからソ連兵を「ダーピーズ　ダーピーズ」(大きな鼻）と仇名《あだな》して嫌っていた人が随分いた。

ソ連が撤退して間もなく、新京の街に思わぬ内戦が勃発して、難民生活を送っていた日本人にも少なからず影響をもたらした。

中国の重慶軍（国府軍）と八路軍（共産党軍）との間で紛争が起きて、新京にも戦火が飛び火し始めたのだ。日本との戦いが終わって一年もしないうちに、今度は中国軍同士の内戦だというので、街は再び騒然となった。

市民の外出は一切禁止された。二日間に渡って市街戦の銃弾が飛び交う間、僕たち市民は息を潜めて成り行きを見守るしかなかった。

内戦が始まった頃の生活

銃撃戦を体験したことのある市民は、戦いの恐ろしさを十分に知っているので、祈る気持ちでただ隠れているのみだった。

ところが心配していたことが現実に起きた。

僕たちの住んでいるこの建物の一角に流れ弾が飛び込んで怪我人が出たのだ。

ガチャンとガラスを破る音と共に、部屋の中央に据えつけられたままのダルマストーブに弾が当たり、弾は弾《はじ》けるように近くにいた女の人の腕に当たってしまった。びっくりした女の人は、悲鳴を上げて廊下に飛び出し、大声で助けを求めている。

「痛い！　助けて！」

「どうしたの？　何があったの」

驚いて部屋から飛び出して来た婦人たちが、その女の人に駆け寄ると、彼女の右肩が血で滲んでいた。まるで焼ゴテでも当てられたように赤く窪んでいる。

「これは痛いでしょう。でも大丈夫よ。弾は入っていないみたいよ。しっかりして」

婦人たちは元気づけようとするが、本人は顔を真っ赤にして痛みを訴えている。

急いで手拭いを水に浸し、代わる代わる手当をしたのだが、外では相変わらず銃弾の音がしているから落ち着いて休ませることができない。

外には出られないから、医者に診てもらうこともできない。薬もないから、ただ水で冷やすことしかできない。

弾が腕を掠《かす》めただけですんだから軽傷の部類だったが、またいつ流れ弾が飛んでくるかわからないので、みんな戦々恐々としている。

どうして戦争なんかするのだろうか。

同じ中国人同士で撃ち合うことも不思議だが、戦争をすれば死傷者が出るに決まっている。建物にも被害が出るし、道路が壊されたり、歴史的に貴重な文化財なども破壊されてしまう恐れもあるだろう。お互いを傷つけ合うような戦争なんかしないで、仲良く共存できる方法を考えればいいのに、と子供心にも思えた。

翌日になると街は静まりかえり、昨日の騒ぎが嘘のようにシーンとしていた。どうしたのだろう。嵐の前の静けさなのだろうか。

日本人は二日間も閉じ込められると蓄えがないからすぐに干上がってしまう。ほとんどが外で働き、日雇いで収入を得ている訳だから、外に出られないと、食べられなくなってしまうのだ。

午後になるとじっとしてはいられず、人々は不安そうに顔を出してきた。

しばらくすると、駅のほうから物々しく武装した兵士がオートバイを先頭に、トラックや装甲自動車を従えて続々と進軍してきた。

鉄兜の横に木の枝などをつけて、銃を構え、旗を翻《ひるがえ》して入場行進が始まる。如何《いか》にも戦場から凱旋したような一個連隊である。

道路の両側には、いつの間にか大勢の市民が出て「万歳、万歳」と小旗を振りながら軍隊の行進を歓迎している。

今朝方、重慶軍は退却して、新京は八路軍の無血入城となったらしい。何台ものトラックや戦車の隊列が通過して、ひとまず戦争は終結に向かったように見えた。

翌日からはいつもの新京に戻り、人々の生活が再開されるのだが、不思議なことに街の様子が一変するような出来事が起きている。

交番に詰めている警官の制服が変わり、記章も今までのものとは違うのだが、勤めている警官はいつもと同じだから奇妙に感じられた。

児玉公園の中に建っている児玉大将の銅像の撤去作業が始まった。台座から馬の脚の部分が切断されて、横倒しになった銅像も哀れだったが、主をなくした台座の跡が景観を損ねて、見るも無残であった。

日本の支配していた昔日の名残りはすべて解体され、新しい中国の国家建設の息吹きが街中を包んでいるようにも感じられた。

八路軍の進駐によって、日本人には困った問題が持ち上がってきた。この春から始まった日本人の帰還問題が途切れて、しばらくの間、中止になるというのだ。

日本と蒋介石政府の間で邦人の引き揚げが話し合われており、ようやく第一陣がスタートしたというのに、中止になると聞いては人々の落胆の色は隠せない。もうすぐ第二陣が引き揚げの準備に取りかかろうという矢先である。白紙に戻されては、この先の不安は増すばかりであった。聞くところによると、今でも重慶軍が支配している街では予定通り帰国が進められているというから、新京に住む日本人にとっては降って湧いたような災難としかいいようがなかった。

異国に住む日本人にとって祖国は唯一の心の拠り所である。どんなに生活が苦しかろうと、故郷を想えば夢も希望も湧いてくる。しかし、今は絶望の縁に立たされているような心境であった。

このまま帰れなくなったら大変だ。

早速、「コックリさん」のご託宣《たくせん》にすがる人が出てくる。

――私たちは日本に帰ることができるでしょうか？　カエレマス。

――いつ帰れるのですか？　コトシノウチデス。

――日本にいる母は元気でいるでしょうか？　ゲンキデス。

――終戦の時に別れた友人は生きていますか？　シニマシタ。

明日をも知れない運命に苛《さいな》まれる難民たちは、どうしてもこのような占いや信仰に頼ってしまうものらしい。知人や肉親、縁者の消息を知りたいのは人情である。自分の明日の運命すらわからない身であるから、ついついコックリさんの箸を動かしてしまうのだ。

時にはコックリさんが答えてくれない場合もある。油揚げが足りないのか、入り口の開け方が狭いのか、箸の結び方が悪いのか、あるいは近くに戌《いぬ》年の人がいるのだろうか。一時間かけてもコックリさんが来てくれないときがあった。

困り果てていたが、こういうのを箸にも棒にもかからないと言うのだろう。

新聞社の社名が急に変わったり、役所の看板が書き換えられたり、軍隊が変わるといろいろなものが変わるから奇妙なものだ。街頭で商売をしていると、中国人とも話す機会が多くなるのだが、今まで使ってきた満語は簡単に使うことができなかった。それは満語が日本の支配下にあった言葉で、使用人や下僕に接するときの横柄な言葉らしいからだ。人を小馬鹿にしたり、見下した表現の言葉が多かったのかも知れない。

それを知らずに得意になって話すと、今の中国を侮辱した言い方だとしっぺ返しを食らう恐れがある。少しだけ言葉を話せても、かえって始末が悪い。覚えているのが悪口ばかりだったからだ。

日本への引き揚げが中止になると、望郷の念は一層大きくなる。

三歳で満洲へ渡り、故郷の記憶がない僕でも、日本人全員が望郷の念に胸を膨らませると、一緒になって帰国の日が待ち遠しくなる。

粗末な夕食をすませると、何もすることがないので、それからの時間がやけに長い。

本もなく、ラジオもなく、遊ぶゲームもない訳だから部屋にいても退屈してしまう。学校にも通っていないから友達もいない。電気と水道だけはあるのだが、風呂がないのでこの三カ月は入浴した覚えもない。よその家に行くこともないので、せいぜい今日一日のことを家族でお喋りするくらいのものだった。

日本に帰れるのはいつのことかわからないが、群馬のお婆ちゃんは達者で暮らしているのかどうか。この数年便りもないので心配している。

児玉公園の森の上には、いつもと同じ星が輝いている。この空は日本と続いているのに、この陸地は海で隔てられている。地球の不思議さを想像しながらぼんやりと空を眺めていた。

流れ星が一つ、大きな尾を引いて夜空を横切る。

流れ星が落ちて行く間に、願い事を三回唱えると必ず念願は叶《かな》うと聞いていたが、今は何も考えていなかったから残念なことをした。窓からぼんやり外を眺めていると、今の自分は籠《かご》の中の鳥と同じように思えてきた。

学校はなく、旅することもできず、着の身着のままで限られた範囲だけを動き、少しだけ食べたらあとはただ寝るだけになっている。病気で倒れても、自分以外に頼れるものはない。死んでしまったら、近くの土に埋められてしまうだけだ。

ソ連や中国の支配下では、自分たちの運命はいとも簡単に変えられてしまう。籠の鳥と少しだけ違うところは、誰も餌をくれないこと、そして新京の街だけは自由に歩けることだ。

大人たちは引き揚げには特に強い関心を持っており、二人寄れば故郷の話に明け暮れていた。一日も早く日本に帰りたい。いつになったら日本に帰れるのだろうか。食べるものもままならず、働き口もない不毛な日々の繰り返しであった。

そのような中でわが家では、母の病も快方に向かい、みんなが笑顔で動けるようになっていた。八路軍が進駐してから一カ月くらいの間に、またも新京は重慶軍との間で戦闘が始まり、戦火の恐怖にさらされた。

しかし、市民は前回の教訓があったので、今度は落ち着いて時の過ぎるのをじっと待った。首都であった新京は、通信や交通の要所であり、それに政治の中枢機関として重要な官庁街だったために、空爆や重砲による破壊は両軍にとっても損失である。だから外国を攻めるような大戦争にはならないことを市民は知っていた。ただ何日も戦いが続くと、仕事にあぶれて生活に支障を来すのでそれだけを恐れていた。

今回も二日ほどの撃ち合いが続いていたが、いつの間にか音はしなくなっていた。急に静けさが戻って来たので、もしかしたら戦闘が終わったのかも知れない。外に出てみると、至るところに薬莢が落ちていて、本物の実弾も散乱していた。遊び道具を持たない子供たちは、鉛色をした鉄砲の弾を玩具《オモチャ》代わりにするため、いくつ集められるかと競って拾い集めている。僕も十二発ほど拾い仲間に自慢した。

電車通りの街角には、びっくりするほどの土嚢が積み上げられて、戦場の物々しさを残していた。いつの間にか大人たちも外に出て来て、一部の人が慌ただしく公園の裏手に駆け出していった。何でみんなが走っていくのか最初のうちはわからなかった。

もうすぐ重慶軍が再入城してくることがわかり、つい先頃まで進駐していた八路軍が総退却したため、兵舎の中が空っぽになっているという。

誰もいなくなった兵舎には、物資が沢山残されており、自由に持ち出せる状態なので、それを手に入れるため我れ先にと人々が集まっているというのだ。

「面白そうだな、マンちゃん、俺も行くから一緒に行こうよ。今ならまだ大丈夫だよ」

兄に誘われて僕も急いで兵舎に向かった。何棟かある兵舎の中は噂通り兵士は誰一人おらず、幾人かの日本人が中国人と一緒になってあたりを物色しているところだった。

毛布や靴、アルミの食器、それに紙などの日用品が自由に持ち出せる状態であった。みんな何かしら持ち出そうと、目の色を変えている。

重慶軍が入ってくるまでの、ほんの一時間、この兵営は無法地帯になっているのだ。子供も大人もはしゃぎながら手当り次第に運び出している。

その様子は、蟻が自分の巣の近くで忙しそうに動き回っているのとそっくりだった。

僕もただ見ているだけではつまらないから、大人に交じって物色を始めた。

最初に見つかったのは、電池の入っていない懐中電灯だったが、そのあとで中国の帽子を拾った。続いて捨てられている箱の蓋を開けてみたら麻袋が出てきたので、これも持ち出すことにした。

今度はマッチも見つけた。これはあとでタバコと一緒に売れるから儲けものだ。

いつの間にか兵舎の中は五十人を超える人が右往左往している。

とうとう見つけたぞ！　毛布だ、毛布が一つだけ丸めてある。やった！　これは最高だ。少し汚れているようだが、そんなことはどうでもいい。毛布は最高に貴重品なのだ。軍隊毛布を探していたのだから、戦利品の中では特賞ものだ。急いで抱えて一目散に出口に向かった。もう嬉しくて笑いが止まらない。

やっと出口まで来たら、中国の大人が立っていて「おいこら！　それは駄目だ。ちょっと待て！　それは持ち出してはいかん」と両手を広げて遮《さえぎ》られてしまった。せっかく手に入れた戦利品を渡すよう命じられた。

仕方がないから渡してしまったが、よく見ると兵隊でもなさそうだし、管理人でもなさそうだ。

なぜ止められたのかわからないが、その男の人も結局は僕たちと同じ物盗りだったのだろう。僕が子供だから舐められたのだとあとで気づいた。

相手は大人だし僕の正当性なんか主張している場合でもないから急いで元の兵舎に引き返した。まだみんな何かを見つけては運び出していた。椅子や薪《まき》や食糧らしきものまであった。僕はさらに奥まで入って、またも毛布を見つけた。今度は誰にも渡さないぞ、と僕は毛布をしっかり抱えて外に向かうと、出口のところで大きな袋を抱えた兄とばったり会った。

「さあ、行こう。みんなも引き上げ始めたようだ」

僕も兄も一目散に家に向かって走り出していた。

荷物を二階の部屋に運び込んだ頃、大通りには沢山の人が出て、軍隊の歓迎準備に街はざわめいていた。戦火の音が止んでから五時間も経ち、再び戻ってくる重慶軍の凱旋パレードを見ようと市民は心待ちに並んでいる。

僕たちも一緒になって表に出ると、駅の方からオートバイやジープを先頭に自動車を連ねて沢山の兵隊がやって来た。

沿道の市民は中華民国の小旗を打ち振り、歓迎の意思を表している。

ついこの間は、八路軍に対して同じように歌声を上げていた市民たちが、今度は重慶軍に対して同じことをしているのだから、まったく奇妙なことである。

特におかしいのは交番の巡査で、今日に限り平服に着替えて市民に交じり、平然と小旗を振っている姿を見かけた。八路軍が入城したときには、今までと違う色の制服を着て交番に勤務していたが、明日からは昔の服を着てきっと交番に立つだろう。警官は政府直属の官吏だと思うのだが、どっちにも味方をするなんて随分ちゃっかりしていると、呆れて眺めていた。

七月も終わりに近づき、興安街を出てからそろそろ一年にもなろうとする頃、組織している日本人会の役員から、間もなくこの周辺の住民に引き揚げが再開されると通知があった。

「えっ、本当に？　もうすぐ日本に帰ることができるの？」と僕も喜びの声を上げた。

みんな嬉しくて天にも昇るような気持ちだった。

「もうすぐって、いつ頃になるのかな？　八月のうちに引き揚げが開始されるのかね」と母が父に聞く。

「うん、そうだと思うよ。重慶軍が入っているうちに引き揚げないと、あとがどうなるかわからないから、今のうちだと思うな。うまく順調に運んでくれればいいけれどな。もう少しの辛抱だとわかれば誰でも元気が出るよ。我慢比べみたいなものさ」

父の声が弾んでいた。母が嬉しそうに父を見ていた。

もうすぐ帰れる。日本ってどんなところだろう。大きな海が見えて、大きな山があるんだろうな。船に乗って海を渡るんだ。汽車にもきっと乗るんだ。日本に行けば食べものもあるんだろうな。早く列車に乗って海の見える港に向かいたいものだ。田舎ではお婆さんがきっと待っていてくれるはずだ。家はどんな形をしているんだろう……。

僕の心はじっとしていられないほど浮き浮きしていた。

たった一つだけ心配なのは、港に行くまでの途中駅が全部重慶軍の支配下でないと引き揚げが中断されるという噂が流れていることだ。

それにしても早く僕たちの順番が来てほしい。

その日から、希望に満ちた活動が始まり、今までの苦労は嘘のように消し飛んでいた。

父や母にとっては、何度となく夢に見た日本が現実のものとなろうとしている。いつ出発の番が回ってくるのかわからないのに、僕たちまで前途が開けたような気持ちになって毎日が何となく嬉しいような楽しいような気分になっていた。

祖国日本への引き揚げ

ついこの間まで、内戦があって不安だった市内はようやく落ち着きを取り戻していた。露店商通りは、日増しに人が多くなったり、品物も少しずつ増えているような気がする。難民と違って、もともと新京に住んでいた人の中は、私財を売って生活をつないでいた人もいる。そんな人でも日本に帰るとなれば、残りのすべてが不要になるので売り払ってしまいたいのだろう。我が家でも帰国を前提にした旅支度が始まろうとしていた。

この一年は、どん底の貧困生活であったとはいえ、鍋釜や大工道具など荷物らしいものも少しは増えている。

貴重な毛布もその一つであり、着替えの服も少しだがそれぞれの分が増えた。八月末になると、待望の日程が知らされ九月八日に新京を出発することがわかった。もう心は半分日本に向かっている。いろいろなことがあった新京の街。

コークス拾いで初めてお金を稼いだこと、ソ連兵の威嚇射撃で腰を抜かした出来事、両親が共に病に伏せったこと、松岡のおばさんにご馳走になった思い出、露店商通りでフランスパンをこっそり盗んだこと、軍用犬の首輪を飾る珠玉を売ったり街頭に立って新聞やお菓子を売った体験、市街戦のあと空っぽの兵舎に忍び込み物色したこと、実弾の弾を拾って玩具《オモチャ》にした思い出など切りがない。

児玉公園の銅像が倒される現場も見た。公園の前で売られているアイスキャンデーはついに一度も口にすることはなかった。コックリさんという占いのようなものを初めて知ったのも新京だった。虱《シラミ》退治はついに叶《かな》わなかった。銃を持ったソ連兵が部屋に土足で入り込んだときの恐怖。名前もつかずに死んでしまった赤ちゃん。

どれもこれも心に残る。露店商通りで並んで商売をしていたとき、隣のおじさんがゴム製の風船みたいなものを売っていた。僕たちが「一つちょうだいよ」と何回も頼んだのに、「駄目だ、駄目だ」と断られてしまった。

それでも粘っていたら、やっと一つくれたので空気を入れて遊び出した。それは細長く膨らみ本当は風船ではなかったらしく、僕たちが遊んでいたら、なぜか大人たちが恥ずかしそうにして、「あっちに行って遊びなさい」と追い立てられた。

乾燥させた玉蜀黍《トウモロコシ》を熱で弾けさせた「ポーミーファー」はよく売れた。大豆を油で揚げたお菓子が最高に儲かった。新聞が売れなくて泣きべそをかいた日や、中国の少年に殴られた悔しい思い出もある。

近くのカフェから聞こえてくる中国の楽曲「何日君再来」の哀愁を帯びた歌は子供心さえ揺さぶるようなメロディだった。

日本人の学校は閉鎖されたままで、ついにこの一年は生きるために働き通した感じだった。僕はさほどではなかったが、兄の働きは凄まじかった。冬の寒い朝も早く起きて新聞を売り歩いた。物乞《ものご》いまでして家族の窮状を救ってくれた。

苦しかった新京での暮らしとも、いよいよお別れする日が近くなっている。

九月に入ると、残された日はあと一週間だけである。やっと生き残れたという満足感もあって、誰もが活気に溢れた毎日となっている。

敗戦のどん底生活で明日をも知れぬ運命にあった人々が、祖国と聞いただけで光明を見出してきた。やっと人間らしい心を取り戻していたのである。

今ではお互いを励まし、思いやる余裕すら生まれているようだ。

あれこれ考えながら、荷物を整理したり、まとめる旅支度は実に楽しい。これといった貴重品は何一つないが、それでもリュックサックや手提げ鞄に入れられるくらいの物はあった。

鍋釜の類いはどれも置いていくしかない。汚れた寝具もこのまま置いて行くことにしよう。

とうとう待望の出発の日が来てしまった。どの人も抱えられるだけの手荷物を持って、新京の駅に向かって歩き出すが、その顔は喜びに溢れている。みんな、こんなに早く日本に帰れるとは思っていなかっただけに喜びは隠し切れず、自然に顔が綻《ほころ》んでいた。予定の列車はもうホームに入っていた。

「あの列車で行くんだね」と僕は父に聞いた。

「新京にくるときは軍用列車の貨物車両だったのに、今度は客車だよ。座って行けるなんて最高じゃあないか」

僕らは座席を確保して、窓から荷物を入れた。

リリーン、リリーン、リリーン……。発車のベルが鳴る。

ポーと大きな汽笛が駅舎にこだまする。いよいよ発車だ。ピーポー、シュッシュッシュッ……。蒸気をいっぱいに吐き出してゆっくり列車が動き出した。数々の思い出を残して、旧満洲の首都・新京をあとにする。ガッタンゴットン、ガッタンゴットン……。蒸気機関車特有の軋《きし》み音を発しながら力強く走っていく。

あっという間にビル街を通り過ぎ、街の面影も消えてしまうと、車窓には長閑《のどか》な農村の風景が一面に広がっていた。見渡す限り畑や草原に彩られた牧歌的な佇まいを見ていると、戦争の傷痕なんか微塵《みじん》も感じられず、そこには平和で素朴な安らぎがあるように思えてくる。

満洲の大地につくられた家や橋、畑や牧場は大きな自然と調和していた。大人たちはその風景を何一つ見落とすまいと、食い入るように見ていた。

翌日になって奉天《ほうてん》を通る頃、父は独り感慨に浸り、涙していた。大満の地に志を立て、裸一貫で立ち向かったこの十年、夢と消えてしまった挫折感がたまらなく胸を締めつけたのだろう。国を出るとき、祖母の反対を押し切って、絶対に成功するからと大見得を切った父が、命からがら帰国の途についたのである。思えばいろいろありすぎた。

二度と再びくることはないであろう大地との決別に、波瀾万丈の過去が追いかけてくる。

人生のすべてを賭けた青春の一ページが音を立てて崩れ落ちていく無念さ、そして第二の故郷が失われていく感傷が父の中で渦巻いていた。

四日目に目的地である胡盧《ころ》島に到着した。

続々と集まってくる引揚者たちは、港の風景に歓声を上げ、現実味を帯びた帰国を喜びあっていた。港には引揚者のための仮泊所があった。到着する引揚者が船の定員に達するまでここで待つのだという。

岸壁には船が接岸されていた。数日後には予定された定員数となり、いよいよ乗船が開始される。人々は喜びを露《あら》わに、桟橋を渡っていく。

様々な苦労が一遍に吹き飛び、故郷の肉親や友人との再会に思いを馳せている。波止場には帰国者のための店が数店並んでいた。売っているものは、飴やお菓子、焼き玉蜀黍などの食べものや、編み棒、靴下、手袋、履物など日用品しか並んでいない。

それでも最後だからと、思い思いに買い物を楽しんだ。軍票といわれたお札ともここでお別れである。もうこれからは使うことができなくなってしまうのだ。

僕たちの乗った船は貨物船で「V98」と記されていた。船内で自分たちの居場所を確保すると、僕たちは甲板に上がってデッキを一周してみた。陸の反対側は果てしない大海原が太陽に照らされてきらきらと波を輝かせていた。

乗船に一時間余り要したあと、ほとんどの人が甲板に集まって、出港を今か今かと心待ちにしていた。

ボー……。いよいよ出港の合図である。太くて低いドラの音が響き渡ってきた。ゆっくりゆっくり船が岸壁から離れ出した。曳航《えいこう》する小さな船が見える。「蛍の光」の音楽が流れて、いつの間にか五色のテープが何本も投げられていた。

「ありがとう、ありがとう」

「さようなら、忘れないからね。お世話になりました」

「達者でね、皆さんも元気でね、さようなら」

岸壁には出店のおばさんたちや仮泊所の管理人、それに船員さんたちも大勢出て、手を振って見送りをしてくれた。

やがて波止場が遠く霞んでしまうと、とうとう満洲とも永遠のお別れだ。引揚者それぞれに万感の想いが胸にこみ上げてくる。中には声を出して泣き出してしまう人もいた。

デッキにしゃがみ込んでむせび泣く人もいる。生き延びられた喜びが実感となって、身体中を駆け巡る。ついに堪え切れなくなって、大声で我が子を呼ぶ母親の姿があちこちにあった。

「タカシちゃん、ご免ね！　タカシちゃん……」

「チカコー、ヨッちゃん！　生きているんだよ」

「ユキちゃーん！　ユキちゃーん、許して！」

悲鳴にも似た叫び声を上げながら、デッキの床を叩いている。声にならず、涙だけポロポロ流して泣き伏してしまったお母さんもいた。

どうか生きていてほしい。

もう少しの辛抱ができたら、あの子を失うことはなかったかも知れない。

湧き出してくる悔悟《かいご》の念に、涙がとめどなく流れる。胸が張り裂けるほど息苦しい。なりふり構わず一心不乱にわが子を呼ぶお母さんたちの姿は痛々しかった。生き延びられた嬉しさより、失ったものの大きさに心が絞めつけられているのだ。知人や友人が肩を抱いて慰めている。一緒になって涙をしている人もいた。

僕たち一家と違って、自分一人だけしか帰ることのできない悲しい境遇の人も一緒に乗船していたのだ。出征したまま消息がわからなくなった人もいた。出張したまま行方不明になった人もいる。病魔に侵され亡くなった人、戦争の混乱で死別した人もいる。この大陸では様々な形での別れがあったのだ。

大事な我が子を中国人に預けた人もいる。あとで捜してはみたが、ついに見つからず悔やんでいる人もいた。誰もが心に痛手を負っていた。慰める言葉は見つからない。

狂わんばかりに泣き叫ぶ女の人の声で、船上は重苦しい空気が充満していた。僕たちのように五体満足、家族揃って帰国できる人は珍しいのだ。

戦地に赴いた息子を待つ母親は、一縷《いちる》の望みを託して息子の生還を信じようとしていた。生死がわからないのは、とても辛いことだと思う。

戦火の中で生き別れになってしまった人は、この一年をどれほど苦しんだことだろうか。

栄養失調で死んだ子供たちも多かった。逃避行の最中に襲われ、その怪我が治らず亡くなった人もいた。肉親を失った悲しみが痛いほど伝わる船上の情景だった。

仮泊所にいたときは、帰国を目の前にしていたので誰もが同じ境遇であることから、気軽に言葉を交わしていた。恋人との辛い別れを話していた人もいる。やっと今日まで生きて来たけれど、楽しかったことは何一つなかったという人もいた。戦争さえ起きなければ、こんなことにはならなかったという意見が大半を占めていた。

それでも仮泊所では引揚者の顔には安堵した喜びが感じられたのだが、船が岸壁を離れると、それぞれの想いが堰《せき》を切ったように溢れ出した。苦しかったことのみが走馬灯のように脳裏に映し出され、悔恨の想いに身体を震わしていた。

胡盧島が段々小さくなって、やがて陸地が見えなくなると子供たちはわいわいがやがやと、はしゃぎ始め、船上は子供の遊園地に変わっていく。たちまち友達ができて、いろいろな遊びが始まった。九月でも日中の甲板は結構暑い。丸く輪になって「かごめかごめ」を歌いながらぐるぐる回り始める。鬼ごっこを始めるグループもある。ジャンケンで勝った子が次々に陣地を広げる陣取り合戦も始まり、蝋石《ろうせき》の白い線が甲板に引かれていく。隠れんぼや缶蹴りなど至るところで子供たちが楽しそうに声を上げて遊んでいた。

着るものに不足した混乱の時代だから、可哀相な子供もいた。大人のシャツを着ただけで、下着を着ていない子は、しゃがむとちんこが見えてしまう。からかわれて半べそを掻きながら家族のところへ逃げて行く子もいた。

すぐに友達になれるが、すぐに喧嘩が始まるのが子供の世界だ。

痩せた身体で激しく動き回るとたちまち腹が減ったり、疲れてしまうので三三五五と船室に戻っていく。

船の中の食事は、米粒が見えないほど煮込まれた雑炊が主食として出されていた。一緒に煮込まれている野菜みたいなものはとろけて原形を留めていない。スープのような雑炊だけれど、それでも毎日食べられるだけで安心していられる。

普段はまず食べることのないサツマイモの弦《つる》とか、サトイモの茎や大根の葉っぱなどすべてが食糧となって胃に吸い込まれていた。腹ペコの子供たちにとっては次の食事時間が待ち遠しかった。

乗船してから二日目。どこを眺めても海ばかりで通る船もなく、僕たちは退屈していた。

やがて波が高くなり、船は大きく揺れ出した。難所として知られる玄海灘へと突き進んでいく。初めのうちは心躍る楽しさだったが、段々と気分がおかしくなってきた。ブランコに一日中揺られているみたいで、身体の置き場所が定まらない。

あちこちで船酔いに苦しむ人が出て、食事が喉を通らなくなる。やがて吐き出してしまう人が増えてきた。僕も気分転換に甲板へ上がり、どこかに魚でも見えないものかと海を見ていたら、白い波が近くに寄せたり遠のいたりするだけであった。次第に僕の気分もおかしくなった。何だか変だぞ……あっ、僕も船酔いになったみたいだ。

話に聞いていた通り、日本海の荒波のすごさを身をもって体験した。

こうなると友達と遊んでいる場合ではない。あんなに腹ペコだったのに食事もできやしない。頭ががんがんしている。結局、部屋に戻って横になり、ただ我慢するしかなかった。

三日目の昼過ぎになると、人々の動きが急に活気づいてきた。

何人かの人が階段を行き来しながら、明るい話し声が交わされている。

どうやら島が見えて来たらしい。いよいよ日本に近づいてきたのだ。僕も急いで階段を上ってみた。大勢の人が甲板に出て歓声を上げている。やっぱり日本が見えて来たのだ。

「うわあー、見えたぞ！　あそこだ、あそこに島が見える」

「あれが故郷の島か、見える、見える、やっと来たんだ」

「懐かしいな、日本だ、日本の島だ」

どの人の顔にも喜びが溢れて、感激の涙を流す人もいる。

島の山並みに見える木立ちの緑、穏やかに光る沿岸の海に見える漁船。祖国・日本の風景だ。辛かったすべての過去が吹き飛んでいく。生きて帰って来たんだ。日本の土が踏めるぞ。何と日本は美しいのだろう。穏やかで優しくて、温もりを感じる山の懐、満洲にはなかった故郷の匂い。帰って来たぞ！　俺の故郷だ。

抱き合って喜ぶ人たちの姿に僕も嬉しくなる。

僕が満洲に渡ったのは三歳のときだったので、日本の風景はおぼろげにも知らないはずなのに山が見えたときはみんなと同じように感動していた。大人も子供も関係なく、日本人の心を和ませてくれるのが、日本の山並みなのだろう。一時間以上ずっと立ちつくして、島を眺めていた。

次第に港が近くなると、大小様々な船が行き交い、思わず手を振ったり声をかけたりしてしまう。

「やっぱり日本はいいなあ。見ているだけで幸せを感じるよ」と話している人がいた。

V98は港へ入るものと思っていたら急に速度を落とし、途中で大きな錨《いかり》を下ろしてしまった。

「何でこんなところに停まるの？」

僕には不思議でならない。父が教えてくれた。

「外国から来た船は、上陸する前に全員が検疫を受けなければならないんだよ」

「検疫って？」

「コレラ菌を持っている人がいると上陸できないんだよ。だから全員検便して保菌者がいないことを確認しないと上陸させないのさ」

「全員なら二日くらいかかるんじゃないの？」

「もっとかかるかも知れないよ。全員の結果はそう簡単に出ないからね」

父の説明を聞いてがっかりしてしまった。

場合によっては一週間以上停泊することがあると言う。

甲板に出てみた。港には一日中、様々な船が出入りするので見ているだけでも結構楽しい。港を見回して驚いた。日本海軍の駆逐艦やほかの軍艦があちらこちらに砲門をつけたまま停泊している。日の丸を船体に堂々と印した姿は絵本や写真で見たものとそっくりだ。

日本は戦争に敗けて一年も過ぎたのに、何隻もこの博多湾に停泊しているのだ。これから戦場に向かうのかと思えるほどの装備であった。この博多は戦争中の軍港なのだろうか。あの雄々しい姿を見ていると、どうして戦争に敗けたのか不思議でさえある。

日本の海軍は強かったから、まだ沢山の軍艦が無傷のまま残っているのかも知れない。それにしても堂々と日の丸が見られるなんて、やっぱりここは日本なんだなあと実感が湧いてきた。今まで実物の軍艦なんか見たことはなかった。映画で見たときの雄姿そのままなので敗けたのが信じられないくらいだ。航空隊は特攻などもあって弾薬も底をついていたというが軍艦はまだこんなに残っていたのかと複雑な気持ちになった。

検疫もすんで、幾日か経過したので、もうすぐ上陸できるものと期待しているのだが、なかなか上陸の許可が下りないのでみんながいらいらしてくる。

遠くのほうに泊まっている大きな船は、コレラ菌が発見されたために隔離されて、保菌者がいなくなるまでずっと検査が続けられるのだと聞いた。

この船も再検査があるらしいと噂に聞いているのでちょっぴり心配だ。

目の前に陸地があるのに上陸できないのはとても辛かった。みんな一日も早く祖国の土を踏みたいのだが、衛生官の白衣を見ると不安がよぎり、祈るような気持ちになっていく。

貨物船なのに船内には娯楽室も備えられていて、退屈しのぎに演芸会のようなものが催された。

上陸できないのがわかっているから、お互いに気を紛らわしたいのであろう。仲間同士で歌ったり、時には芝居まで演じる人がいる。

僕も娯楽室を覗いたり、デッキの上で鴎の動きを追っかけたりして遊んでいた。

船の下には鯔《ボラ》という大きな魚や、名前のわからない小さな魚が沢山泳いでいる。海の中がこんなによく見えるとは知らなかった。あんなに魚がいるのだから何とかして釣り上げてみたいものだ。誰もがきっとそう思っているだろう。食糧が不足しているとかで、船内で出るおかずも正直なところ物足りない。あんなに魚がいるのにどうして手をつけないのか不思議に思う。

よく聞くと、このあたりの魚は汚れたものを餌にしているので、いろいろな菌をもっているらしく食用には適さないのだという。そういう訳なら仕方がない。

日本に帰れば、食べるものは普通にあると思っていたのに、毎日雑炊の割り当てだけで米のご飯なんかちっとも出てこない。

「どうして日本でも食べものが不足しているの？　船の上だから？　それとも占領されているからなの？」と父に聞いてみた。

「内地も戦争のために軍需工場に力を入れていたから、食糧の増産に手が回らなかったのさ。それに農家の人も兵隊にとられて働き手がいなくなったのもある」

「それじゃあ畑や田んぼは何も作らないで残っているの？」

「日本は山国だから、自給自足するだけの畑がなくて、朝鮮とか台湾とか満洲から農作物を内地へ運んでいたんだ。それに南方や大陸に進出していた軍隊に食糧の補給をしなければならなかった。

その上、内地も空襲を受けて、工場や道路が破壊されてしまったからね。大陸から物資を運びたくても戦火が激しくて輸送船団が日本に近づけなかったから結局、国内の物資も食糧もまったくなくなってしまったんだよ」

「それじゃ群馬の田舎に行っても、やっぱり食べるものがないのかね」

「うん、お婆さんの家だって農家ではないからね。一人でもやっとこさのところに、こうして引揚者が帰って来たりするから、もっと大変になるだろうな」

「父さんは帰ったら畑仕事もするんでしょう？」

「仕事は何でもするけれど、作物を作るのは半年から一年かかるから、すぐには食糧を手に入れることはできないんだよ。お前にも相当頑張って貰《もら》わないとな……ハッハッハッ」

「海にはあんなに魚がいても獲れないし、畑で作物を作るには一年もかかるのか……」

僕は溜め息をついてしまった。戦争のために、多くの人が兵隊にとられて農業をやる人が少なくなったなんて驚きだ。満洲では開拓団が入っていて農業は盛んだったのでなおさらだ。

毎日が退屈に過ぎていった。そのうちにようやく船が動き出すという情報が入り、全員に喜びが蘇ってきた。

いよいよ出航だ。錨が引き上げられ、船はゆっくり岸壁に向けて動き出していく。

今度こそ上陸できると人々は喜びながら身仕度を整えていた。接岸するのを待ち兼ねたように、次々と甲板に集まり始めた。港で迎えてくれる大勢の人に、手を振って心を弾ませながら栈橋に降り立つ。そこは夢にまで見た祖国への第一歩であった。

着いたぞ！　やっと来た！　今帰って来たのだ！　とうとう日本の土を踏めたんだ！　両手に荷物を抱える人、幼子を抱く人……どの人の顔にも安堵の色が浮かんでいた。

「お帰りなさい、ご苦労さん」と係の人が声をかけてくれる。

僕たちは何となく照れ臭くて返事のしようもなかった。

何人ぐらいの人が降りたのかわからないが、上陸するまで随分時間がかかっていた。日本の係官の人たちはみんな親切にしてくれて、ここはやっぱり日本なのだと実感が湧き最高の気分だった。

祖母の懐

博多に上陸したときに、白い粉を頭から全員がかけられたが、それはＤＤＴという殺虫剤だと知らされた。外は大分暗くなっていたので、町の様子などは見ることができない。

係員のいるところには電灯が点いていたが、町全体はひっそりと静まりかえっているような感じがした。上陸の手続きが終わり次第、汽車に乗って出発の手はずになっているという。

係員から幾ばくかお金と切符を受け取ると、早速待機中の汽車に飛び乗った。

休む暇もなく発車のベルが鳴り響いている。

「もう出発なんだね、夜中に走るのかな？」と僕は父に聞いた。

「そうなんだよ、遅れるかと焦ってしまった。汽車は時間通りだからね」

がくんと車両が震えて、列車は走り出す。最初は客車を引っ張るためがくんがくんとノッキングしていたが、やがて安定した走りに変わってきた。

ピー、ポーと時折汽笛が鳴る。蒸気機関車の力強い響きが車内にも伝わってくる。外は真っ暗闇で何も見えない。列車内はそんなに混み合うこともなく、立っている人は少ない。

しばらく走っていたら、どこからともなく歌声が聞こえてきた。

「♪さらば博多よ　又来るまでは　しばし別れの涙がにじむ　恋しなつかし　あの島見れば　椰子の葉かげに十字星……」

大人たちが何度も何度も繰り返しながら歌い続けている。自由となった身の喜びをラバウル小唄に託して歌い続けていた。

鉄道沿いには灯りがなく、機関車は暗闇の中を走り続ける。車窓からは何も見えない。

「外が見えなくて残念。折角座れているのに」と僕は言った。

「明日の朝になるまで何も見えないよ。今夜は早めに寝たほうがいいよ」と父が言う。

「キヨちゃんはもう寝てるね。群馬にはいつ到着するのかな？」

「今日は十月一日だろう。あと二日は列車に乗って、順調に行けば四日には着くと思うよ」

堅い木の背もたれに寄りかかっていたら、水飛沫《しぶき》が窓から飛び込んで来た。関門トンネルの中に入って霧状の飛沫が顔に降りかかってきたのである。僕らは慌てて窓を閉めた。

「今のは何？　すごいね。窓から潮風が入ってくるよ」

「お前たちも初めてだからびっくりするだろう。このトンネルは九州と本州を結んで海の下を走っているんだよ」

「えっ！」と兄が驚いた声を上げた。「どうやって海の下にトンネルを造ったの？　僕には信じられないよ」

「海の上に浮かぶ船だってすごいし、空を飛ぶ飛行機だってすごい。それにラジオから出る音だって全部技術の力だから驚きだよな」

父は兄と科学の進歩について真面目な話を始めた。

揺れ動く列車の中で、父は一人喜びに浸っている。日本の土を踏んだ安心感と生まれ故郷に向かう嬉しさが隠し切れないでいる。それに家族五人が帰国できたことで、何となく責任を果たしたような満足感もある。老いた母には、この数年間、便りも出せず音信普通のまま親不孝をしてしまった。父は思う。母は笑顔で迎えてくれるだろうか。帰ったら母を大事にしてあげたい。母が達者でいてくれるかどうか、それだけが気がかりだった。

列車は二日目も力強く走り続け、車窓の風景は、大陸とまったく違う鮮やかな色彩が目に映った。

僕たちは景色を見ながら家族でいろいろな話をした。

「あそこに柿の木が見えるけれどわかるかい。ほら、あんなに実がついてるよ」

「あっ、本当だ。きれいだね。あれが柿か……。満洲には柿なんかないからね」

「稲刈りも始まっているよ。ほら、あのあたりがみんな田んぼなんだ」

「ほら見てごらん。案山子《かかし》があそこに立っているよ。あっ、あそこにも……」

「あの林のところに濃い緑があるでしょう。あれは竹なんだよ」

「あの隣にもあるね。竹も満洲では見たことがなかったよ」

「ぐっと山が近くなって来たね。やっぱり日本は山国なんだね。今まで平野ばかり見てきたから、こんな山を近くで見ていると何だか気持ちが良くなる感じだよ」

「ほらほら、あそこ。あれが栗の木だよ。栗の木なんて本当に懐かしいわ」

父や母は懐かしがっているが、僕と兄にはどれもこれも初めて見るものばかりだ。

静岡に入り、車窓には富士山が現れた。僕らは一斉に歓声を上げた。

「これが富士山！　きれいだね。さすが日本一の山だよ」

「本当だ。絵とまったく同じだね。大きくてきれいだなあ。感激だー！」

「日本に帰って来た実感が湧いてくるよ」

車内の人全員が片側の富士山に目が釘付けで、口々に感動の言葉を発している。

「本当だ。こんなきれいな山だもの、夕日に照らし出される富士なんか絵になる訳だ」

「なんてきれいなんだろう」

懐かしさと故郷への想いで涙ぐんでいる人もいる。

山並みの美しさ、田園の広がり、茅葺きの屋根、どれもこれも僕たちには真新しい。新鮮な風景が流れていった。

「あれぇ、あそこにいるのは白い豚だよ。見て見て、満洲の豚は黒なのに日本の豚はどうして白なのかな？」

「本当だ、不思議だね。馬だって日本の馬は背が高くて、すらっとしているのに満洲の馬は太くてずんぐりしていたしね」

「気候が違ったり、餌が違ったり、種類も違うんだよ」

父も懐かしそうに風景を見渡しながら教えてくれた。

列車は夜通し走り続けて、朝方に東京駅に着くと、休む間もなく乗り換えて上野へ。そこから上越線に乗り換えるのだ。

父は上野駅で田舎に電報を打った。

――「ハジメ、キヨウカエル、ミナブジ」オオシマブンドノそれから何時間もかけて、二時頃待望の後閑《ごかん》駅へ到着した。

駅前にはおんぼろの乗合バスが停車していた。バスの後ろには木炭を燃やす釜が付いていた。木炭を燃料とするバスを初めて見た。

田舎の道路は砂利道が続き、坂も多くて曲がりくねっている。もどかしいほどバスはのろのろとしていて、登り坂では停まってしまいそうなくらいであった。

もうすぐ父の生まれ故郷のお婆さんの家に着くのだ。きっとお婆さんが迎えに出ているだろう。父は懐かしの今宿の橋を通り過ぎるともう落ち着かなくなっている。

もうすぐだぞ、そのあたりだろう……。何しろ七年ぶりだから自分の家の記憶が曖昧《あいまい》になってしまっている。一九三五（昭和十）年に満洲に渡った。一度帰郷した一九三八（昭和十三）年頃にはまだバスは通っていなかった。バス停がどこにあるのか見当もつかないのだ。

田舎が変化しているのか、それとも自分が興奮しているためなのか、地元だというのになかなか位置が掴《つか》めず周囲を見回している。

動いているバスの中からだと見極めがつきにくいらしい。今か今かと見ているうちに、いつの間にか自分の家を通り過ぎてしまい、見覚えのある鍛冶屋の前に差しかかっていた。

慌てて運転手さんに声をかける。

「運転手さん、すみません、ここで停めてくれませんか」

乗客の中には僕たちが引揚者だとわかって、田舎の状況を親切に教えてくれる人がいる。運転手さんも気がついて父に同情してくれた。

「それじゃあ、特別にここで停めますから」と笑顔で答えてくれた。

父の背には敗戦後の満洲で生き抜いた証しが背負われている。

五人がバスから降りて、通り過ぎた坂道を戻ると、家の前では近所の人が出迎えてくれた。

「肇《はじめ》さん、お帰り。よく帰ったね、ご苦労だった」

「いやあ、元気そうで何よりだ。久《く》めちゃんも子供たちもみんなご苦労さん、良かったな」

「子供たちもこんなに大きくなったのかや。よく無事で帰れたじゃあねえか」

父は笑顔で答えた。

「やあ、皆さん、出迎えて貰《もら》ってすまないね。ただ今、無事に戻りました。留守中には何かと世話になったと思います。お陰様で故郷へ帰れてこんな嬉しいことはありません」

「良かった、良かった。それでな、肇さん、さっき電報が届いたんだがよ。婆さんは畑に行って留守なんだよ。若い衆が呼びに行ったんさ。もう少し待っていれば帰るべえから、先に家の中に入ったらどうだい」

「そうかい。そりゃあ、すまんね。母も達者のようで安心したよ。それじゃ、先に荷物でも下ろしてくるかな。みんな、あとで寄ってくれや」

僕たちは祖母の家に入った。土間から黒く煤《すす》けた囲炉裏のある吹き抜けの座敷に上がり込んだ。兄も僕も、この囲炉裏は何となく記憶があった。ほんのわずかに残り火があって、自在鉤《じざいかぎ》には大きな鉄瓶が下がっていた。

荷物を下ろして、囲炉裏端で一息ついていると、近所の人が飛び込んできた。

「肇さん、婆さんが帰って来たぜ」

それを聞いた父はそわそわして、土間に下り立つ。お婆さんは息せき切って、裏口から入って来た。お婆さんは姉さん被りしていた手拭いをとった。

父と祖母が顔を見合わせる。

「肇、よく帰って……」

祖母は絶句した。父とお婆さんは抱き合った。

「おっ母さん、苦労をかけてしまったね。達者で……」

父も言葉を失ってしまう。

父と祖母の目からぽろぽろと涙がこぼれ、しばらくは声にならなかった。六十一歳になる祖母は、腰も曲がっていて体が小さくなっているように見える。祖母は手拭いで涙を拭くと、僕たちのほうを見て、「宏生《ひろお》も大きくなって……。よく帰って来れたな。お婆さんを覚えているかい」と言いながら土間から上がって来た。

兄も僕も祖母に抱きついた。祖母の懐はとても温かかった。

戦争で便りも途絶え、生死もわからないまま、ただ一人で働き通した気丈な祖母は、この十年近く、ひたすら我が子の帰るのを待ち侘びていた。たった一人になっても「福井屋」という旅籠《はたご》屋を続けているという。少しだが畑もやっていて牛も一頭飼っている。その餌になる草刈りを日課にしているというから大変な重労働だっただろう。

涙で顔をくしゃくしゃにした祖母は、涙を拭きながらそそくさと裏口から出て、しばらくしたら色づき始めたばかりの柿を一つだけもいできた。

「甘いかどうかよ。やっと色がついてきたところだが、食べられそうなのは、一つしかなかったでなあ」

祖母は包丁で柿を剝《む》き始めた。

「柿もお前たちの帰るのを待ってたんだ。さあ、初物だよ。食べてみい」

祖母は等分に柿を分けてくれた。初めて食べる柿はとても甘くて美味しかった。日本に帰って初めて食べた果物がこの柿であった。これが故郷の味なのかと感慨深く味わった。

囲炉裏には薪がくべられ、大きな鉄瓶が音を立ててお湯を沸かす頃、近所の人たちが入れ替わり立ち替わり、労をねぎらいに駆けつけて来た。

野菜を持って来てくれたり、卵を持って来てくれたりする人がいる。

土間に下りたり上がったり、祖母も嬉しそうに村の人に応対していた。

この三日間、列車の中でしか眠れなかった僕たちはとても疲れていた。

「そうだ今夜は早めにお風呂を焚こうな」

そそくさと立った祖母に、母が言った。

「あたしがするから、お義母さんは座っていてちょうだい。もうゆっくりしてください」

大島家は盆と正月が一緒に来たような賑わいであった。

あとがき（一）　生まれ故郷に帰ってから

祖母のぶんは六十一歳だった。一人で家を守ったが音信のつかなかった、この数年の間に借金をしていたようだ。土地と家を担保に入れて日常の必要資金は資産家が都合をしてくれていた。仔牛を飼っていたが、僕たち五人が加わったので、祖母は牛を山羊に買い替えて、その差額を生活費に充ててくれた。

十月になって私は新巻小学校に転入することになった。

一年間の空白があったので四年生をやり直すことに父は決めたようだ。敗戦後の貧乏生活なので、できるなら早く卒業して家計を助けてほしかったに違いない。学校の先生は私に五年生に転入しても構わないと父に話していたようだ。

しかし、四カ月しか四年生の勉強をしていないし、十月から五年生に入ると六カ月で六年生に進むことになる。それではとても追いつけないと父は判断したらしい。

四年生に編入されることは自分では辛かった。落第した訳ではないのにもう一回四年生をやり直すからだ。一歳年上な訳だから何となく恥ずかしいような感じもした。

五年生になったときに山から炭を下ろす作業があった。背負子《しょいこ》というのだろうか、梯子を小さくしたようなものに炭俵をくくりつけて山から下ろす作業だ。

二宮金次郎が薪《まき》を背負っている銅像は見かけたが、自分がこのような作業をするのは初めてだった。私は炭俵を一俵だけくくりつけて下ろしたが、ほとんどの同級生の男子は二表をくくりつけていた。一番身体の大きい本多君は三俵もくくりつけていたのに仰天した。私は非力なことが恥ずかしかった。

村の生活はこのような作業が当り前にあった。薪下ろしもその一つだ。

満洲ではまったくなかった野球というスポーツが小学校から始まっていた。ルールもまったくわからなかったが、選手が足りないのか、私に一生懸命ルールを教えてくれた。

春から夏にかけて食べられる野草を採りに山に入った。

ワラビ、フキ、ゼンマイ、ノビル、セリ……満洲にはそんな野草なんかなかった。

野草はおかずになるのだろうが、主食が足りないので親は毎日苦労が続いた。

祖母からすれば今までは一人分で足りた食事が、一挙に五人も増えたのだからどうにもならない。

メリケン粉を水で溶かして捏《こ》ねただけのじり焼きが食べられたら上等だった。

お米は配給で、修学旅行で一泊するにはお米を袋に入れて持参しなければならなかった。冬には雪用の靴が必要だ。田舎なのでどこの子供も藁で編んだ自家製の靴で通学していた。

進駐軍がこんな田舎にもジープでやって来た。私はソ連軍の横暴さを知っていたのでアメリカ軍の兵隊も快くは思えなかった。

父は朝四時頃に起きて開墾に精を出していた。歩いて一時間の山道を休まず通っていたようだ。中学生になったら実った野菜を畑から運ぶ手伝いをさせられた。

我が家にもラジオがあった。唯一の娯楽だったような気がする。

我が家は福井屋という屋号で二部屋しかないが旅人を泊める旅籠《はたご》屋をやっていた。田舎芝居の役者とか鉄塔を建てる職人や牛馬の売買をする馬喰とか行商人が泊まるくらいでほとんど客はいなかった。

ただ村の寄り合いがあるときには場所を提供していた。酒盛りが始まると遅くまで居座るので中学生時代は眠くて困った。

父は開墾しながら畑に精を出していたが、日銭稼ぎは大工仕事が主体である。借金の返済も含めて父はよく働いていた。母も休みなく働き通しだった。

帰国して一年後には妹が生まれた。ベビーブームの仲間である。私とは一回り年齢が違っていた。

私は同級生たちより一つ年上なので会議のときはいつも議長をやらされた。

何かの代表になることも多かった。学芸会には主役を演じることができた。

読み書きだけは田舎の生徒より少しだけ良かったらしい。これは怪我の功名なのかも知れない。生徒会長を任命されていたのも一歳年上だったからであろう。

中学を卒業するに当たり、先生も両親も進学させることに異存がなかった。

一つ違いの兄が仕事に就いたこともある。

一九五一（昭和二十六）年に日本は講和条約を締結し、占領国から独立国家となった。

経済が少しだけ好転に向かった恩恵で私は高等学校に進学できた。一年遅れで小学校に編入したことは、結果として進学のチャンスを得ることとなったのだ。当時、田舎でもあり、生活難もあって高校へ進学できた生徒は十五パーセントくらいしかいなかった。

中学生の発育状況が通信簿の中に記載されていた。十歳から十五歳の発育盛りに食べものが不足していた私たちの時代は体格の記録が一番低い時代だった。

父は一反部（三百坪・九百九十一平方メートル）の畑を三枚持つところまで働いたが、どうしても米が手に入らず一枚の畑を米一俵（六十キロ）と取り換えたと苦しいときの話をしてくれた。

満洲での生活も父母のお陰で人並みであったと思う。日本に帰って来てからも父母は働き詰めであった。私には到底真似できない。

子供たちが栄養失調にならないよう、父母は朝から晩まで食べものを探して隣近所を回っていたのだ。地方に列車で米を買いに行き、帰路に一斉検問で没収された話も多かった。敗戦は至るところに影を落としていた。

そんな中で昼間の高等学校に行かせて貰《もら》えた訳だから、少しでも親の手助けをしたかった。しかし、昼間の学校に通っているから畑仕事を手伝えるのは日曜日だけだ。

母のやっている旅籠の手伝いだけはできる。風呂焚き、掃除、料理運び、洗いもの、水汲みなどだ。

県立高校だったが月謝を滞納したときは辛かった。それでも学校に行かせて貰ったのだからありがたい。

兄は父について大工の修行を兼ねて働いていた。

中国との道が開かれるなんて、その当時はまったく予想さえできない時代だった。

あとがき（二）　葛根廟事件を伝えたいと思った動機

中学生のときに書き始めた戦争体験記の題名は「大平原に散る」でした。生きて帰って来たこと自体が既に奇跡と言えるからです。

この話は五分や十分で語れるものではありません。したがって中学でも高校でも職場でも自分の戦争体験を話すことはありませんでした。

それなので誰も、同期生さえも知らない話でした。

社会人となり、定年を前に書き上げた「流れ星のかなた」を最初に見て貰《もら》ったのは会社の同僚や満洲からの引揚体験者だったのです。

それを読んでくれた人からの感想や礼状を読むと、やっぱり書き残して良かったと感じました。しかしながら、内容は話したくないこと、話せないことが含まれています。戦争とはそういうものがあるのです。

二歳の妹が母の手によってこの世を去った悲しい現実は自分でも筆が重くなります。ましして、その苦しみを背負った母には、私の書いたものが他人に読まれるのは苦痛の追い打ちになったはずです。

一方で家族がいなかった独り者の青年、大櫛戊辰さんは「殺戮の草原」という題名でこの事件を公にしました。戦後三十六年を経た一九七六（昭和五十一）年のことでした。

この本には我が家が体験したこと以外の、もっとひどい仕打ちが沢山書かれていました。大櫛さんは一九九六（平成八）年に第二弾、二〇〇六（平成十八）年に第三弾を出しました。読売新聞の大阪本社から半年間の連載で「葛根廟」が報じられました。それがのちに新風書房から一冊の本にまとめられて「葛根廟」が発売されました。そのほかにも関連した本は何冊も出ています。

事件当時、五年生だった私の兄・宏生《ひろお》も「コルチン平原を血に染めて」と題した上下巻の本を書いたのですが、これも私家版の域を出ず、お蔵入り同然でした。

あの事件を風化させたくない、この事実をもっと多くの人に知って貰いたいとの思いはあったのですが、母は快く思っていないのです。

それが他人のことであっても表に出せない辛さがあったのだと思います。

満洲で未曾有の民間人の被害があった葛根廟事件だからこそ、父は命日会を立ち上げて慰霊祭を続けました。あの現場から救出された残留孤児が三十人を超えていた事実も判明しました。風化させるべきではないという思いが段々強くなってきます。

知人、友人、同僚、中国語仲間、同期生、命日会に参加してくれる人々等に少しずつ「流れ星のかなた」が広まっていきました。

その感想文を読みながら、いつかは世に出すべきではないかという思いも強くなりました。郷里の小学校時代の恩師・笛木俊哉先生にこの本を渡したとき、「おお、君のことは覚えているよ。よく書いたね。君が満洲で大変な思いをしたことは聞いていたが、こんな本にしてくれたのかね。すぐ読むよ」とおっしゃってくれました。私は涙が出そうでした。

その先生が本を鈴木和雄村長に渡したことから、村長から講演を頼まれるようになったのです。

一九九二（平成四）年、郷里の新治村で私の初めての講演が行われました。

開拓団とか女性問題を主に映画を撮っていた羽田澄子さんが岩波ホールでの映画会のあと、対談形式で私の戦争体験を尋ねられました。その会場にいた早稲田大学の新保敦子教授が、この話は学生さんに聞いて貰う価値があると感じたそうです。それが学部に招かれるきっかけになったのです。

早稲田大学には都合九回呼ばれました。授業の時間に生の戦争体験を聞かせるのです。授業ですから受講したことをコメント用紙に書き込みます。

それを読んだとき、自分で話したことなのに涙が滲んでくるのです。学生さんが本気で聞いてくれたことがわかります。とても素直に聞いてくれています。

だから毎年のように教授が私に声をかけてくれるのです。話して良かった。話したくないこと、話せないことが戦争にはあります。それをこのように受け止めてくれた早大生の言葉から、私は自信を持って伝えていくべきだと感じたのです。

社会人塾のABCクラブでは二回、日本記者クラブでも二回話す機会がありました。戦争体験映像保存の会にも四回くらい参加しました。そこで聞いてくれた京都大学院生の川野正嗣さんより、大学の学園祭で話してくれないかと依頼されました。大変光栄に思いました。

学生さんが本気で勉強してくれるのです。若い人が聞いてくれるのです。戦争の話は沢山あるはずです。葛根廟事件に関心を示してくれる人がこんなにいることを改めて知りました。

東洋文化研究会、竹内ヒロシマ講座、平和祈念展示資料館の語り部にも登録しました。上智大学の研究会にも出させて貰いました。

高知県にも呼ばれて行って来ました。国際善隣協会の講演も二回出演しました。

秩父では高校生を対象にした江田伸男教諭の講座に出して貰いました。

映画もでき、本も出て、新聞やテレビでの報道もありました。講演も重ねたのですが、それでも葛根廟事件を知っている人は日本人の一パーセントもいないのです。

ソ連の蛮行は多くの本に書かれています。日本がやったことも決して許されないことがあるはずです。真実を知ることは大事です。

二〇二三（令和五）年の七月だけで四回も講演の日程が入りました。宏生も故人となり葛根廟事件を語れる人はほとんどいません。

ロシアのウクライナ侵攻があり、日本でも今の時代を新しい戦前という声が出始めました。一度起こしてしまうと収拾できない戦争、一つしかない命を失うかもしれない戦争は何としても回避しなければなりません。

著名人では、秋山ちえ子さん、半藤一利さん、森繁久弥さん、下嶋哲朗さん、藤原作弥さん、原田一美さん、新井恵美子さん、細川呉港さん、羽原清雅さん、柳田那男さん、井上卓弥さん、加藤聖文さん、名越二荒之助さんなどが葛根廟事件を知っていましたが、政治家で知っている人を聞いたことがないのは不思議です。

本気で知ろうとしている人がいるのです。少しでも力になりたいと思います。

あとがき（三）　ウユンさん

葛根廟事件で家族を失い一人生き残った残留孤児の立花珠美（日本名）さんは地元の人に助けられ名をウユン（烏雲）と付けられた。モンゴル語で「聡明」という意味がある。彼女を引き取った夫婦は子供がいないこともあり、ウユンさんを大事に育て、師範学校にまで行かせた。彼女は念願の教師になった。

ウユンさんは自分の境遇を思い出し、生活の苦しい子供には自分の弁当を分け与え、病気の子を遠方のパオまで見舞いに行った。

文化大革命の折には養父が日本人の子を育てたと糾弾、ひどい仕打ちを受けた。

密告が当たり前の中だったが、ウユンさんの勤務した学校は彼女を守り通し、ウユンさんは定年を迎える。中国の女性公務員は定年が五十五歳である。

日本に一時帰国して実兄のいる徳島に帰った。教育の仕事に就きたかったが日本で職場を得るのは不可能だった。ウユンさんは中国に帰り、自分を育ててくれた中国への恩返しを模索し始める。

自分の住む近在のコルチン砂漠が年々広がり、住民たちは困惑していた。ウユンさんははたと思いついた。そうだ、砂漠化を止めるのだ。それには木を植えることだ。植樹で恩返しできないものか。ウユンさんは役所に赴いた。

「ウユン先生が動いてくれるのならきっと成功する」と役所は植樹エリアを指定してくれた。そして、ウユンさんが植樹活動するなら力になりたいと岩手の菊池豊さんを筆頭に茨城の八代美子さん、埼玉在住の菊池豊さんの弟さん、徳島の木村義次さんが立ち上がった。広島経済大学も植樹団を送り込んだ。日本からは二十年に渡り、延べ二千人の人がコルチン砂漠を訪れて植樹に協力。そしてついに砂漠化が止まり、とうとう緑が戻って来た。

鳥が来て、虫も来て、水も出るようになった。田圃も復活した。山羊や羊も戻り、人も戻って来た。二十年の歳月は無駄ではなかった。

ウユンさんは日本中を動かした女性である。中国の国会議員である協商議会の議員を二期十年務めた。

ウユンさんの中国への恩返しは見事に結実した。人には運命があって、どうにもならないこともあるが、教師になりたいという希望を実現させ、さらには中国への恩返しも成し遂げている。

「ウユン物語」という本も出版された。大勢の教え子たちもいる。表彰もされている。

終戦時、一年生で、中国人の夫婦に引き取られた立花珠美さんの希望は偉くなりたいということではなかった。養父母への恩返し、そして中国大陸への恩返しをしたかっただけである。ウユンさんの始めた事業は永遠に語り継がれるだろう。

終戦時、立花家もお父さんは出張中で不在だった。お母さんは五人の子供と大荷物を抱えて避難を始めた。列車に乗ったものの、出張中のお父さんが戻ってくると聞き、列車を降りてしまった。

しかし、お父さんは興安街まで戻れず、立花一家は葛根廟に向かって避難を始める。そしてあの悲劇に見舞われる。殺戮の平原で生き残ったのは珠美さん一人だけであった。

あとがき（四） 私の人生訓

未来に伝えたいこと

私は講演の結びに使う言葉がいくつかある。

一つには「人の命は八十億倍の一だよ」と話す。八十億人いるから一人ひとりを八十億分の一にしてはいけない。八十億分の一にしてしまうとゴミのように小さな存在になってしまう。人は皆違うのだ。同じ人なんか一人もいない。それなら八十億倍の一と考えよう。自分が持っていない能力をほかの人が持っている。そのお陰で社会が成り立っているのだ。

毎日のように犯罪が報じられるが、八十億倍の一という大きな命を傷つけてはならない。同時に自分の命も粗末にしてはいけないのだ。そのように教科書に載せれば犯罪は減る。京都アニメーションで火をつけたあのような事件は起きなかったかもしれない。日本の教育現場はそのような教え方をしていない。声高に言おう。これは文部科学省の役人に届いてほしい。戦争になったら理屈抜きで殺し合ってしまう。だから戦争をしないようにしなければならない。

人は絶好調二割、反対に絶不調も二割かも知れない

あとの六割は可もなし、不可もなし。どちらを多くするかはその人の努力だ。

絶好調とは何もかもうまく行くときだ。「旬」という言葉もあるが最高に能力を発揮するときだ。それにはきっと上司とか先生とか友人によるバックアップがあるはずだ。人との出会いが運命を左右する。

絶不調とは本人、あるいは家族の病気のときのことだ。戦争とか大災害は自分の力ではどうにもならない。それに巻き込まれた場合も絶不調に陥る。

試験に受からない、昇進に遅れる。失恋する。事故に巻き込まれる。一生懸命にやっても成果に繋がらない。

絶不調は誰にもある。全部が順風満帆とは行かないのだ。

石の上にも三年、「楽は苦の種　苦は楽の種」ということわざがある。

人には良くしておくものだ

私たちは草原の一軒家で張さんに助けられた。その本家で民兵から銃殺される危機に瀕するが、勇気ある老婆に救われた。撫順の戦犯九百人は周恩来首相らの意を汲み、自己批判の上、無罪放免にした。戦後の訪中時には放送局を退職された、モンゴル人の巳図《ばとう》さんから熱烈歓迎された。残留孤児が二千八百人もいたという。他国の子供を救ってくれた中国人を私は嫌いになれないのです。

八月十五日に戦争は終わったが

歴史の上では終戦となったが、残留孤児は四十年もかかって帰国できた。
日本でも戦災孤児は多数いたが、助けてあげられなかったのが現実だ。
ソ連抑留は長い人で十一年もかかっている。原爆の被爆者は二十、三十年と苦しんだ。
傷痍軍人も元には戻れないのだ。連合国による占領も六年続いた。
沖縄の基地問題は今でも尾を引いている。北方領土は返還されないだろう。
三百二十万人が命を失った。その家族の苦しみは永遠に晴れない。
災害は忘れた頃にやって来るという。歴史は繰り返すという言葉もある。
国民の一人ひとりが平和を追求し、平和な時代が長く続くことを切に願うものである。

三十年前に書いた私製本ですが、このたび株式会社ユニコ舎の目に止まり、出版することになりました。平川智恵子氏、工藤尚廣氏に深甚《しんじん》なる謝意を申し上げます。

大島満吉

おおしま・まんきち

1935（昭和10）年12月2日、群馬県利根郡新治村（現・みなかみ町）生まれ。3歳で旧満洲国興安南省興安街へ移住。1945（昭和20）年8月14日、日ソ中立条約を破棄して侵攻したソ連軍の民間日本人虐殺事件「葛根廟事件」に遭遇。奇跡的に一家5人は逃げ延び、1946（昭和21）年10月に帰国。1970（昭和45）年、興安街葛根廟殉難者命日会が発足し、父・肇が会長に就任。2003（平成15）年、父の跡を継ぎ会長に就任。犠牲者の慰霊と事件の全容を語り継ぐ活動を続けてきた。

装　丁　竹歳明弘（株式会社 STUDIO BEAT）
装　本　芳本享
挿　絵　坂井哲二
　　　　赤星月人

協　力　木村理恵子
　　　　安木由美子
　　　　天恩山五百羅漢寺

制作統括　工藤尚廣

流れ星のかなた
葛根廟事件からの生還

2024年4月8日　初版第1刷発行

著　者　大島満吉

発行者　平川智恵子
企　画　特定非営利活動法人夢ラボ・図書館ネットワーク
発行所　株式会社ユニコ舎
〒156-0055　東京都世田谷区船橋2-19-10
ボー・プラージュ2-101
TEL 03-6670-7340　FAX 03-4296-6819
E-MAIL.info@unico.press

ISBN978-4-911042-05-2 C0095
定価はカバーに表示してあります。
乱丁・落丁本はお取り替えいたします。